U0691615

MINGUO TONGSU XIAOSHUO
DIANCANG WENKU

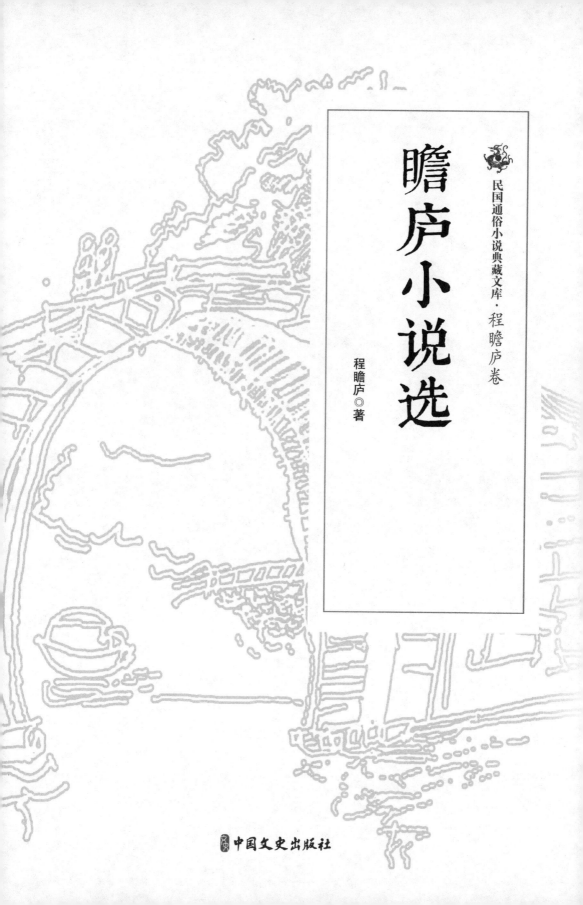

民国通俗小说典藏文库·程瞻庐卷

瞻庐小说选

程瞻庐◎著

中国文史出版社

"滑稽之雄" 程瞻庐

萧　遥

　　民国初年的文坛上，小说的创作呈现出欣欣向荣之气象，一时间，不同题材、不同风格、不同旨趣的作品层出不穷、洋洋大观。正统的文学史教材里，往往将旧派小说即章回体小说置于次之又次的地位，一笔带过而已，然而在当时的社会，这类小说的受众群体是相当广大的，其畅销程度远远超过了如今被奉为正朔的新文学。

　　旧派小说被排挤，有其自身的原因，也有时势的原因。一方面是因为旧派小说家大多依靠市场存身，为迎合世俗口味，作品中不可避免地会出现低俗下品的情节，加之这一作家群体水平参差、良莠不齐，时日愈久，而"内容愈杂，流品愈下，仅就文字而言，到后来也是庸俗浅陋，没有早先的'哀感顽艳''情文并茂'了。这也是旧派小说历史过程中必然产生的现象，预示着它的日趋没落，不能自拔"（范烟桥《民国旧派小说史略·概说》）；另一方面，"五四"新思潮挟风雷之势而起，要求以新的文学风貌来迎接新的文明，扬新必要抑旧，特别是旧风尚依然有相当数量的拥趸，为着警醒世人，必须予旧派以猛烈的打击，矫枉的同时未免过正。

　　事实上，有相当一部分旧派小说家是自尊自重，并且要求进步的，他们借着章回体小说的壳子，同样创作出号召民主共和、自由平等的作品。特别是以写世情世风、人间百态为主旨的社会小说，更是用或写实或讽喻的手法，活画出清末民初新旧思想激烈冲突下的一幕幕社会悲喜剧。其中的一位代表人物就是程瞻庐。

程瞻庐，名文梫，字观钦，又字瞻庐，号望云居士。苏州人。出生于1879年，即光绪五年，1943年因病去世，享寿六十四岁。如以1911年辛亥革命胜利，民国政府成立为界，其三十二岁之前身在晚清，之后三十二年身在民国，新旧两个时代刚好各占一半。关于程瞻庐的生平，于今所见资料甚稀，仅能从周瘦鹃、郑逸梅、严芙孙、赵苕狂等好友为其所作之小传或序言中窥见一二。程瞻庐生于光绪初年，其时仍以科举八股取士，程幼时即厌弃八股，喜读古文，旧学功底深厚。二十岁左右，程瞻庐考入官学。不久，清政府废除八股文，改考策论。比起僵化刻板的八股，策论更注重考生议论时政、建言献策的能力，程氏"每应书院试，辄前列"，"年二十四，入苏省高等学校，屡试第一，遂拔充该校中文学长"（赵苕狂《程瞻庐君传》），可见其与时俱进之能。毕业之后，曾执教于多所学校，兼课甚多。程瞻庐脾气随和，性格优容，国学功底深厚，又能为白话小说，加之他住在苏州十全街，因此大家赠他一个雅号曰"十全老人"。"十全老人"诸般皆善，唯不堪案牍阅卷之劳形，"每周删改之中文课卷，叠案可尺许"。恰值此时，其小说作品刊行于世，广受好评。先有《孝女蔡蕙弹词》刊于《小说月报》，其后又作《茶寮小史》正续编，迅速奠定了他在文坛的地位。说到《孝女蔡蕙弹词》，还有一则趣事。当年《小说月报》倡导新体弹词，程遂将《孝女蔡蕙弹词》寄去，主编恽铁樵粗读之后，便予以刊发，并寄去稿费。等到刊物出来，恽重读之后，"觉得情文并茂，大有箴风易俗的功用，认为前付的稿酬太菲薄了，于是亲写一信向瞻庐道歉，并补送稿酬数十元"（郑逸梅《民国旧派文艺期刊丛话》）。此事传为佳话，亦可见程氏文笔在当时是很受赞赏的。赵苕狂为其所作小传中也曾提及："恽铁樵君主任《小说月报》时，不轻赞许，独心折君所著之《孝女蔡蕙弹词》，谓为不朽之作。"有此谋生手段，程瞻庐遂弃教职，专职著文。应当说，程瞻庐为师还是很合格的，不然当其辞职之时，也不会有"校长挽留，诸生至有涕泣以尼其行者"之情状。此后他陆续在《红玫瑰》等杂志连载多部长篇小说，并发表短篇小说及小品随笔数百篇。值得一提的是，程瞻庐亦如张恨水、向恺然（平江不肖生）等一样，是被《红杂志》《红玫瑰》等刊物包下文章的。所谓包下文章，就是凡程瞻庐所写文章，均在该杂志发表，而杂志则为其提供丰厚的稿酬，足见当时程氏文章之风靡程度，以及杂志对程瞻庐的信任和推崇。须知包圆作品是有一定风险的，倘若作家不能保证质量，劣作频出，对于杂志的销量和声誉是有相当影响的。但是程瞻庐对得起这份信任，时人称其有"疾才"，不仅速度快、文笔佳，而且"字体端正，稿成，逐句加以朱圈，偶误，必细心挖补，故君稿非常清晰，终篇无涂改处也"（严芙孙《程瞻庐小传》），可见其创作态度。民国著名"补白大王"郑逸梅曾拟《花品》撰《稗品》，分别予四十八位小说家以二字考语，曰"或证其著作，或言其为人"，如"娇婉"之于周瘦鹃、"侠烈"之于向恺然、"名贵"之于袁克文等，对程瞻庐则以"洁净"二字相赠。

程瞻庐的写作风格，总体而言，为"幽默滑稽"四字，时人以"幽默笑匠""滑稽之雄"号之。周瘦鹃曾为其《众醉独醒》作序曰："吾友程子瞻庐，今之淳于、东方也。其所为文，多突梯滑稽之作，虽一极平凡事，而得君灵笔为之抒写，便觉诙谐入妙，读者每笑极至于泪泚，殆与卓别灵、罗克同其神话焉。"幽默与滑稽看似同义，其实是有差别的。有人曾这样解释："所谓幽默，乃是内容大于形式；所谓滑稽，则是形式大于内容。"形式大于内容，一般是指以反常规的夸张的行为、语言、做事方式，令人们当即意识到故事和人物的荒诞可笑，瞬间爆发出笑声；内容大于形式，则是将褒贬夹带于正常的叙事逻辑中，通过细节的描述对某一人物或现象进行戏谑或反讽，令人细品之后，心中了然，会心一笑，余味悠长。这两点，都要做到已属不易，都能做好更是难上加难，而程瞻庐恰好是其中的翘楚。

例如程瞻庐有一套仿《镜花缘》风格的小说作品，包括《滑头国》《健忘国》《小器国》等，写的是兄弟三人外出游历，一路之上的所见所闻。"滑头国"中无人不奸，无人不狡，店铺中挂了"童叟无欺"的牌匾，却是狠狠宰客，客人诘问之下，店家居然毫不讳言，并表示是客人读反了牌匾，其实是"欺无叟童"，无论老人儿童，一律欺之骗之。"健忘国"中人人记性极差，姓甚名谁、家乡何处、家中几口，等等等等，通通不记得，因此要将所有的信息记录下来，甚至包括妻子的身材相貌、穿着打扮乃至情夫是谁，都贴在身上，招摇过市，毫无顾忌。由于这几部作品规模较小，结构上虽不显其高明，其主旨也一目了然，在于讽刺当时社会见利忘义、不顾廉耻的种种怪现象，但其中情节的怪诞、语言的机变，足以令人捧腹。

茶寮，是程瞻庐作品中经常出现的一个重要场所，也是程瞻庐创作灵感的重要来源。"君得暇，啜茗于肆，闻茶博士之野谈，辄笔之于簿，君之细心又如此。"（严芙孙《程瞻庐小传》）颇有几分蒲松龄著《聊斋》的风范。茶寮酒肆是各色人等聚集之地，也是各类消息八卦的集散地。程瞻庐日常喜好到茶寮听书，并借机观风望俗，将世间百态、人情冷暖作为素材，一一写入小说。他的《茶寮小史》开篇第一句就是："小小一个茶寮，倒是人海的照妖镜、社会的写真箱。"书中借茶博士之口，将一众悭吝卑琐、有辱斯文的读书人刻画得穷形尽相。"提起那个老头儿，真恨得人牙痒痒的。他去年在这里喝了六十碗茶，临算账时，他只给我小洋四角。我说：'差得甚远，每碗茶三十文，六十碗茶该钱一千八百文。'他把脸儿一沉，说道：'我只喝你十六碗茶，哪里有六十碗茶？'我揭账簿给他看，他说：'你把十六两字写颠倒了，却来硬要人家茶钱。'我与他理论，他竟摆出乡绅架子，把我狗血喷人般地一顿毒骂。……他昨天提起嗓子，喊算茶账，纯是装腔作势，叫作缺嘴咬蚤虱——有名无实。他把手插入袋内，假作摸钱钞的模样，直待人家全会了钞，他才把手伸出。要是人家不会钞，他便永远不会也不肯把手伸出，要他破费一文半文，比割他的头颅还要加倍痛苦。"程瞻庐脾气好，作文虽然尽多讽刺，但是语气并不峻切，而是不急不躁，不温不火，令人莞尔，不忍弃掷。

程瞻庐的另一代表作《唐祝文周四杰传》，以民间传说的"江南四大才子"为主角，至今仍为人津津乐道，据说很多影视作品也是以此书为底本进行改编的。四大才子虽然在历史上各有坎坷，周文宾甚至是杜撰出的人物，但传说中他们各自的风流韵事显然更是老百姓们喜闻乐见的。程瞻庐的这部小说摒弃了以往话本中明显不合逻辑的粗鄙段落，用自己特有的"绘声绘形""呼之欲出"的笔墨，将四大才子风流超逸又各具面貌的形象跃然纸上。唐伯虎的倜傥，祝枝山的老辣，文徵明的俊雅，周文宾的潇洒，栩栩如生，如在眼前。民国时期的《珊瑚》杂志曾刊登过一位读者的评论："长篇小说，总不离喜怒哀乐、悲欢离合，唯有程瞻庐的《唐祝文周四杰传》，却是一部纯粹的喜剧的小说。……瞻庐的小说，原是长于滑稽，这部纯粹的喜剧的小说，当然是他的拿手。全书一百回，处处都充满着幽默的笑料。"

程瞻庐的一生横跨清末与民国两个时期，亲身经历了辛亥革命这一重大历史变迁。新旧思潮的激烈冲突在他身上作用得非常明显。他自幼接受的是旧文化教育，一方面恪守传统道德，另一方面也见证了八股等糟粕对国家和知识分子的戕害，他的思想中有对变革的渴望和肯定。同时，晚清之后大力倡导的"西化"又令他恐慌并困惑，民国政府成立之后，各种蜂拥而起的新思潮、新现象令包括他在内的许多旧知识分子不由自主地抗拒，因此他的思想是十分矛盾的。以女子解放这一思潮为例，程瞻庐不赞成"女子无才便是德"这一说法，他认同男女都应该读书，都应该接受良好的教育，并且学有所成，报效国家；但是他并不支持女子接受西式教育，甚至对出洋的男子也颇有微词。他的作品中时常有对没有文化的老妈子的讽刺，对阻止女子读书的腐儒的不满，但也常见对留洋归来"怪模怪样"的男女的讽刺。他认同婚姻自由，反对包办，对于旧时姑表联姻等陋俗更是强烈不满，但同时又对过于自由浪漫的恋爱大加批判。他并不赞成妻子为去世的丈夫殉节，但又对真去殉节的女子啧啧赞叹。他鼓励女子放足，却又反对女子剪发……凡此种种，可见在那个特殊的过渡时期，从晚清走入民国的旧式知识分子的复杂心态。

总而言之，程瞻庐的小说在当时既有其进步性，也有一定的局限性；既体现了知识分子面对外忧内患的忧虑和担当，也表现出旧文人的保守和怯懦。这是由时代决定的，并不只是他个人的原因。从文学的角度，他的小说思路开阔，情节生动，可读性非常强，在"鸳鸯蝴蝶派"言情题材为主的作品中别具一格，在当时赢得了众多读者的青睐，在今天也依然有可供参考和借鉴的意义。

目　　录

女诗人的马桶

看书的未看文字，先看题目，似这般的标题似乎笔端刻薄极了，专把诗人挖苦，未免言之过甚……慢来慢来，诸位这般责备，小子却老大地不服气，须得委托毛锥子大律师辩护几句。宋朝欧阳修算得一代文豪，他作的文章却在厕上起那腹稿，这是他在《归田录》上自己说的。厕上作得文章，马桶上面岂不可以作诗？这算得一个铁证明。陈眉公也是当时一位诗豪，眉公的马桶有特别的式样，传到如今，那"眉公马桶"四个字兀自称道弗衰，这也算得一个铁证。

本篇说的女诗人的马桶，不妨便唤作眉婆马桶。眉公姓陈，这位女诗人也姓陈；眉公是诗翁，这位女诗人是诗婆。眉婆马桶四个字在名词上也可成立，然而唤作了眉婆马桶，只怕人家听了易起误会，认作是媒婆马桶，只道是媒婆在那里坐马桶，那便离题万里了。

话既表明，言归正传。可是还有一句话，须得声明在先。小子作这篇小说时，却不是在马桶上面起稿，诸位休要误会了啊。

这位女诗人端的是谁？她是韩秀才的女儿，陈竹坡的妻房，阿大、阿二、阿三、阿四、阿五的母亲。

韩秀才单生这一个女儿，爱如拱璧。只恨生平肮脏，一寒彻骨，没有什么可以传给女儿。他捧着肚皮说道："我穷的是有贝之财，无贝之财却不穷，结结实实地装满了一肚皮，可以倾筐倒箧地传给我女儿。"因此上女儿幼时，秀才便把吟诗作对充作日常的功课。如月儿怎么样地如镜，又如钩花儿怎么样地如锦，又如绣春风怎么样地飘飘然吹动杨柳，秋雨怎么样地潇潇然滴上梧桐……要算是循循善诱，教诲不倦。直到女儿将嫁的时代，果然吟哦几句五言、七言诗，琅琅可听，不愧是秀才的女儿。提起笔来，写几行簪花小楷，也还楚楚可观。可是女儿的妙手，除却拈弄柔毫以外，什么事都不会做。要她梳头，她不会执梳；要她烹饪，她不会握铲；要她缝纫，她不会抽针穿线。秀才因此上不敢把女儿许配儒素人家，免得井臼亲操，受尽无量苦痛，却把她嫁给一个小小的富户陈竹坡。临嫁的当儿，还把自己作的几本诗稿子充作女儿的奁赠。

陈竹坡是个商界中人，文学上的智识是很有限的，偏偏遇着这位咬文嚼字的夫人，镇日价仰着脸儿，负着手儿，踏着八字步儿，嘤嘤嘤嗡嗡嗡研究那月儿怎么样，花儿怎么样，春风吹杨柳是怎么样，秋月滴梧桐是怎么样。竹坡和她商量些家政支配、钱财出入的事，女诗人便说竹坡身无雅骨，胸有俗肠，专把这些汨没性灵的事，打断人家的吟兴，因此夫妇俩的志趣绝对不同。可是志趣相反，感情却还融洽。因这感情融洽的结果，十年之中，却生了五个儿女，阿大、阿二都是女，阿三、阿四、阿五都是男。

亏得竹坡是个小小的财主，手段也还阔绰，娶了这位吟风弄月的夫人进门，知道她不善当家，便多雇几个仆妇丫鬟，供她使用。梳头娘姨咧，针线娘姨咧，烧茶煮饭的老妈子咧，奔走打杂的小丫头咧，足足有四五个人，常川在旁边听候使唤。后来添一个小孩，便雇一个乳妈，家里的仆妇丫鬟益发多了，竹坡肩上的担负益发重了。这位女诗人除却开口吃饭、上床睡觉、临盆产儿三大事外，其余的工夫一概都用在吟风弄月上面，任凭仆妇口角、小孩打架，她都付之不闻不见，只是握着一支羊毫笔，耸起两个吟肩，嘴里嘤嘤嘤嗡嗡嗡学着那蚊子、苍蝇的声调。仆妇们见她不痴不癫的模样，暗暗好笑。横竖她好歹都不问，落得暗地里百般偷懒，不犯把这俏眉眼做给瞎子看。还有黑心的仆妇，乘着她攒眉苦吟的当儿，便在上房里偷偷摸摸，金珠首饰窃去了不少，她却丝毫没有觉察。后来

2

吃竹坡查破了，追究失物，却不知在何时失去。家里的仆妇丫鬟时有更换，也不知是谁干的勾当。竹坡闹了一场，也归徒然。这位女诗人却不动声色，只作了几首七律诗，题目唤作"箧中金钗珠花不翼而飞，有感而作"，这诗题的代价可不小咧。

女诗人的诗兴很浓，命运却是不济。陈姓本是一户好好的人家，自从她进了门，竹坡在商业上面连遭失败。起初还可勉强支持，后来丁口越添越多，家产越减越少，似这般的家计，竟有些支撑不住，只得从节省上设法，把家里的仆妇丫鬟逐渐减少，只留着一个烧茶煮饭的老妈子，一个奔走打杂的小丫头。又向他夫人面前百般恳求，叫她暂时抛撇着吟兴，腾出工夫来主持家政。

那便苦了这位女诗人了。头发没人梳，只得胡乱绾一个将就髻，远看像个老鸦窠，近看像个乱柴把。针线没人做，小孩身上由他们拖一片挂一块。竹坡没奈何，只得剪了布匹，吩咐裁缝去做。这五个小儿，大的不满十岁，小的只有两岁，镇日价大哭小喊，鹅喧鸭闹。没有了乳妈照管，便都来和他母亲缠绕。女诗人正在拈柔毫、拂花笺的当儿，写一句"春风吹动柳丝丝"，才写得一个"春"字，蓦地里八条小腕把女诗人围在垓心。阿大、阿二猴在她身上，勾住了颈项，阿大道一句"妈妈给我糕饼钱"，阿二道一句"妈妈给我果子吃"，阿三、阿四抱住她的膝腿。阿三道："阿四骂我，我不要！"阿四道："阿三打我，我也不要！"阿五不会行走，坐在竹车里，只是扯开着嘴，哭个无休无歇。任凭女诗人怎样镇定，毕竟也乱了方寸，骂一声"冤家的呀，和你妈妈闹什么呀？都是有了你们一辈小冤家，累得你妈妈的诗都作不成呀"。说到这里，不禁又起了什么身世之感，微微地吟道："有限光阴弹指去，无穷烦恼上心来。"女诗人受这一辈小儿的薅恼，打断了多少吟兴，除却坐马桶的当儿，再也没有作诗的机会。

诸位，须知旧社会妇女坐马桶的本领实在非同小可咧，世间富有坐性的人，抡指算来，只有三种：一是坐蒲团的和尚，二是坐板凳的先生，三是坐马桶的妇女。这三种人都是生就一种特别的坐癖，不坐便罢，坐了时便无休无歇。蒲团上的和尚、板凳上的先生，都和这篇小说没甚关系，不过拉来凑个热闹罢了。单说马桶上的妇女，恰也分着三种。一种是不识字的妇女，坐在马桶上，没甚消遣，不过借此休息，打个盹儿罢了，往往有打盹儿打得忒起劲，连人带马一齐跌倒在地的。二种是略通文理的妇女，她们虽不会吟风弄月，可是几本弹词小说也还看得明白。坐在马桶上没甚消遣，便把弹词小说来解闷。往往《天雨花》看了一本又接看第二本，竟不想从马桶上站将起来。三种是性谙吟咏的妇女，坐在马桶上没甚消遣，便把自己的锦囊佳句，细细地推敲起来。"吟安一个字，捻断数茎须"，她们没有吟须可捻，却只在马桶上搜肠索肚，要是语不惊人，便不肯轻离这个马桶。前两种的妇女，都和这篇小说没甚关系，不过拉来凑个热闹罢了，后一种的妇女，便是书中提起的女诗人。

这天，女诗人上马桶的时候恰是上午八点三十五分二十七秒，直到十点零五分三十八秒，她兀自大马金刀般地坐着，不肯离着这个马桶。她今天正待作一首感怀诗，坐在马桶上觅那对仗，觉得这么作对也不工，那么作对也不好，手执着一张草稿……哈哈，不是草稿，却是一张草纸。草稿是作诗用的，草纸是上马桶用的，编书的一时笔误，却把草纸写作了草稿，一字之误，大有出入，不得不声明更正……不知不觉地在马桶上坐了一个半小时。在这当儿，老妈子在后面淘米净菜，小丫头上街买东西去了，五个小儿没人照管，闹得天翻地覆，哭声一片地响亮。

阿大、阿二为着一言不合，彼此互扭起来，推推搡搡，两不相下，却把坐车里的阿五碰倒在地，阿五哇地哭起来了。阿大、阿二不把阿五扶起，反而你怪着我，我怪着你，闹到后来，阿大、阿二都哭了。阿三手弄剪刀，碰破了指头，也在那里号哭。阿四拍蝴蝶，没有拍着，转在阶上绊跌了一跤，跌破了鼻子，挂着一嘴的血，益发哭个不歇。

那时竹坡恰从外面进来，见家里闹得这般模样，怎不心头恼怒，便道："你妈妈到哪里去了？孩子恁般吵闹，怎不出来喝止？"

女诗人在马桶上答道："我早想出来喝止，只是不能站起，你快快授给我一张草纸……"

原来方才的那一张草纸，当那女诗人构思的当儿，不知不觉地把来一小片一小片地撕破。比及儿童哭得沸反盈天，女诗人待要起身，手头却没有了草纸，因此央恳她丈夫代为传递一下子。

事后，夫妇俩爻占说辐，大闹了一场。女诗人的意思是恨着遇人不淑，自己有了这般才调，做丈夫的便该格外体恤，使她享些清闲之福，不该把这复杂的家事纠缠她的身子。竹坡的意思，是恨着不得内助，娶了这咬文嚼字的妻子，百事不管，把家庭糟到这般田地，委实令人懊恼。夫妇俩各有片面的理由，毕竟谁的理长、谁的理短，哈哈，清官难断家务事，小子又不是官，管什么谁的理长、谁的理短，不妨就此结束了吧。

老鸨式的丈母

王老太太六十多岁的年纪了，头发和洋灰鼠一般颜色，皮肤上起着浪纹般的皱痕，可是她的两颊却渲染得和海棠果一般红。她是涓滴不饮的，喝什么酒？她搽了胭脂吗？目下的风气，年轻女郎都不搽胭脂，没的鸡皮鹤发的老妪，反而搽起胭脂来。左不是右不是，她的两颊因甚渲染得这般红？原来不为着别事，单单为着她的心爱女婿，今天要上门来望丈母。丈二长的豆芽菜，还要老嫩吗？女婿上门，累她做老丈母的臊得面红，这也不是人情以内的事。

王老太这番面红，不是为着害臊，她知道女婿今天上门，把她忙得够了。她一得了消息，隔夜便先忙起，壮鸡肥鸭，红烧的、清炖的，一般般地预备起来，足足地忙了半夜，方才归寝。今天听得邻鸡喔喔的啼声，她一骨碌翻身离床，草草地梳洗完毕，便提着篮儿上街去买东西。什么鱼儿肉儿以及一切零碎食品，满满地买了一篮。回到家里，吩咐媳妇切的切、洗的洗、煎熬的煎熬、爆炒的爆炒。她又忽然烧火，忽然执铲，忽然做上灶，忽然充下灶，厨房里热气上腾，灶门里火光不绝，因此把王老太的两片面皮，渲染得和海棠果一般红。

王老太是个悭吝人物，这两天购买东西，着实破费些钱钞，左右邻舍都道："这爱钱似命的婆子，却肯为了女婿分儿上做这大大的东道，可见她爱女婿的心比着爱钱还切。"其实却是老大的不然，她除是对于银钱用着充分的爱情，其他无论亲爷亲娘亲儿亲女，都没

6

有丝毫的爱情，那女婿更不消说了。

她的女婿是个商界中人物，近来正交着红运，投机事业上面很是发达。从来团多汤腻，女婿发了财，女儿的起居食用当然称心遂意。女儿名唤阿招，虽然嫁了个赚钱的丈夫，依旧不脱小家子的习惯，平日对于丈夫，别的不忙，忙的便是开花账、敲竹杠、掉枪花、穿扇面，千方百计把丈夫的银钱骗到自己手里。整封的背了丈夫，暗暗地存在银行里生息，算作自己私房积蓄；零碎的背了丈夫十块五块地津贴娘家。还有在家时结拜的小姊妹，听得阿招手头有些油水，便穿梭也似的去走动，见面以后免不得要挪借些银钱。阿招看着小姊妹分儿上，又不好十分拒却。还有三五个滑头少年，暗暗向阿招通个消息，说你不破费些塞嘴钱，我们便把你从前所做的丑事，在茶坊酒肆里面逢人宣布。偏是偷干丑事的妇女，实际上不怕出丑，名义上却怕出丑，经人家这么一番要挟，她便花了大大的一笔钱，堵塞人家的嘴巴，遮盖自己的乖丑。

阿招的丈夫朱题山一向在上海经商，难得回家，素来又是深信妻房，不疑其有他志。阿招要什么，他便应什么，明知阿招用不了这许多钱，横竖自己手头宽裕，落得马马虎虎，不去计较。好在妻房的积蓄便是自己的积蓄，一姓写不出两样字，一树开不出两种花，同床合枕的人，分什么你的我的呢？

王老太得了这个赚钱的女婿，自己的一家吃用，都靠在女婿的招牌上开支。儿子阿黑素来游手好闲，没有常业。手头没钱时，常向妹子家里去借贷。阿招回护着娘家，凡是娘家分上的人向她借贷，总是有求必应。要是夫家分上的人向她商借些款项，她便一个鹅眼钱看得车轮般大。朱题山不知底细，转说他妻房勤俭持家，一钱不肯浪用。

这番题山新从上海回家，王老太预知他要来望丈母，暗暗地向女儿要了十块钱，办些酒肴，替女婿接风。其实这一席酒至多花了五块钱，还有五块钱，四块纳入腰包，一块给了媳妇。所以她们婆媳俩在厨下办菜,虽然忙得手脚缭乱,心头却异常舒服。既有银钱到手,还有一顿大嚼,吃了湿的,赚了干的,怎说不舒服?比及菜肴办齐,朱题山早已得意扬扬地来赴丈母家的盛宴。其实这席盛宴羊毛出在羊身上,蜻蜓吃尾巴,自己吃着自己的。可笑朱题山却一些儿没有觉察。

王老太的儿子阿黑今天恰不在家里,题山到了,没人相陪,王老太却央托同居的赵大麻子做个陪宾。老太自己不会喝酒,大麻子却是洪量,有他在座,也好劝女婿多喝几杯酒。那时题山坐了首席,大麻子和老太打横相陪,媳妇忙着上菜添酒的事,出出入入,没有停过脚步。老太眯花着眼睛,瞧着女婿,嘴里不住地姑爷长姑爷短。她说:"今天款待姑爷,没有什么可口的菜肴,不过聊表老身的一片敬意。姑爷,菜肴便不中吃,瞧着老身分儿,也要委屈姑爷多用一些儿……姑爷这虾仁须趁热吃……姑爷这杯酒冷了,用了冷酒,端怕姑爷不舒服,赵先生,快替姑爷换上一杯……姑爷,老身三个月没和姑爷见面,姑爷越加发福了。姑爷的面上紫气腾腾,财神菩萨跟着姑爷走,姑爷的面上都是财气,姑爷便是财神菩萨转世……赵先生,你瞧姑爷怎么样的好相貌、好品格!姑爷坐时,恰似一口钟;姑爷立时,恰似一棵松;姑爷卧时,恰似一面弓。似这般的好相貌、好品格,合该姑爷做个大财翁……休说姑爷发福,便是我家的小姐,靠着姑爷的福,也发福得多了,满面多是肉彩,活像一位财神奶奶。这是我家小姐命好、运好,才修得到这般的好姑爷。不是前世敲破了一千个木鱼,哪得这般的好姑爷和她做一对;不是前世坐穿了五百个蒲团,哪得这般好姑爷和她做一双……咦,赵先生,你怎么只是嘻开着嘴,不住地好笑?老身请你来陪姑爷,你怎么不和姑爷攀谈攀谈……"其实这婆子一入了席,简直不曾停过嘴,快刀切不断的"姑爷",连连地从牙齿缝里进出,一启齿便唤了二十六声姑爷,叫赵大麻子怎能够插嘴,只得嘻开着嘴不住地好笑。

待到婆子嘴里咀嚼东西时,滔滔不绝的"姑爷"暂时停止,赵大麻子才和题山随意攀谈几句，道些天时寒暖，讲些生意筋络。没多片刻，婆子嘴里的东西早下了肚，腾出这个空闲，舌头又一声声地唤起姑爷来。她道："姑爷怎么停着筷儿，不随意用些粗肴？姑爷多用一筷儿，老身的面上便多增一分光彩。赵先生，你怎么贪图和姑爷讲话？姑爷的杯儿空了，却不替姑爷满满地斟上一杯酒……姑爷，这是肉圆，姑爷吃了肉圆，管叫你夫妇俩团圆到老……姑爷这是海参，姑爷吃了海参，管叫你多子多孙……姑爷莫客气，姑爷你总要领我的情……好姑爷，那么便对了。姑爷，你再用一些儿……"

比及酒毕上饭，王老太的媳妇不客气，也陪着姑夫同吃。席中三个人举起筷儿，夹着壮鸡肥鸭、鲜鱼大肉，只向题山的饭碗上堆叠，题山的肚皮又不是个无限公司，一时怎么吃得下？待要拒绝不吃，怎禁得婆子从旁相劝道："姑爷又不领情了。穷丈母难得请姑爷吃一顿好饭。好姑爷，你千万莫客气。姑爷一客气，老身便没趣了。"

题山推却不过，只得勉强吃完了一碗饭，席散以后，媳妇忙忙地泡上一碗雨前茶，送给姑夫解渴。在这当儿，婆子猛觉得一阵屁臭，直向鼻孔里扑将过来。婆子捏着鼻子，恶狠狠地向媳妇瞅了一眼，道："唉，太不争气。你怎么当着姑爷放这肮脏恶毒的臭狗……"

"屁"字尚没出口，题山忙向他丈母说道："妈妈，不要错怪了舅嫂，这屁是我放的。"

婆子赶把手指离开了鼻子，着实地把鼻子嗅了几嗅，道："不错不错，老身原道这个屁不像是媳妇放的。媳妇的屁肮脏恶毒，哪里有这般又甜又香，和梨膏糖一股滋味。"说时，引得大家都笑了。

自从吃过这席酒后，忽忽时光又经了三个月。一天，婆子的两片面皮不似海棠果一般红，却似成年的冬瓜精一般青。她跌了筋斗吗？没有没有。她把靛青涂了面吗？又不痴又不呆，因甚要把靛青来涂面？左不是右不是，她的面颊因甚这般青？原来不为着别事，只为她的讨厌女婿，今天又上门来找丈母。

在这三个月里，题山的投机事业闹得一败涂地，名誉也坏了，财产也完了。阿招和丈夫闹过几回，竟收拾些细软东西，背着丈夫一溜烟地走了。题山见着家破人亡，十分懊丧。后来打听得阿招并没远逃，只躲在娘家里，贴钱养汉，度那快活日子，当下气愤愤地跑到丈母家里，待和丈母开个谈判。一言不合，婆子便手指着女婿的面皮骂道："穷鬼，我不向你索人，你颠倒向我索起人来？你敢怕穷昏了头脑，才道出这些没出息的话？穷鬼，你还不走，老大的耳刮子给你受用。"

题山入门时，眼见他妻子躲入舅嫂房里去，便道："不用骂，不用骂，我搜觅一下子，再向你理论。"

当下放开脚步，正待闯入舅嫂房里，说时迟那时快，蓦地从房内跳出一个大汉，一把扭住了题山的胸脯，喝道："你是什么人？青天白日竟敢闯到我浑家的房里来，好好，和你到茶寮里去讲个理。"原来说话的正是婆子的儿子阿黑。

婆子也指着题山骂道："穷鬼呀，你嘴里嘈些什么呀，简直不是说话，是个黄狼屁呀。便是黄狼屁，也没有这般臭呀！"

在他们吵骂的当儿，同居的赵大麻子暗暗地冷笑道："前日的女婿，放出屁来香比梨膏糖；今天的女婿，说出话来臭过黄狼屁。这般的丈母，简直不成了丈母，成了个老鸨。"

热　心

　　王金宝和张土生是十年前的老朋友。金宝连年出外贸易，土生却只在乡间居住，劳燕分飞，十年中不曾会过一面。一年夏季，金宝因事归乡，行装甫卸，便去访候他的老友土生，叙叙十年中的契阔。比及走到张宅门首，却已室是人非，另换了主人。金宝老大没趣，访问左右邻居，说张土生搬到哪里去了。邻居人家都说土生连遭颠沛，这宅子已在三年前卖给别姓。现在土生家境困难，搬在东首一个小村落里居住，离这里约莫三四里，你自去访他便了。金宝听说，不禁诧异起来，暗想土生本是个小康之家，做人是很忠厚的，自奉俭朴，又没有什么嗜好，怎么十年以来，家产便堕落得这般地快，其中定有个缘故。横竖他搬家不远，不如且到东村去访他，会面以后，这家产堕落的原委自会分晓。

　　绿槐荫里，日光琐碎，枝头蝉声噪得怪响。金宝寻到这里，已是东村所在。遥见数十步外，有几间矮屋，编茅作檐，叠泥为壁，东倒西歪，不成模样。矮屋以外，有一个年可五十的男子，赤着膊坐在竹椅上搓草绳，仿佛是他的老友张土生。犹恐一时眼错，把人误认了，赶快跑上十多步，停睛细看，谁道不是张土生？唤一声："土生哥，久违了。你怎么搬到这个冷僻的所在？"土生正低头搓那草绳，冷不防有人唤他，抬眼看时，却是旧友王金宝。立时丢去草绳，迎上前去，道了些别后想念的话，不觉又是欢喜，又是惭愧。欢喜的，多年旧好，一旦重逢；惭愧的，自己贫困得这般模样，实在难见故人。当下忐忐忑忑,要请金宝到里面坐,草屋里肮脏不堪,怎好延客;倘在门外谈话,也不成个礼数。金宝瞧出土生为难的情状,便道:"土生哥,和你多年没见面,可以爽爽快快地谈一会儿心。我们且到镇上茶铺子里叙叙去。"土生点头赞成,便到里面去穿上一件破短衫,把竹椅和草绳都交付了老婆,然后陪着金宝到镇上去吃茶。两人同行时,金宝道:"怎么土生哥的家况,竟远不如十年以前?"土生叹了一口气道:"说来话长,我的苦痛都吃在热心上面,总恨老天不晓事,偏偏派我生就这一颗热心。为了这一颗热心,吃亏得说不得。东也遭冤,西也受枉,小小的一份家私,被这颗热心断送净尽。直到如今豁然梦醒,无论怎么样,我这颗心不敢再热了。可是懊悔嫌迟,我的家私已变作阿元戴着帽子了。"金宝莫名其妙,便道:"土生哥这话怎讲?"土生道:"说来话长,坐定了和你细讲。总而言之,都是热心的不好。两点眼泪,损失了我一头牛;半段香烟,损失了我三百元大洋;一只破袜,损失了我一所住宅、百亩良田。俗语道,热心肠招揽是非多。直到如今,才信着这句话了。"说时又连连地叹了几口气。

金宝听了,暗暗地好笑,敢怕土生害了疯了,怎么为着两点眼泪、半段香烟、一只破袜却损失了他的许多财产?路上不便细问,比及到了镇上小茶肆,坐定泡茶。那时天气正热,两人都解了衣服,喊两盆面汤到来,揩去了身上汗液。金宝道:"你方才讲的话不明不白,宛比丈二长的和尚,令人摸不着头脑。端的是甚样一回事,倒要请教。"土生敬了金宝一杯茶道:"你莫心急,我的说话正长,且先把你的别后情形告我知晓。"金宝暗想:急惊风碰着慢郎中了。只得略把自己十年来的贸易情形说了一遍。土生道:"毕竟你的运气好,到处顺利。"又叹了一口气道,"我只恨这热心生得太热,才吃了这大亏!"金宝笑道:"土生哥,说了半天话,不曾说什么,只是热心长热心短。你的心太热,我的心也要焦了。毕竟怎样的吃亏,快说快说!"土生攒着眉头,喝了一口茶,然后把十年来热心吃亏的事从头诉起。

土生道："我在八年前，青石桥堍李小二欠了我六十块钱，只为无力还债，把一头耕牛抵押在我家。这头耕牛，颈项里有一搭白毛，年龄还不算大，却是一只母牛。我着人牵入牛棚里，好好喂养。过了一天，我到镇上去买东西，打从田岸上经过，蓦见迎面来了一个不相识的童子，气急败坏地赶到我面前，慌慌张张地向我问道：'请问老伯伯，这里有一位张土生老爷，住在哪里？'我听得这般称呼，好生诧异，忙向童子仔细一看，约莫十三四岁年纪，生得眉清目秀、一表非俗，身上衣衫也很整齐，不像这里乡间的人物，便道：'小官人，你姓甚名谁？打从哪里来？为什么要访问张土生？'童子道：'我姓柯名企芳，住在城里紫石街。我是一个可怜孩子，八岁上便死了娘，现在有六年多了。我哪一天不想着我的亲娘！我到这里来访张老爷，是要来会见吾的亲娘。'说时，两点眼泪滴溜溜地滚下。我见这情形，很替他心酸，又问道：'小官人，你小小年纪，难得你有这孝心。可是你的娘已死了，怎么到了张土生那边便可以会见你的亲娘？'柯企芳道：'老伯伯有所不知，我每天放学还家，总到我亲娘坟上去探望，拍着坟墩，唤几声亲娘亲娘，儿子在这里望你，万望亲娘有灵，和儿子在梦中相见。可是这几年来，睡梦里从不曾会过亲娘的面。昨天，我到亲娘坟上哭了一场，一时困倦，竟睡倒在草地上面。恍恍惚惚，见我亲娘来托梦，头颈里围着一条白色绒巾，惨凄凄地向我说道：'为娘的已转世投胎，化作了牛身，一向在青石桥李小二家里做工，现在却抵押在百家村张土生老爷府上。你要和我相见，且到张老爷那边来寻我。'我再要问时，怎禁得旁边几声犬吠把我睡梦惊醒，因此过了一宵，拼走着十余里的长途，来觅张老爷，好引着我和亲娘相见。'说时，竟掩着面号啕大哭起来。我忙道：'小官人，且莫哭，区区便是张土生。昨天李小二果然抵给我一头牛，颈里生着白毛，却不料是你的亲娘。'企芳听了，便连连地向我磕头，要我引着他去见他的亲娘。我是热心人，见了这般的孝子怎不感动，当下引着企芳，到牛棚里和母牛相见。企芳跪在牛棚里，足足地哭了半点钟，惹得村里的人都来瞧热闹，谁也不道一声奇怪。后来企芳每天从城里跑到我家，带些豆饼菜饼，供献这头母牛，向我再三恳求，要我好好看待他的亲娘，他便一辈子感我的恩。我一时热心过度，便道：'你的亲娘凭你领去，我便拼舍着这六十块钱，成全你们俩的骨肉。'企芳大喜过望，拜谢了我的成全之恩，牵着这头母牛，一壁走一壁还说着：'亲娘，和你回家去。'自从企芳牵牛去后，我常把这事记挂在胸。一天便道进城，径到紫石街去探访企芳。一时探访不着，便把这事的原委告诉他的邻居。邻居笑道：'你可吃了小滑头的亏了，柯家的孩子是城里有名的小滑头，到处行骗，不止一遭，你原来也中了他的狡计。记得那天晚上，小滑头牵着一头牛进城，过了一宵，卖给宰牛场，得了三十块钱，欢欢喜喜，又不知到哪里游荡去了。'我到此才知受骗。只因热心过度，要成全人家的骨肉，却不料为了两点眼泪，损失了我的一头牛。"金宝道："这是老哥忠厚过甚，受了孩子的骗。可是这小滑头怎能知道老哥府上新得这一头白颈的牛？"土生道："后来有人告诉我听，这小滑头常和李小二往来，一定他从小二处得了信息，所以想出这般诡计……"说到这里，恰巧有一个卖花生的小贩，到茶寮里来兜卖。土生买了一包花生，授给金宝道："金宝哥，我的说话正长，请你一壁剥花生吃，一壁听我讲话。"金宝也不客气，慢慢地剥着花生，静听土生讲话。

土生喝了几口茶，接续说道："五年前的冬季，乡间演着草台戏，答谢土地公公。那班子里很有几个顶呱呱的角色，排的戏剧又是最著名的几出拿手戏。不但乡间男女都到庙场上来看戏，便是城里人也纷纷坐船骑马下乡来瞧热闹。这戏剧连演三天，我看了一天，看得起劲，第二天又赶到庙场上去看戏，谁料却看出事来了。这天的看客比第一天加倍热闹，戏台前面拥挤着八九百人，肩背相挨，简直不留一条缺缝。立在我前面的是一个城里人，身上衣服很是体面。旁边还立着一个老者，举头看戏，嘴里却衔着一根香烟，不住地抽吸。这时台上正演着《长坂坡》，起赵子龙的武生十分卖力，台下喝彩声和暴雷一般响亮。那吸香烟的老者忘却自己衔着烟，竟也随着众人喝起彩来，嘴唇开处，这半段残余的香烟落将下来，不偏不倚却落在这城里体面人的衣襟里面。我瞧得清切，便道：'老兄留心火烛，衣襟里落有半段烧剩的香烟。'谁料锣鼓喧天的当儿，这体面人心在戏剧，却不曾听得我的警告。我这时又热心过度了，暗想衣襟里着了火，须不是耍，待我替他把半段香烟取了出来，免得发生危险。当下起着右手插到这体面人的衣襟里，待要取出这半段香烟。谁料半段香烟不曾取出，蓦听得绰的一响，我的脸上早着实地吃了五支雪茄。原来这体面人见我摸他的衣襟，只道我是剪绺小窃，打了我一下嘴巴，还把我当胸揪住，喝一声：'狗贼做什么？'我知道他误会了，忙把情理说明。他哪里肯相信，一手揪住我，一手摸着衣袋，喝一声：'狗贼该死！你把我的皮夹摸去了，皮夹里有三百元钞票。这还了得？打打打！'那时旁边的看客也把我当小贼看待，东一拳，西一脚，打得我弯着腰儿，连连申说我不是贼。人多口众，闹作一片，谁也不曾听得我的说话。亏得有几个乡间熟人从中解劝，竭力替我担保。且说捉贼捉赃，不曾搜得真赃，怎好冤人做贼。这体面人便把我拖到空旷处，解衣搜检，哪里有什么皮夹？我以为这冤枉可剖白了，谁料他一口咬定我是个积窃，说我串着同党，把真赃携去了，赃虽没有，贼却现在，定要送到县知事那边去重办。他又自道姓名，说姓巫名兰人，是县公署里的科员。他又说：'狗贼没生眼睛，竟敢在太岁头上来动土，不把你送到县里打个皮开肉绽，你的贼心怎肯便死。'众人见这事闹翻了，再三求情，叫我到家里备了三百块钱，赔偿了这姓巫的损失，才不曾把我捆送到官。这便是为了半段香烟，损失了我的三百块大洋。"

金宝听到这里，花生已吃了半包，便道："热心人难做，为好反成隙冤，也无从伸处。只是这姓巫的也忒可恶，怎么硬诈人三百块钱?"土生道:"也许是他的皮夹在先已被人摸去,偏我倒灶,去垫这个刀头,才吃了这一番冤苦。可是这一番冤苦还不算大,三年前吃的一番冤苦才算大咧。"说时,又喝了几口茶,接续说道,"我经了这几番苦痛,时时自己警戒,以后待人接物,可不要这般地热心。谁料江山易改,本性难移,三年前的春间,又因热心过度,弄出一场大祸。"

"那天,我在门前闲眺。对门赵大娘的四岁儿子绊跌在街心,没人把他扶起,这孩子便伏在地上哭喊。我把他拉了起来,送他还家。入门时便喊道:'赵大娘,你家小毛跌了,三四岁的孩子怎么放他在街上行走?你可知道很危险的咧!'喊了几声,才见赵大娘披着一件破棉袄,没精打采地出来,接受她儿子小毛,连连向我道谢。说话时牙齿捉对儿厮打,浑身簸糠也似的颤动。瞧这情形,我知赵大娘的疟疾又发了,便道:'大娘,你的身子可有些不舒服吗?'大娘皱着眉道:'身上冷得很,宛比入了寒冰地狱,冷得没躲处。床上又没有厚棉被,这真要了我的命了!'我那时又热心过度,忙道:'不要紧,我这里有厚棉被,待我差人送过来,借给大娘一用。'当下转身回家,派遣小厮,把我自己床上的一条厚棉被借给赵大娘御冷。过了一天,大娘把棉被送还,原来她的病已好了。

"又过了五六天,我清早起身,猛听得街坊上人多口杂,一片声的喧闹,开门动问,众人都说赵大娘上吊死了。我听得很诧异,正待探问觅死的根由,却见大娘的丈夫赵老大,手提着一只破旧的青布男裤,气愤愤地向众报告道:'列位高邻,你们要晓得这婆娘觅死的根由吗?我自从在城里充当警察,公事很忙,须隔两个月才能回家一次。常有人向我说,你久不回家,只怕你老婆不耐寂寞,要起野心。我只道是戏谑之言,并不放在心上。昨夜回家,却被我搜出了真赃实据,这只青布男裤,便是从婆娘床头拾得的。我把婆娘辱骂了几句,婆娘哭了半夜,乘我熟睡竟自上吊死了。这是她自走死路,怪不得我赵老大。'说话的当儿,我却恍然大悟,这只破袜确是我的。那天把棉被借给大娘，误把这破袜夹在里面，彼此不曾注意。谁料却种了这个祸根……我那时心头明白，要是守着秘密，不把这事说破那便好了。偏偏我热心过度，定要洗刷赵大娘的名誉，当着众人，把那天借被夹袜的情由说个明白。要是说得明白那便好了，谁料话没说完，早被赵老大当胸揪住道：'冤有头，债有主，原来你便是我老婆的情人！和你到城里打官司去！'后来把我扭到城里，告发官厅，把我看管了。我是乡下人，怕官如怕虎。公门中人都和赵老大串通一气，知道我是没有势力的，百般恫吓，百般敲诈。这官司拖延了一年又三个月，比及他们的欲壑已满，把我释放回家，我的财产都被这官司打完了。这便是为了一只破袜，损失了我一所住宅、百亩良田。"

金宝那时已把这一包花生吃完了，花生屑嵌了牙缝，便从身边摸出一副钢丝牙签，慢慢地剔着牙缝，一壁剔一壁说道："土生哥，现在的世界，真叫作恶人世界，热心人到处吃亏。从前的事也说不得了，但愿你以后把这热心放得冷些。狗咬吕洞宾，弗识好人心。你把吕洞宾般的心去待恶狗，这是万万使不得的。"土生道："谁也不是这般说，吃一次苦，学一次乖。我连吃了三次苦痛，我的热腾腾的一颗心，冷得和死灰一般了。"金宝笑道："只怕又是江山易改，本性难移。碰着什么事，你又要热腾腾地去招揽是非。"说时，剔牙完毕，又把钢丝签去扒挖耳孔。土生道："老哥休这般说，从此以后任凭天坍般的事，都不和我相干。要我这颗已冷的心重生热气，千难万难！"说时，瞥见一个蚊虫躲在金宝手腕上叮血。土生一时手痒，伸着掌，向金宝手腕上着力地打了一下，替他打死这个蚊虫。掌声起处，金宝大喊一声向后便倒。原来经这一打，这根钢丝签打入耳孔里去了。茶寮中人争把土生拖住，防他逃走。土生吓得面如土色，战战兢兢地说道："热心人又惹出祸殃来了！"

七夕之家庭特刊

　　近朱者赤，近墨者黑。报馆记者之家庭，日接触于文字生活，而其子若女之脑蒂中，皆蓄有一小文豪之希望。

　　章君警庸，报界中之健将也，搦三寸不律，横扫五千人，当之者咸辟易。无论识与不识，辄震而惊之曰"文豪文豪"。警庸诸子女，以小文豪自命者五，五人者，年岁相差恒以一。长曰珂，年十六；次曰璇，年十五；三曰瑶，年十四；四曰琳，年十三；五曰琪，年十二。珂也、琪也，皆男也，璇也、瑶也、琳也，皆女也。著者为醒目计，男则字之以郎，女则字之以娘，庶几孰男孰女，阅者可一望而知，而无扑朔迷离之感。

　　此五小文豪，组织一雏形之舆论机关，命名曰《家庭月刊》，采集门内小新闻、家中小历史，附以种种小评小论，月出一纸，未尝愆期。推举父母为名誉总理，珂郎为总编辑，璇娘、瑶娘、琳娘、琪郎为分编辑。总编辑除撰述外，有修改稿件之责，分编辑除撰述外，有誊录稿件之责。每值星期放假，小文豪团坐一室，从事于文字生活。第一星期日集稿，第二星期日修稿，第三星期日誊稿，第四星期日休息。月刊材料，饶有兴趣，如猫之起居注、家庭灭蝇队之战绩、一月内之园花盛衰表、父母之训话、兄弟姊妹之谈片，皆小文豪之杰作也。销行之区域，不出户庭以外，看报之主顾，除家人互相传观外，偶有戚友来家，亦许检阅。唯阅报室中贴有简单之通告曰："任客浏览，不得携出。"其取缔固甚严也。

阳历八月廿九日，适为阴历七夕，是日为水曜，非学校假期。五小文豪请于父母，愿向学校乞一日假，以从事于七夕之家庭特刊。父曰："是奚为者？七夕为乞巧日，非乞假日也。"母曰："佳节难逢，姑徇儿辈之请，以鼓舞其笔墨之兴趣。"于是乞假问题，乃得通过于父母。五小文豪咸抖擞精神，以结构此应时杰作，思为《家庭月刊》上放一异彩。

珂郎以总编辑资格，召集弟妹而语之曰："今日之七夕特刊，吾辈五人文学上之结晶品也。尚望各就所长，为佳节作点缀。毋令牛女笑人拙也。"弟妹咸曰："诺。"总编辑向日不轻著文，今以特刊关系，珂郎即援笔著一短论，其标题为《七巧与七拙》，文曰：

俗有七巧之说，其原因起于七夕之乞巧。吾谓蠢如牛女，何巧之有？与其称之曰七巧，毋宁称之曰七拙。男女居室，天赋特权，乃以钱债之关系，甘受人权之剥夺，会少离多，吞声饮恨，一拙也。爱情神圣，不受干涉，既遇暴力之摧残，宜向法庭而申诉，不此之图，自甘卑屈，二拙也。天河一衣带水，何不建筑桥梁，以图一劳永逸？而乃一年一度乞灵乌鹊，三拙也。即无桥梁可通，亦有方舟可渡，张骞尚能泛天汉之槎，牛女何不能击银河之楫？而乃有舟不渡，痴待桥成，四拙也。既经会面，何轻言别？纵不作十日之欢饮，亦当倾万斛之相思，而乃立谈之顷，旋唱骊歌，匆匆而来，急急而去，五拙也。如云晷刻稽迟，惧遭天帝谴怒，何不利用时机，同脱羁绊？女跨牛背，郎挽牛绳，与子偕行，从此逝矣。而乃才离天河，复归营室，失此机缘，万劫不复，六拙也。如云大罗天上，一时难匿逃踪，然而人间自由，远胜天上，尽可逃往人间，永为夫妇，无朝非花，靡夕不月，鸳鸯交颈，何乐如之？而乃恋恋河干，不思远引，洒泪有雨，飞去无风，七拙也。具此七拙，而无一巧，牛郎者天上之拙男子也，织女者天上之拙女子也。世间痴儿女，纷纷焉具瓣香、陈瓜果，膜拜于牛女双星之下，是乞拙也，非乞巧也。以余观之，巧在人间，不在天上。牛女却有乞巧于吾辈之趋势，吾辈殊无乞拙于牛女之必要。

璇娘曰："珂哥将七巧二字，根本推翻，立论固爽快矣，独不虑太煞风景乎？以侬观之，牛郎诚拙，而织女则至巧也。侬有《乞巧新开篇》一首，语语含有巧字，且对于织女，少贬而多褒，用意与珂哥不同。"因出稿以示众，其词曰：

> 双星巧夕语喁喁，巧合奇缘一水通。
> 巧搭桥梁银汉上，全仗那通灵乌鹊巧玲珑。
> 一时乞巧人多少，巧掷金针问吉凶。
> 巧果安排开巧宴，女伴们金樽巧饮状元红。
> 五丝巧样穿针孔，还有那得巧的蜘蛛在锦盒中。
> 巧解连环凭巧腕，端的是人间技巧孰如侬。
> 然而人工哪及天工巧，巧若天孙夺化工。
> 巧织七襄鸣玉轴，纤纤巧指比青葱。
> 巧领袖，巧祖宗，其间巧妙自无穷。
> 青丝巧绾灵蛇髻，巧画双眉比远峰。
> 无缝天衣夸巧制，巧鸣环佩响叮咚。
> 说不尽万般聪慧千般巧，巧胜当年鲁班公。
> 只可惜如此仙姬夸绝巧，却不闻郎才女貌巧相逢。
> 只落得巧妻常伴牧牛童。

珂郎笑曰："毕竟女子口吻，回护天孙。此篇结句云'巧妻常伴牧牛童'，语里行间，大有挑拨之意。倘织女闻妹言，而与牛郎宣告离婚，银河永隔，星影不双，则将奈何?"

璇娘含笑不答。瑶娘代答曰："牛郎与织女，天然佳偶，安有离婚之事? 牛郎劳农也，织女劳工也，劳农神圣，劳工亦神圣，以神圣之夫妇，任神圣之职业，发神圣之恋爱，历劫穷尘，断无变革。而珂哥乃虑其离婚，得毋神经过敏乎?"

珂郎拊掌曰："妹之议论，道人所未道，亦足以备一格。不识可有佳著，以发挥此义否?"

瑶娘曰："侬有新体诗一首，即咏歌其事，愿珂哥为之教正焉。"因出稿以示众曰：

神圣般的恋爱，

发生在神圣般的职业。

没职业的恋爱，

恋爱些什么?

只算是镜里看花，水中捉月。

世间多少痴儿女，

顾了一方面的恋爱，

却忘了一方面的职业。

男也不知耕，

女也不知织，

纵使一年三百六十五朝，

朝朝并肩，

一年三百六十五夜，

夜夜接席，

也只算是恋爱界中的恶魔，

职业界中的蟊贼。

没职业的恋爱，

真没丝毫的价值。

神圣般的恋爱，

发生在神圣般的职业。

抛不掉恋爱，

又丢不掉职业，

这才算得职业恋爱，两无偏缺。

天上的牵牛织女，

顾了一方面的恋爱，

却不肯牺牲那一方面的职业。

男也不忘耕，

女也不忘织，

纵使一年三百六十五朝，

只有一会儿并肩，

一年三百六十五夜，

只有一会儿接席，

也不愧是恋爱界中的明星，

职业界中的表率。

有职业的恋爱，

才有绝大的价值！

珂郎曰："瑶妹此作，可以压卷。古今多少咏牛女诗，千口一吻，多作伤离惜别语，妹独放此远大眼光，看出'神圣职业'四字。立论正大，不当以游戏文章目之。"又语琳娘曰："愿观琳妹佳作，当亦别有见地。"

琳娘曰："侬作不佳，只有滑稽口吻，却无正大眼光，奈何？"

珂郎曰："瑶妹作庄论，琳妹作谐语，庄谐相间，最为合格。"

琳娘乃出其所著，标题曰《鹊诉苦》，其词曰：

鹊鹊鹊，冤哉也枉填桥鹊。我又不贪图珠和璧，我又不希望财和帛，却叫我气吁吁地飞来，热腾腾地飞去，作合人家的幽欢密约。他们俩谈谈说说，啼啼哭哭，怜怜惜惜，耽耽搁搁。却苦了我们鹊儿不着，把我们踏得鹊背都秃，把我们践得鹊毛都落。最可恨的这四只又笨又粗又壮的黄牛脚，踏上我们的脊梁，真个痛如刀斫。待过了七夕佳期，我们鹊儿身上都贴上一张跌打损伤的膏药。鹊鹊鹊！

珂郎曰："鹊儿贴伤膏药，滑稽可喜，不愧谐文中之杰作。尚有琪弟，迟迟未脱稿，讵惨淡经营，欲图后来居上乎？"
琪郎曰："七夕诸作，多被哥等说尽，只有搁笔耳。"
珂郎曰："弟勉为之，七夕交白卷，不虑天孙笑汝拙耶？"
琪郎不得已，乃出一稿，题为《天孙寄牵牛书》。其文曰：

渺渺银河，彼岸几何？欲渡无楫，奈此长波。妾永怀君子，未审君子念妾何似也。比者昼鸣一杼，夕理双丝，寸寸啼痕，缕缕血泪。空屋无人，伴妾者唯皓月耳。彼广寒之宫，清虚之府，犹得嫦娥奏舞，宋纬按笛，结璘放歌，吴刚摘桂，相与遣此永夜，写此长愁。而妾则孤坐空房，静对营室，愁引丝而俱长，叹与机而相续，天乎斯酷，妾恨何言……

珂郎读未半，频频摇首曰："不类不类，琪弟十二龄童子，教科书尚未卒业，何能作六朝韵语？是必有蓝本无疑。"
于是璇娘、瑶娘、琳娘群起而笑曰："抄袭家，抄袭家。"
琪郎大窘，面赧如胭脂，喃喃自辩曰："此作虽非己出，顾以抄袭家相嘲，我殊不甘承认。"
三姊妹大笑曰："文非己出，即系抄袭家。弟尚强辩耶？"
琪郎曰："否否，窃取他人之稿，谓之抄袭，转录阿父旧作，不得称之曰抄袭。"

三姊妹闻之，益喧笑不已。珂郎曰："妹等勿笑，琪弟亦勿窘，无论抄袭与转录，要之文非己出，作为无效。琪弟当另撰一稿以自赎，否则当议罚。"

琪郎惧罚，乃搜索枯肠，作一短歌曰：

> 我不欲乞巧，我但欲藏拙。
> 巧既乞不得，拙亦藏不得。
> 勉成短歌数十字，一字一滴心头血。
> 此稿虽欠佳，却不是抄袭。
> 我敢指天誓日，便是天上牛女双星也晓得。

珂郎笑曰："此篇寥寥数十字，殊饶趣味，虽非杰作，却是极作。盖琪弟发急之后，乃有此著作耳。"语毕，众人咸大笑。于是乘此余兴，分任誊录。誊录既竟，合为一纸，璇娘为作封面画，瑶娘为作海棠花边，琳娘为作题签，琪郎为任校对。维时砚有余墨，珂郎援笔序目，次曰：

> 首珂之七巧与七拙，是谓特作。特作者，平日不轻作，今日乃作也。次璇之新开篇，是谓叠作。叠作者，叠用巧字二十有九也。次瑶之新体诗是谓杰作。杰作者，诸作之中唯此压卷也。次琳之鹊诉苦，是谓噱作。噱作者，取材滑稽，足供大噱也。次琪之短歌，是谓极作。极作者，指天誓日，近乎发急也。

琳娘笑曰："侬当代续数语：次琪之《天孙寄牵牛书》，是谓袭作。袭作者，阿父旧稿经彼抄袭也。"琪郎闻言大愠，断断争弗已。

适警庸自外入，问儿辈何事争论。众告以故，琪郎亦牵父衣问曰："窃取他人之稿，谓之抄袭，转录阿父之稿，可以谓抄袭乎？"

警庸徐徐语曰："转录父稿，不作抄袭，却可为一般抄袭家开一生路。方今各报各杂志，抄袭家不时惠临，一经攻破，辄匿迹销声，不敢答辩。有此一条生路，抄袭家可援此为例，向人答辩曰：此转录家君旧作，非抄袭也。"

章夫人适在旁，闻而笑曰："借题发挥，热嘲冷骂，此报馆记者之长技。君又用此长技耶？"语讫，拊掌之声，喧于一室。

但求化作女儿身

著者曰：凡人署一别号，钤一图章，皆为性情上之一种宣言。循名核实，鲜有或爽者。湘潭刘廷玉，弱冠时别署曰"雄飞"。与朋辈通尺素，署名处辄钤一篆文图章，曰"磊磊落落奇男子"。廷玉与余为同学，性豪放，自负特甚，抵掌谈时局，滔滔不竭，辄欲有所建树，顶天立地，不负此昂藏七尺身。余闻而伟之曰："大丈夫定效雄飞，君真不愧磊磊落落奇男子矣。"

廷玉学成而归，忽忽十年，音问隔绝。今岁暮春，余至沪上，邂逅廷玉于某剧场。余喜极而呼曰："雄飞别来无恙否？"廷玉握余手，略道契阔，且询余寓沪地点。语时目光旁瞩女座，露局促状。

余曰："君携眷属同来乎？"

廷玉曰："然，今夕有他事，不克与故人畅谈。来朝当造尊寓，一倾积愫。"

余笑曰："雄飞君，余固极欲闻君雄论也。"

廷玉状忸怩，且曰："愿君毋复以雄飞相称。此一时彼一时，吾今雌伏矣。"因鞠躬别去。

诘朝，余甫起身，廷玉遣仆人送书至，略言"君暂弗他往，当竭诚造访，以剖衷曲"，书末署别号曰"雌伏"，所钤之章曰"但求化作女儿身"。余见而大异，何十年不见之老友，竟一反向日之所为乎？不雄飞而雌伏，不做磊落奇男子，而欲化为女子身？兹可怪也。

比廷玉至，坐甫定，余不暇叙寒温，即曰："雄飞好男子，乃薄须眉而弗为?"

廷玉攒眉曰:"吾昨语君,勿以雄飞相呼。呼我雄飞,徒使我心悸。吾生平失败,误在雄而不雌,脱令苍苍者能如人意,速化我为女子身,则失之东隅,犹可收之桑榆,宁不大佳? 不得已而思其次,今生不幸作男子身,而来世得转身为女子,亦属差强人意。我饱受十年苦痛,遂激成一怪异之性质,雄也避之,雌也甘之。避雄如避凶,甘雌如甘饴。君若洞悉吾隐,当祝我为十年后之新雌,不当呼我为十年前之故雄。"

余益怪其言,因详询其究竟。廷玉为述十年中之男儿失败史,须眉累人,动遭挫跌,奏凯之声,乃在巾帼,其不乐为男而乐为女,盖有由也。

廷玉之言曰:"吾自毕业返里后,意气凌霄,思为震惊一世之新人物。是年,吾妻来归。吾妻颜氏婉芬,与我年相若,曾受旧教育,粗谙文理,性又婉娈听从,抱定'无违夫子'四字谓天经地义。吾窃笑其迂,从而晓之曰:'今为女权萌芽时代,凡属裙钗,宜自勉为女豪杰、女伟人,从前班姬谬说、若昭诞论,均无一顾之价值。吾愿卿改造头脑,以迎合新世界之潮流也。'

"妻曰:'侬非不欲扩张女权,奈程度不足何?'

"吾曰:'程度不足,则继之以学。卿毋虑,是诚在我,必有以增高卿之程度。'于是送吾妻于附近女学校,俾受新教育,以变化其气质。

"翌岁,省吏考选男女学生赴日本留学,费由官给。吾闻而心怦怦动,遽往报名,私冀侥幸获选,得东渡扶桑,饱吸文明空气,归而改良社会,振兴教育,益足以展我骥足。吾妻闻其事,亦欲赴考,谓考取以后,夫妇双渡东瀛,不更佳耶?

"吾曰:'卿入校甫一载,未取得毕业资格,遽往应考,于例未符,诚恐难邀录取。'

"妻愠曰:'录取权不属君,而属于考官。君何败我兴耶?'

"吾不忍拂妻意，因偕往应考。比揭晓，'颜婉芬'三字列于榜末，而吾被摈。妻欣欣然有喜色，而吾乃嗒焉丧气，呆若木鸡。盖此次应试男生无虑千百，女生仅有二三，男生百人取一，女生则一榜尽赐及第。吾倘非男子，则乘风破浪，负笈于扶桑三岛，直意中事耳。彼苍者天，不雌我而雄我，坐使试而不售，名在孙山以外，呜呼酷矣。

"吾妻放洋日，欢送者数百人，我亦虱附其中。临别惘惘，吾转作儿女态。妻曰：'君毋然，三年之别，犹旦暮也。君第安居故里，侍奉堂上，代我尽妇职可耳。'语讫，扬巾作别，意态洒如也。吾怅怅而归，方寸间又妒又羡。文章误我耶？须眉误我耶？盖吾之失败史，于是乎开幕矣。

"婉芬留东时代，吾郁郁居乡里，殊鲜建树。曾应某女校之聘，往执教鞭。校长某女士，识字无多，而盛气凌人，岸然有不可犯之色。待遇男教员至为傲慢。尝曰：'吾校主也，汝曹教员，佣于主者也。汝曹之饭碗，悬于吾手，而敢拂吾意乎？'众教员异口同声曰：'唯唯。'吾虽强唯诺焉，而心实耻之。彼自命为校长，而叩其程度，尚不及吾妻之十一，使身为男子，则仅可司奔走，充校役耳。徒以不雄而雌，又恃有奥援，遂尔夜郎自大，不可一世。彼于一切科学都属茫然，即一寻常简札，彼亦不能自执笔，必令男教员为之捉刀。教员属稿既竟，上之校长，校长曰可，乃敢缮钞。彼又强作解人，多挑剔而鲜许可。稿上屡令窜改，辄三四易。教员心厌之而不敢言。彼又好为议论，而种种别字，辄脱口而出。呼入场券为入场卷，田径赛为田径寒，选手运动为巽手运动。教员明知其误，腹诽之而不敢笑。吾与之相处一年，正不如受尽多少委屈，人生何不幸做男子耶？彼一学识浅薄之女子，忝为校长，其气焰已如是，使稍有科学程度，则气焰更当何若？生不用封万户侯，但须一作女班头。吾至是益觉须眉困人，男子之价值，殊不逮女子之万一也。

"无何吾妻毕业返国，向日迂拘之气，一渡东海汪洋，荡涤净尽。初至里门，风头十足，今日赴某处演说会，明日赴某处茶话会，大有山阴道上应接不暇之势。然而吾妻留东三载之成绩，亦至平淡无奇。除于稠人广众中开口大阪，闭口东京，天花乱坠，足以动人倾听外，所有真实学问，初未有若何之增高。撰一演说稿，草一宣言书，仍不能自执笔，必令我代为之。妻之酬酢愈繁，我之笔墨乃愈忙。篝灯属稿，往往至夜深不寐。妻自饱吸文明空气，以变化其性质，于是向者温和之性，乃一变而为卞急。洋洋数千言之稿，迫令我于仓促间成之。吾稍踌躇，则疾言厉色，汹汹如索逋然。尝曰：'懒骡牵磨，不打不走。君之属稿，亦犹是也。'吾闻妻言，因想古来呼夫为藁砧，藁砧二字，向无确解，今乃知之藁者代妻属稿，砧者供妻敲打之具。吾不幸而为藁砧，已矣，夫复何言？

"吾妻长于社交，粲花妙论，听者神移。每上讲坛，清辩滔滔，与坛下之掌声相应和。妻之演稿，皆吾之心血结撰而成，呕我心头血，化妻舌底莲。而一般听讲者，只赏演说人之慧舌，不察捉刀者之苦心，由是女演说家四字荣誉，乃不胫而走远迩，而不知此四字荣誉，皆吾出心血数斗，渲染以成之者也。采得百花成蜜后，为谁辛苦为谁甜？反复此诗，令人心痛。

"近数年来，吾妻奔走社会，名益重，职务益繁。除任女子中学校校长外，复充女教育会会长、改良家政社社长、服务社会团团长，其他名誉职务，偻指难计，焕然为女界之明星焉。吾则蜷伏于吾妻权力之下，仅任女子中学书记一席，受吾妻之指挥，而仰其鼻息。因忆旧小说中丈夫自称，辄曰卑人。吾乃名副其实，昂藏七尺竟受制于裙带之下，卑矣卑矣！

"最近数月中，吾乡选政大活动，无论男女，均得被选为代议士。吾思脱离裙带束缚，运动为省议员，一吐平日肮脏不平之气。顾到处请手，力尽筋疲，卒归于镜花水月。吾妻之运动当选，却又事半而功倍。不必尽以金钱为代价，即一颦一笑，亦具无上之魔力，竟能使投票者之手腕，都书'颜婉芬'三字于票面。开票日，吾妻居然以最多票数当选矣。不独吾妻当选，即向日别字连篇之某女校长，亦赫然充一省之代议士。群雌飞天，诸雄扫地，女权膨胀，男阀推翻。逆料十年以后，必有女元首、女国务院出现，男子权力一落千丈，吾辈须眉唯有吞声忍气，供女子做玩笑品耳。昔黄崇嘏诗云：'愿天速化作男儿。'吾则反其语曰：'但求化作女儿身。'物极必反，理有固然，阴盛阳衰，于今为烈。天乎！吾愿世世生生，弗复作男子身。"

廷玉言至此，唏嘘太息，若不胜其伤感者。余虽觉其立论之偏激，顾亦无以难之，因言："昨夕邂逅剧场，闻君挈眷同来，然则嫂夫人固在沪上乎？"

廷玉曰："此行名为挈眷，实则随侍吾妻至沪与一班女政客、女伟人接洽，以冀政治上之活动。"

余询以女政客、女伟人为谁，廷玉甫欲作答，而仆人坌息至曰："太太有命，促往办文牍。速去毋缓。"

廷玉仓皇作别曰："妻命召，不俟驾行矣。容再相见。"

眼睛器量

管仲器低着头儿，一壁在街上行走，一壁在肚子里打算。他自言自语道："王锦涛这个人好没道理。他今天请客，席上送纸烟，个个面前都送到，唯有我的面前没送到。我虽然平时不吸纸烟，可是每逢席上送烟时，我也胡乱吸几口，从来不曾推却。他今天故意不把烟给我，未免欺人太甚，我怎肯轻易受他的欺侮！"

"老爷把我一个铜圆吧！"一个叫花子跟在仲器后面，一迭声地讨钱。可是仲器睬也不睬，续又自言自语道："许赓生在席上说的话很是蹊跷。他说，小杯里的酒可以倒入大杯，大杯里的酒不能倒入小杯，倒了便要满出来。这几句话分明是语里藏机，讥诮我器量太小。我自想素能容物，器量何曾浅狭。赓生说的话分明是无的放矢，我无端受他奚落，难不成揉揉肚子便罢了？"

"老爷，发发善心，把我一个铜板吧。好老爷，大富大贵、多子多孙的老爷。"花子又一迭声地讨钱。可是仲器依旧不去睬他，续又自言自语道："便是今天定的席次也不对，我便不坐首席，也该坐个第二位。锦涛却偏派我坐第七把交椅，益发把我藐视了。我今天不是去赴宴，竟是去受气，亏得我的器量还大，要不是，岂不把这个肚子都涨破了吗？"

"老子晦气，跟了你这个猪头三，搠尽了霉头！"花子跟了一程路，不见仲器给他钱，便吐了一口涎沫，转身便走，嘴里这般喃喃讷讷地骂。

仲器回转身去，待要打花子儿下嘴巴，一来花子已走得远了，追赶不上；二来花子的脸上是很肮脏的，打他嘴巴岂不污沾了自己的手掌？在这当儿，仲器站定了脚跟，恶狠狠地瞅了花子儿眼，直待望不见了花子的背影，他才没精打采地慢慢儿行走。

　　仲器今天所受的激刺是很多的了，席上的激刺不曾消释，又受了路上的激刺。他自信度量宽宏，可是经这种种不如意事横梗在肚子中间，再也揉不下去。凭你度量宽宏，也把这肚子占去了十分之九的位置，闷闷地到了家里，搔头摸耳，只是一百个不高兴。他娘子是熟悉仲器性质的，十天以内总有七八天是这般模样，见得惯了当然不以为奇，也不问丈夫心里有什么不快，只是暗暗地忖量道："今天的饭，可又多煮了半升米了。"

　　娘子这句话怎么讲，当然是伊的经历之谈。伊见丈夫每逢心绪不佳，便把饭量来减少，因此深惜今天多煮了半升米饭。比及吃晚饭时，果然不出所料，仲器只吃了两三口，便搁着不吃。要是心里快活时，吃了三碗还要添，现在却大大地打了个对折的对折、九扣的九扣。原来"物莫能两容"是物理学的公例。试把一个玻璃细口瓶向缸里去取水，蓬蓬地排出许多气泡，直待空气排尽了，才能够满满地装着一瓶水。仲器的肚子宛比玻璃瓶，肚子里的闷气宛比是空气，所吃的饭宛比是瓶里装入的水。他既把这许多闷气占去了肚子里十分之九的位置，只有十分之一可以容纳饭食，当然吃了几口便搁着不吃了。到了来朝却便宜了门前的几条狗，舔嘴咂舌把阶石上面倒弃的隔夜饭吃个净尽。这是后话，表过不提。

　　且说晚饭以后，仲器上床安睡，哪里睡得安稳？左一骨碌翻身，右一骨碌翻身，心窝里不住盘算：锦涛因甚不把纸烟敬我？因甚不请我坐第二把交椅？赓生因甚讥讽我量狭？花子因甚骂我猪头三？我难不成便白白地受了这口闷气？咳，须得一桩桩地报复，才能够使我气瘪。报复的方法须得尽着今夜细细地筹划一下子……报复，报复，怎样地报复？这般报复也不好，那般报复也不好……壁上的

32

时辰钟当当敲动，一而再，再而三，三而四，筹划到四点钟，方才有些线索，然而已大半夜没有睡了。

过了一天，仲器打定主意，斗财不斗气。我要吐出这几口闷气，当然不能吝惜小费，事不宜迟，拼着赔些本钱，把隔夜的闷气一股脑儿都脱售了，也好使我肚子轻松，和新分娩的产妇一般。当下携带些钱钞，捧着这个满贮积气的肚子，慢慢儿出门。

他在一条巷里穿出穿进，打了五六个回合。这是什么讲究？他只恭候昨天的那个花子。花子恭候行人是常有的事，行人恭候花子是难见难闻的事。他因甚要恭候花子？无非为发泄这口闷气起见。等了一会子，好容易望见昨天的那个花子远远地来了。他便停了脚步，插手在衣袋里面，做个预备。这是什么的预备？这是出气的预备。

花子走近仲器身边，瞧了仲器一眼，认得是昨天不肯舍钱的猪头三，便不向他讨钱，低着头走了过去。仲器兀自插手在衣袋里，摸出两个出气的铜板，见花子不向他要钱，他倒慌了，赶快追上几步，把两个出气的铜板向花子身边一撩。花子喜出望外，俯着腰去拾取铜板，嘴里却道："阿弥陀佛，善良人，行得好心有好报。"仲器却指着花子骂道："你便是个猪头三，算你老子晦气，今天搠尽了霉头。"花子嘻开了嘴，不则一声，拾着铜板径自走去。管甚猪头三、狗头四，只当过耳的秋风一般。可是仲器的肚子里顿时减轻了重量，十分之九的闷气减至十分之六了。亏得两个铜板排泄了一部分的闷气，这使钱真使得不冤枉咧！

仲器又跑到王锦涛家里，见了锦涛，拉他到新开的徽面馆里去吃面。锦涛回说点心吃过了，改日奉扰吧。仲器哪里肯依，说这区区小东道，你不肯领情，未免瞧人不起了。锦涛没奈何，只得跟着他走。顺便走过许赓生门前，仲器又进去拉赓生，也是这般说法。赓生推辞不得，也跟着他走。当下三人同行，径到新开的悦宾楼徽面馆。入门时也不让客，仲器竟首先登楼。锦涛、赓生都和他熟不

33

拘礼，便跟着他上楼。拣着一个房间，仲器竟先在向南的座位上坐了。锦涛、赓生东西对坐。他俩是很豁达的，在这小节上面，并没有丝毫意见。仲器吩咐跑堂的取了几两白玫瑰、几碟小吃，随后便唤了三碗虾仁面。饮酒吃面中间，锦涛、赓生有说有笑，仲器却疏疏落落地不大开口。吃罢，付了一块多钱的账。仲器不即动身，唤堂官去买了一匣纸烟，划着火柴先代赓生点烟，然后自己也点了。锦涛道："仲器素来不吸烟，现在也学时髦了。"仲器微笑不答，只是连连吸烟。锦涛道："你们吸得起劲，触动了我的烟鳖虫，也给我一支吸吸。"仲器道："论理呢，做主人的合该让客上坐，按座送烟。可是昨天我在府上学得一种特别请客法，现在试办试办，这真叫作学时髦呢！"又回头向赓生道："赓兄莫见笑，兄弟本是酒杯般器量，狭浅不能容物，不比赓兄器量宏大，肚子里可以撑船，将来定有宰相之望。便是民国不设宰相，也可做一位内阁总理，预贺预贺！"说罢，便和两人同下楼梯，拱拱手儿，竟自回家去了。

　　锦涛、赓生和仲器分别后，都觉得方才的说话十分可笑。锦涛道："我本来有些奇怪，他无端拉我们去吃面，猜不出是什么缘故，原来为着昨天席上的事，与我们斤斤计较。可是昨天不敬他纸烟只为素知他是不吸烟的，才没有送；又因他是个熟友，所以不请他坐首席，其间并无轻蔑他的意思。谁知他竟动了气。"赓生道："可不是呢，我昨天说的话，又何尝含有讥讽他的意思，谁知他竟误会了。花着一块多钱，竟来寻我们出气，由他出这不相干的气，我们却白扰了他的一顿点心，也叫作未为不可呢。"锦涛笑道："仲器的为人是著名的眼睛器量。"赓生问道："怎叫作'眼睛器量'？"锦涛道："是说他的器量和眼睛一般。原来人身的五官百体，唯有眼睛的器量最小。眼睛里着不得一些儿东西，无论细如毫发、纤如尘沙，一到了眼睛里面便百般地不自在，一定要挤了出来才休。"赓生拍手道："这个譬喻却是很确切的。"从此仲器有了诨名，我们只叫他作"眼睛器量"便了。

仲器从徽面馆里出来，肚子里十分之六的隔夜气完全出售，觉得异常轻松，真个和新分娩的产妇一般，归到家里笑逐颜开。午、晚两餐都吃了三碗饭，上床纳头便睡，呼佗呼佗的鼾声，一觉直到天明。胸膈舒畅，说不出的快活。可是过了两天，门首的几条黄狗又在阶石上面舔嘴咂舌般地吃饭，这是什么缘故？料想一般阅者不言而喻，正不待著者画蛇添足咧！

透 视 眼

一、乌鸦知己

十六岁的张光宗，噙着涕泪，在山坳里抽抽咽咽地哭。那时候红日已下了山岗了，日光一去，山峰变态，很葱翠的峰峦渐渐地化为灰色。一阵晚风远远地从松林里传送过来，越近越觉得响亮。一轮皓月早在松林的罅缝里遮遮掩掩地窥人。还有两只未归巢的乌鸦，躲在松枝上，侧着头儿，似乎细细地听他哭泣。

光宗哭道："我是没说处的苦啊！"却听得那边也接着一句道："我是没说处的苦啊！"光宗举头四望，前后左右，并没见一个人，心里暗暗诧异道："这是谁学我的说话？敢怕是山谷里的回声？"

隔了片晌，光宗又哭道："我的苦是谁晓得啊？"那边也接着一句道："我的苦是谁晓得啊？"这会子却被他寻出发声的所在了，原来四无人声，声在树间，却是松枝上的乌鸦学他说话。

光宗吓得呆了，便不敢哭，只是痴望着松枝上的乌鸦。却是一大一小，并立枝头，专在那里听话。光宗闭着嘴不则一声，那两只乌鸦忍俊不禁，竟在松枝上讲起话来。

大鸦道："娃娃，你可晓得张光宗为什么哭？"小鸦道："乖乖，有什么不晓得？他被先生骂了，又被老子打了，躲在山坳里凄恫凄恫地哭。"大鸦道："娃娃，这真好笑了。先生训他的，理该骂他；

36

老子养他的，理该打他。躲在这里哭，好没来由。"小鸦道："乖乖，你别责备他，他是很可怜的人呢。要是有过，该被先生骂；他今没有过，却受了先生一场大骂。要是有罪，该被老子打；他今没有罪，却受了老子一顿痛打。乖乖，你想他冤不冤呢?"张光宗听到这里，骨碌碌的眼泪一阵滚下，暗想这只小乌鸦倒是我的生平知己。

大鸦道："娃娃，他吃这冤苦都是他自己不好，他的眼睛为什么不亮?"小鸦道："乖乖，这句话却被你道着咧，只为他的眼睛不亮，所以瞧不出人家腔子里的一颗心。人家明明嫌恶他，他反而去接近，没怪要受骂了；人家明明冷待他，他反而去亲热，没怪要受打了。要是他把透视水洗了眼，那么人家腔子里的一颗心都被他瞧个清楚，再也不会受这冤苦了……"光宗听得"透视水"三个字，好生奇怪，却又不敢向乌鸦动问什么叫作透视水。

大鸦道："娃娃，你别多说了，这透视水是山里的秘宝，你走漏了消息，是要惹正心娘娘嗔怪的。"小鸦听说，把光溜溜、亮晶晶的小圆眼睛向光宗瞧了一瞧，便道："乖乖，我定要把透视水告诉他，他是很可怜的。我瞧出他的一颗心，他把我当作知己看待。他要觅取山里的透视水，只消依着松枝向东走，数到第十六棵松树，右面转过九个弯，便有石壁挡住去路，伸手到石壁上轻弹三下，便会觅着透视水……"小鸦说毕，连唤着几声乖乖，扑翅向西飞去。那只大鸦也是一迭声地唤那娃娃，随着小鸦一起儿飞去，一霎时便不见了。只有树下的张光宗，呆呆地立了良久。

二、猛虎受戒

光宗依着小鸦的指导，趁着月光皎洁，数着松树，一路向东行走。数到第十六棵松树，右面却是一条羊肠小径。沿着小径，向右转过九个弯，果然山径已尽，却有五六丈长的一块石壁，迎面挡住去路。他便不慌不忙举起右手，轻轻地在石壁上弹指三下，说时迟那时快，猛听得哗啦一声，石壁便开了一条三尺阔、七尺长的裂缝，里面跳出两只梅花鹿，伸长着鹿颈，把光宗看个仔细。光宗倒退几步，呆着不作声。两只鹿都能说人话。一鹿道："你是张光宗？亏你寻到这里来，你别害怕。"又一鹿道："张光宗，你是来觅取透视水的？快到里面去。这是第一重石门，你到了里面，遇着没路走时，也只消照着前法，轻轻地弹指三下，第二重石门便会立时开放。"光宗谢了两鹿，探头向洞里望时，黑魆魆十分可怕，便钉住了脚不敢进去。一鹿道："张光宗好没胆量，你来觅取秘密，任凭刀山剑海，也要拼命地奋斗一下，难不成无价至宝轻轻地便落在你手里？"又一鹿道："我益发成全了你吧。"说时拔下一根胡须，授给光宗道，"你不会黑暗里行路，有了这东西便无碍了。可是你出来的时候，须把这东西还我，免得人家笑我失落了髭须。"光宗手执着鹿须，硬着头皮走入了石洞。说也稀奇，这根髭须便闪闪地发出光焰，和那袖中电筒一般，仗着这光力，行了一程路，并不感受什么困难。约莫二三里光景，又有第二重石壁挡住去路。

那时光宗又伸手在石壁上弹指三下，接着也是一声响亮，石壁便裂了一条缝，却比第一重石门更觉阔大。蓦然间里面呜呜地卷出一阵大风，吹得汗毛都竖，幸亏手里的鹿须灯却是风吹不灭。怪风过处，跳出一只斑斓猛虎，睁开着两只金眼，把光宗瞧个仔细。光宗吓得魂不附体，正待仰后便倒，却听得猛虎说着人话道："张光宗，别害怕。我是受过戒的老虎，额上还烫着七个香疤，永远不再杀生；不比世上的两脚虎，动不动便要吃人。你不信你来瞧我这额上的香疤。"光宗放大了胆，把鹿须灯在虎额上照一下子，果然不多不少，整整齐齐地排列着七个香疤。而且虎颈上面，还套着一百单八粒的牟尼珠。才信这只猛虎确是受过戒的猛虎，才把惊魂吓定了。猛虎道："你是来觅取透视水的，快到里面去。你走了一程路，遇着没路走时，也只消用着旧法轻轻地弹指三下，那么第三重门便开了。这便是透视水的所在。"光宗谢了猛虎，待要走入石门时，却又慌了手脚，不敢进去。原来他听得里面都是溅洞溅洞的水声。他不谙水性，怎敢进去？猛虎笑道："不要紧，不要紧。"便脱下颈间的念佛珠授给光宗道，"这串念佛珠，是分水犀牛角所做的，你提在手里，便不怕水来侵犯了。可是你出来时，须把原物还我，不可遗忘。我们修行的全靠这串念佛珠做招牌，没了念佛珠，人家便要疑我的修行不真了。"光宗诺诺连声，左手举起鹿须灯，右手提着分水珠，硬着头皮走入了第二重石门。说也稀奇，果然他所经行的路，一片大水都向左右分开，让出一条干路，由他行走。约莫行了一二里，又有第三重石壁挡住去路。

三、群狼跳舞

光宗心里思量，第三重石门开时，不晓得又要跳出什么东西。先自安慰着，且别害怕，壮一壮胆量，便把右手里的分水珠并在左手里拿了，腾出空手也把石壁弹指三下，便赶快把身子闪在一边，免得又受什么虚惊。那时哗啦一声石门洞启，却并没有什么东西跳出，只觉得阵阵香风送入鼻观。又听得悠悠扬扬的法曲仙音，在石洞里面奏动。光宗才敢走将过去，待要向着里面探望时，却见洞中走出两个绝色女子，身穿翠毛做的衣裳，长袖飘扬，很有仙气。衣襟上各缀着龙眼般的一粒明珠，珠光四射，照见百步。光宗是一个乡间孩子，几曾见这般天仙临凡的人物，当下看得呆了，停住了脚不敢进去。两个女子一齐向他招手，都说："张光宗，这里来，这里便是透视水的所在。"

光宗跟了两个女子进了洞门，陡觉眼前一亮，不禁暗暗地喝一声彩。原来里面一片草场，宛比铺着很大的翡翠地衣。当天一颗明月，照耀如同白昼。草场四周都是亭台楼阁，说不尽的富丽气象，一片笙箫琴瑟的声音，从那重重帘幕、曲曲屏风里面传送而出。草场上面有二三十个女子，按着乐声在那里跳舞。光宗那时恰似刘姥姥进了大观园，东瞻西望，目不暇给。那两个引导的女子嘱咐光宗，暂在这里少待，禀过主母娘娘，再来招接。光宗忙问主母是谁，女子回说是"透视洞"的洞主正心娘娘。说罢，惊鸿一瞥，竟向里面去了。

光宗站立一旁，细看那广场上的舞女，却个个都是粉搓玉琢的绝色美人，胸襟上面都佩着一颗发光的明珠，身上的舞衣花花绿绿，也不知是什么材料所做的。跳舞的当儿，手脚灵便，也说不出是什么名目，只觉得是很好玩的。隔了一会子，跳舞少息，那许多舞女都把手接着手，团团搭成一个大圈子，在草场上环绕行走，一壁走一壁娇娇滴滴地唱道：

> 眼睛眼睛，不专看人家的面，要兼看人家的心。有了透视的眼睛，看得出人心兽心、红心黑心、正心偏心和那千变万化的心。你要透视水，且到这里寻，却不要你的分文半文。

这一片歌声直钻入光宗的耳朵里，觉得异常好听，只待向下听去，这歌声便停止了。却听得诸舞女说道："我们玩了一会儿也玩得够了，不如复了原形自由休息去吧。"说时，都向草场上打了一个滚。俗语道得好，叫作"眼睛一眨，老母鸡变了鸭"，现在却变换了两句，叫作"身子一晃，美人儿都变作了狼"。原来这粉搓玉琢的诸女，便是细腰尖嘴的群狼。光宗吃这一吓，拔脚奔跑，拼命似的要逃出这洞门。

四、白熊款客

光宗正待逃出，后面有人追上，把他拖住，回头看时，却是方才引导的两个女子。光宗哀求道："姊姊别把我拖住，里面这一队狼

40

要来吃我。"两个女子都啐了一口。一个女子道："痴孩子，没怪你要受冤苦，你的眼睛真个看不出好歹。要是狼有害你的心，你早被狼吃去了，还有命活吗？"又一个女子道："世上两脚的人，往往生就狼一般的心；这里四脚的狼，个个生就人一般的心。你不怕狼心的人，却怕起人心的狼来，好没来由。你可知这里四脚的狼，比着世上狼心狗肺的人，程度要高出万倍咧！"光宗听说，方才解释了恐惧，便笑说道："个个都似姊姊这般的人物，我便不用恐惧了。"两个女子都笑道："老实不客气，我们也是一般的狼咧。"说时就地一滚，果然也化作了两只狼，摇着尾巴，引领光宗到里面亭子里去。光宗忙把鹿须灯和分水珠都藏在怀里，跟着两只狼穿过亭子，经过走廊，走到一处所在。两只狼指着前面道："这边张挂帘子的地方，便是正心娘娘的会客厅。你自己进去相见便了。"光宗点头会意，跨上庭阶，揭开帘子，里面挂着几颗夜明珠，照得满室雪亮。却见有一个白发婆婆，离了座位，笑盈盈地上前相迎道："很可怜的张光宗，难得你到这里来。这是快嘴乌鸦走漏的消息，叫你来觅透视水。"光宗知道她是正心娘娘，便上前相见了。娘娘陪着他在椅上坐定。

　　光宗走了许多路，才得坐定，腹里很有些饥饿，暗想怎得吃几个面包，充我的饥肠。娘娘笑道："张光宗，你想吃面包吗？我唤她们去取来。"娘娘一声传唤，来了一只狼。娘娘吩咐去取面包。这只狼点点头儿，返身出去，不多一会子，这只狼重又入内，颈里套着一只小篮，篮里装着一盆面包、一盆牛肉。娘娘把来接受了，送给光宗吃。光宗一顿大嚼，觉得面包很是香甜，牛肉很是鲜美，可是吃得口渴了，暗想怎得有一杯茶，浇浇我的渴吻。娘娘又笑道："张光宗，你想喝茶吗？"又吩咐这只狼去取茶来。不多一会子，狼颈里的小篮又送进一杯热腾腾的牛奶茶。娘娘把来送给光宗喝，光宗喝过这杯茶，觉得饥渴都解，异常舒服，暗想这位娘娘可作怪，怎么我肚里的念头都被她晓得？娘娘大笑道："张光宗，你道我怎么猜出

41

你的念头吗？哈哈，我的眼睛是经透视水洗过的，你任凭动什么念头我都会知晓。"光宗又想，我怎得也把这水洗了眼，也好瞧出人家的心思。娘娘道："张光宗，你要把透视水洗眼，今夜可来不及了。你且在这里住过一宵，待到来朝我便把这透视水给你洗眼。"当下吩咐群狼引光宗到客房里歇宿。一宿无话，来朝起身盥漱才毕，群狼又引他去见娘娘。跨上庭阶，揭开帘子，哪里有什么白发婆婆，只有一只白毛的母熊。光宗唤声"啊呀"，又想逃走。

五、蟒蛇衔杯

白熊把光宗拖住道："痴孩子，你道我是谁，我便是昨夜的白发婆婆。你怕什么？"光宗回头把白熊相了一下，果见她面无恶意，才敢站定了脚跟，只是心里诧异，怎么昨夜好好的一位慈善婆婆，今朝便变了一个毛面畜生？白熊哈哈大笑道："痴孩子，我虽是毛面畜生，却生就慈善婆婆的心，不比世上的慈善婆婆，反而生就毛面畜生的心。人的好坏，要看他的心，不是看他的面。痴孩子，你没经透视水洗过眼，难怪你不识好歹了。"光宗忙向白熊谢了罪，叫她不要嗔怪，又说要求娘娘的恩典，早把这透视水给我洗眼。白熊道："时候还早，你吃了点心，再引你去洗眼。"当下传唤一声预备点心，便有套篮子的狼送出四盆点心，给光宗吃了。白熊便吩咐阶下的狼引领张光宗到长姐儿那边，领取透视水洗眼。

阶下跑出两只狼来做引导员，光宗紧紧相随，绕着回廊，经了许多曲折，才走到一处地方。平列两间房屋，左面挂着"透视井"的牌子，右面挂着"透视井监理员室"的牌子。引导的狼便指给光宗看道："你便走入右一间，向长姐儿讨取透视水便了。"说罢转身自去。光宗依了狼言，径到监理员室轻轻地叩门几下，却听得里面有很娇脆的声音说道："你把门儿推开便了。"光宗依言推门入室，举目看时，吓得魂飞魄散。只见里面盘踞着一条大蟒蛇，昂着蛇头，吐着蛇舌，看来好不怕人。光宗浑身发抖，一时动弹不得。蟒蛇却说着人言道："张光宗，怕什么？我是毒蛇的身，却是菩萨的心。你要透视水，只管向我取。失了这个好机会，踏破铁鞋也难寻。"光宗把蟒蛇细认一下子，果见她并无害人的模样，恐怖略定，便期期艾艾地说道："长、长姐儿，多、多谢你，给我透、透……"以下两个字慌得说不出了。蟒蛇道："慌什么？我便给你取来。"

但见蟒蛇歪过头去，把左面的窗槅一撞，两扇窗便呀地开了。光宗看那窗外时，居中便是一口八角井，井栏石上还刻着"透视井"三个大字。蟒蛇就桌子上衔着一只茶杯，把身一蹿，下半身还在室里，上半身已蹿出窗外，弯入井中。无多时刻，早已满满地舀着一杯水退入室里。把杯子放在桌上，催着光宗道："快把这水来洗眼，过了五分钟，这水便没用了。"光宗怎敢怠慢，忙取了茶杯，一手掬着水，不住地向眼揩擦。水一着眼睛，异常清凉，觉得周身百骨没一处不舒服。约莫揩擦了十余次，眼睛里仿佛揭去了一层障蔽的东西，举眼看那蟒蛇时，竟一些儿不怕了。眼光所射，直射到蟒蛇的腔子里，竟是端端正正地安放着一颗光明鲜赤的心，并且心坎里面都是贮藏些公正、勤劳、诚实的心思。光宗喜道："我从今以后，才能瞧见人家的心思，好好歹歹都逃不过我的眼睛了。"

光宗别了蟒蛇，又去拜谢白熊。那时也瞧见了白熊的心，却也光明鲜赤，满贮着慈爱、仁厚、忠信的心思。白熊吩咐阶下的狼送他出洞。光宗一壁和群狼作别，一壁把群狼的心瞧一个清切。原来这许多的狼个个腔子里都藏着一颗赤心。光宗大喜道："狼的心尚且这般，那么人的心一定格外地光明鲜赤了。"出了洞门，便听得砰的一声，石壁早合了缝，陡觉眼前黑暗，又听得水声汹涌，忙把怀里的鹿须灯和分水珠取了出来，立时路不黑暗，水不侵犯。到了洞口，遇见守门的猛虎，把分水珠交还了猛虎；又把猛虎的心瞧个清切，原来猛虎也藏着一颗赤心，充满着许多恺恻、慈祥的意思。别过猛虎，洞门又合了。举起着鹿须灯，行了一程路，又到了第一重门口，

43

把鹿须灯交还了守门的鹿，又把两鹿瞧个清切，却都抱着一颗赤心，充满着合群爱众的意思。别过两鹿，洞门又合了，依着九弯的小径，经过十六棵松林，林子里的小鸦高唤道："张光宗，张光宗，你从今变了'透视眼'了。"光宗抬头看这小鸦，羽毛虽黑，这颗心却也是鲜红的，便谢着小鸦道："鸦兄，鸦兄，多谢你这赤心的好友！"

六、仙鹿招隐

光宗出了透视洞，回到乡村，却不料山川未改，庐舍已非。村前村后，打了好几个回合，总觅不到自己的住宅。他暗暗着急道：怎么相隔得一宵，却变换得这般迅速？待我觅一个熟人，问问这个理由。可是觅来觅去，总觅不到一个熟人。他不觉老大失望，独坐在草地上，号啕大哭起来。这一哭不打紧，却轰动了村前村后的许多男男女女，拷栳般似的围着一个大圈子，争来看他痛哭。

一个乡农问道："老先生，你有话好说，怎么无事无端，坐在草地上痛哭？你又不是小孩子，你是老大的一把年纪。"光宗哭道："怎说我不是小孩子呀，我是叫作张光宗呀，我拢总不过十六岁年纪呀……"那时周围的男男女女都一齐拍手大笑，有说这个人疯了，有说这个人的髭须都花白了，还说是十六岁的孩子，委实好笑。光宗听说诧异，忙把自己的嘴巴一摸，喊声啊呀，怎么相隔得一宵，我已变作一个老头儿了？

众人越听越好笑，就中有一个女孩子身边恰藏着一面小镜，把来授给光宗，说你把自己的面目细细地照一下子，究竟是小孩子，是老头儿？光宗捧着小镜打一照时，却见自己面有皱纹，须呈白色，确是一个老头儿。当下丢了小镜，捧面大哭道："我枉有了瞧人肺腑的透视眼，却忘了自己的本来面目。"

众人听这不伦不类的话，益发信他是一个疯子。可是就中有一位老者，大家唤他作桥头三阿爹的，忽然搔头摸颈，若有所思，便向光宗问道："你真个叫作张光宗吗？"光宗道："我可立誓，确是姓张，名光宗。"三阿爹道："你是张麻皮的儿子吗？"光宗道："我的爹爹便是张麻皮。我还有一位晚娘，一个十岁的弟弟。"三阿爹抢指一算道："这桩事相隔四十四年，你的年纪该是六十岁了。"光宗道："这可不能承认，我只是十六岁的孩子。"说时大家又哗笑起来。三阿爹道："你把四十四年在外的情形，说给我们知晓。"光宗道："我只有一宵在外，哪有四十四年在外？"当下便把昨夜的情形细细报告，一字不遗。众人宛比听着《山海经》，个个称奇不已。

原来张麻皮宠爱后妻，凌虐光宗。自从那夜光宗失踪，经了多年，没有消息。后来麻皮不久身故，他的后妻挈了儿子，重去嫁人。现在母子俩也早死了。事隔四十四年，除却老邻居三阿爹外，其余的村人都不知晓张姓的历史。亏着三阿爹把这旧事当众宣布，大家才知晓张光宗不是疯子，却是把透视水洗眼的一位异人，便都上前嬲着光宗，要把他们肚里的心思瞧个明白。光宗毫不推辞，转动这一双炯炯射人的透视眼，把众人的心思照个透彻。他道："老公公，你失掉了一条牛，心里恋恋不舍。老妈妈，你想到天竺去烧香，却恨着没有盘费。大哥，你昨天赌钱输了，今天兀自想翻本。小妹，你心心挂念，只想买一件红绒衫……"连猜了几个人，个个都被他猜中，众人便一迭声喊起仙人来。从此光宗便轮流地住在村人家里，众人都把他仙佛一般地供奉。

可是光宗却起了一种悲感，他见村中的人口虽多，然而把透视眼瞧个清切，这颗心放在腔子里的却是少数；腔子里的心发出鲜红色彩的，更是少数中的少数。他便想到透视洞里的蟒蛇、猛虎，没有一个不把鲜红的良心安放在腔子里，难道村民的人格还在蟒蛇猛虎之下吗？想到这里便觉得闷闷不乐。后来光宗透视眼的声名越传越远，被一位县官知晓了，用着重币聘请他去猜测心思。光宗以为县官的人格总该比村民高了，相见之下，却是老大地吃惊。原来县官的一颗心歪在腔子半边，颜色和死灰相似。他不便说破，只把县官的几桩心思约略说破了。县官大喜，把他荐入大将军府里。光宗以为大将军的人格总该比县官高了，相见之下，又是老大地吃惊。原来大将军的一颗心歪在膈肢窝里，颜色和乌煤相似。他又不便说破，只把大将军的心思约略猜中了几桩。大将军大喜，把他留在府中敬为上宾。

　　光宗在大将军府里一住数月，益发悲感，达于极点。府里来往的许多势要人物，生就了人的面，却不曾生就了人的心。不是狼心，便是狗心；不是虎心，便是狐心。他想这个所在不可久居，与其和人面兽心的做朋友，不如和兽面人心的做同志。当下不别而行，离了赫赫炎炎的大将军府，直向深山而去。寻到十六棵松树，转了九个弯，石壁上面弹指三下，洞门启处，两只仙鹿迎将出来道："张光宗，你经了一番阅历了，红尘世界没甚趣味，不如到洞府里隐居去吧。"

瞒了鱼雁

虞师母手拈着一串牟尼珠，腾出念佛工夫，向她丈夫虞经甫说道："你快不要这般执拗吧，女儿大了，终是人家的，谁能一辈子养在家里？有这一头相当的亲事，错过了岂不可惜？黄仲芬是你的旧徒，你常常称赞他少年老成。他在银行里做行员，按月有五十块钱薪水，家里又有些田产，比着我家强得多咧。你又承蒙他荐在银行里管文牍，才能丢掉这只冷板凳，按月多赚几块钱。他在老师分上，要算很有情义的了。你怎能拒绝他的求婚？况且丽鹃心里又很愿意……"

经甫听到这里，隔着眼镜把师母瞅了一眼，也不待她说完，便抢着说道："她很愿意吗？越是她很愿意，我却越不愿意。我是出名的虞蛮子，我和人家生了意见，人家向南我偏向北，人家向东我偏向西，便用九牛二虎，也不能拉我回来和人家一路走。"

师母道："阿弥陀佛，你和人家闹意见也罢了，女儿是你自家骨肉，怎么也和她闹起意见来？婚姻大事，关系女儿的终身福分，没的为着一句话，误了她的终身大事。"

经甫叹了一口气道："你念着几声弥陀佛，什么事都不理会。女儿和仲芬两下里书信往来，很是莫逆。我在家里说的话，仲芬那里却会知晓，我和仲芬说的话，女儿这里也会知晓，可见他俩往来的书信一定是很多的。他俩的姻缘尚没有订定，却先已信来信往，比夫妇还要亲热，真个要把父母之命、媒妁之言根本推翻。为这分上，

47

我却老大不服气，偏偏要和女儿拗一拗性儿。她越愿意嫁仲芬，我却越不把她配给仲芬，看是我强过她，她强过我？"

师母诧异道："阿弥陀佛，你怎么做了老子，没凭没据，硬把女儿来屈陷？这个月来，我只在家里坐，女儿也陪着我不出门。我没见她去寄信，也没见送信的人上门来。你若不信，可自去问女儿。你不信女儿，可自去问佣妇。家里只有这三个人，信札往来可瞒不过这三人的耳目。阿弥陀佛，观世音菩萨，除去佛菩萨去通信，谁去通信咧？"

经甫见师母发急的模样，料想这件事尚在疑似之间，并没证实，便道："罢了罢了，只要没这件事便好了。今天时候不早，我要到行里去办事。也不用问张问李，过一天再来研究，自会水落石出……"便提起嗓子喊道："丽鹃，快把我的东西取来，我要出去了。"唤了一会子，才听得丽鹃远远地答应道："来了来了。"

经甫每逢出门，必须穿件马褂、换双鞋子、执柄纸扇，方才摇摇摆摆地出门。比及晚间回来，别事不忙，先忙着宽去马褂、换去新鞋、放下纸扇，却把这三件东西交给女儿掌管，这是日常的规矩。那时丽鹃听得呼唤，便把这三个东西取了出来。一件哔叽夹马褂，这是经甫在十二年前置办的。那时哔叽的价值很廉，算不得什么上等衣料，可是到了现在，却变作行品了。亏得经甫一向不舍得把来穿着，叠在箱儿里足足经了十年。自从充当了银行职员，才把来穿在身上，办事时不穿，居家时不穿，只有在路上行走的当儿，才见他穿着这件马褂，算作章身之具。这柄扇儿的年纪还在马褂之上，大约和丽鹃同时出世的，恰恰一十八春秋。只为扇面上有陆凤石相国的墨迹，经甫异常把这扇儿宝贵，执在手中，仿佛聋子的耳朵摆个样儿，怎敢轻易把来摇拂？这双鞋儿是今年元旦上脚，足足用了七个月，还似新的一般。这是经甫规行矩步，不走瓦砾场，不走砌的街道，步步踏平，脚脚摆稳，因此他的鞋儿至少有一年的寿数。人家着破十双鞋，他的一双鞋还没和足下脱离关系。

话既表明，再说经甫更换衣服，款步出门。家里和银行相距有三四条巷，他是抱牢着安步当车的主义，只是慢慢儿一路行走，一路盘算。盘算些什么？听着老妻方才的话，他俩不见得有书信往来，据着我的揣度，他俩难保不潜通书信，毕竟怎么样，只好当作一个疑问，留待以后研究。至于用力之久，一旦豁然贯通，那么便有水落石出的希望了。

　　经甫摇摇摆摆踱进银行，早见铜栏杆里面有一个少年倏地站起，把老师叫得怪响。这人是谁？便是他的高足黄仲芬。经甫点了点头，瞧瞧壁钟，快近九点钟了，便不多话，径向里面办事的所在，执行他的职务。分行里的信札是很简单的，每天至多写信十余封。经甫踱进里面，先宽去了马褂，叠得方方的，放在一边，再把这柄扇藏在抽屉里，然后戴上眼镜，料理他的笔墨生涯。办事余闲，他也不向别处走动，依旧枯坐在这张椅子上，守着坐冷板凳的习惯。他却有两层意思：一层离了座位，便是抛荒了职务；二层离了座位，到他处闲跑，便和他人的职务有碍。就算不和他人兜搭，独自在室中打转，也不免减短这双鞋儿的寿命。所以他打定主意，除了吃饭和大小解，总不轻离这只座椅。有时神思困倦，也只在座椅上打个盹儿，直待钟鸣四下，他才不慌不忙地穿马褂，取折扇，踏着八字步归家。行里的职员见他异常拘谨，都不轻易地和他谈话。唯有仲芬瞧老师分上，不好把他冷淡，每逢饭后休息的当儿，总到老师那边来闲谈。便是乞婚一事，也是仲芬当面和老师说，求他一言允许。

　　经甫是个拘谨人物，心里纵十二个情愿，却不肯立时承诺，总说商之老妻，再行答复。比及回家告知师母，师母素性佞佛，便到观音庙烧香求签，可巧求得一条上上签，婚姻大吉，有"美满良缘，白头到老"的话头。师母笑道："这可算得天从人愿了。本来这头亲事我的心就千肯万肯，丽鹃的心里也是千肯万肯，现在求得这条签，菩萨的心里也是千肯万肯，你快快答应了他，叫他早早央媒撮合，择日下聘。要是今年可以赶办喜事，益发妙不可言。有这好女婿上门，我见了也快活。"

师母说得起劲，经甫却偏偏和母女俩暗斗意见。你们既然千肯万肯，巴望一说便成，我偏要把这亲事暂时搁起，看你们待怎样。因此见了仲芬，只说老妻心里犹豫未决，待她决定了，再行奉告。见了师母，只说仲芬心里也有些疑而不决，并非诚意乞婚，我们不能轻易允诺。其实都是他一个人在那里捣鬼。他的意思，以为一家的主权都在我掌握之中，说肯便肯，说不肯便不肯。要是他们先已千肯万肯，我顺着他们的意思办事，那便变作大权旁落了。现在暂把这事搁起，也好使那千肯万肯的母女俩等得心灰意冷，过了几天，我便出其不意，把女儿许配了仲芬。待到下聘有日，然后告知她们，也好使她们喜出望外，足见这桩亲事成不成，我这里自有主权，母女俩千肯万肯是没效的，观世音千肯万肯也是没效的。天字出头夫做主，恩威并用，才见得丈夫的尊严非同小可。

以上的说话，都是经甫的独幅心思，无如发生的事实却是适得其反。他在仲芬面前托词挨延，仲芬却说敢怕是老师有意作难，听说师母已求得大吉大利的签诀，怎说是犹豫未决？经甫听了诧异，问仲芬这话从何而来，仲芬笑而不答。经甫又向师母面前托词挨延，师母却说敢怕你在那里作梗，仲芬诚意乞婚，怎说他疑而不决？经甫益发诧异，问师母这话从何说起，师母也是笑而不答。经甫暗想不妙，怎么两下里的说话，彼此都会晓得，一定是有人暗通信息无疑了。老妻不会写信，当然是丽鹃和仲芬常有书信往来，报告秘密。所以他今天在家，在老妻面前有这一番话说。

这天他在银行里吃过午饭，坐在办事室里打盹，听得步履声响，睁眼看时，却是仲芬前来谈话。谈话中间，又渐渐提及婚事。仲芬说总要恳老师千金一诺，经甫答道："这桩事我是很愿意的，可是你师母心里多所顾虑，有意和我相拗，一时竟奈何她不得。"

仲芬笑道："师母和老师相拗，敢怕没有这桩事。或者老师要拗过师母，师母向南，老师偏向北，师母向东，老师偏向西，便用九牛二虎，也不能把老师拉将回来咧。"

经甫听这几句话，却把舌头一伸，暗暗称怪。这可了不得了，早晨我在家里说的话，怎么又被他知晓？不是丽鹃通这消息，他又不是仙人，怎能未卜先知？当下越想越怪，越想越奇，再也忍耐不住，便问着仲芬道："我正有一个疑题，请你答复。今天小女那边可曾寄什么书信给你没有？"

仲芬大笑道："老师这句话却问得很奇了，我一时无从答复，却有一个先决的问题，向老师请教。是否令爱向老师说今天有信寄给我，或者令爱没有说，老师却得了她寄信的证据，因此才来问我？"

这两个先决问题却把经甫问得呆了，隔了半晌才答道："小女并没向我说什么，我也没瞧见什么证据，不过以意度之，姑妄问之而已。"

仲芬道："老师既然以意度之，尽可以意断之，我却无答复的必要。"

经甫依然疑疑惑惑，探问不出什么端倪，也只索罢了。待过了四点，没精打采地自回家里。经甫又和师母提起这桩怪事，说道："今天真诧异，我在家里说的话，又被仲芬知晓。他又不是顺风耳千里眼，倘没人写信给他，他从何得这消息？"

师母道："阿弥陀佛，除却佛菩萨去告诉他，谁去告诉他？"

经甫道："我也曾当面向仲芬盘问，只是不得端倪。"说时，丽鹃早把老子的马褂鞋扇安放停妥，款款盈盈地从房中出来。经甫突然问道："丽儿，你可曾寄什么书信给仲芬没有？"

丽鹃听说，却不着急，转是笑脸生春地答道："爹爹这句却问得很奇了，我一时无从答复，却有两个先决的问题，向爹爹请教。是否仲芬向爹爹说今天我有信寄给他，或者仲芬没有说，爹爹却得了我寄信给他的证据，因此才来问我？"

经甫大怪道："啊呀，这可不得了。怎么方才饭后仲芬说的话又被你知晓？他这般说，你也这般说，难道他又有信寄给你不成？"

师母向经甫瞅了一眼，喃喃埋怨道："你怎么口口声声只说他俩有信来信往，便有信来信往，也没有这般地迅速。怎么你早晨说的话便会被仲芬知晓，仲芬饭后说的话便会被女儿知晓。你自去想吧，不是菩萨在暗中指点，哪里有这般的心心相印？"

经甫听了摇头不信，师母道："你别不信咧，本来这桩亲事观音菩萨心里千肯万肯，才给我这支上上签，你偏要使着牛性子，和我母女俩相拗。拗我母女俩不打紧，拗了菩萨，菩萨怎不恼怒？你越把这姻缘拆散，菩萨却越把这姻缘拉拢，因此两下里的说话，他俩都会知晓。你拗得过我母女俩，却拗不过观音菩萨。劝你还是早早定下这桩亲事，也不枉了观音菩萨的一番美意。"这一席话却说得经甫疑疑惑惑，仰着冬烘脑袋，呆想了良久，终究想不出是什么道理。

明天到了银行，饭后无事，和仲芬闲谈，又问起我在家里的说话你怎会知晓。仲芬道："恍恍惚惚似有人来向我报告，我也是莫名其妙。从前老师常向我说，精诚所至，鬼神来告，大约就是这层意思。"

经甫似信非信，回到家里又问女儿，我在行里的说话你怎会知晓。丽鹃道："恍恍惚惚似有人来向我报告，我也莫名其妙。从前爹爹常向我说，精诚所至，鬼神来告，大约就是这层意思。"

在这疑神疑鬼的当儿，果然把这位虞经甫先生征服了，立时许下婚约，不再执拗。吉期已定，再隔半个月，便要举行嫁礼，喜得师母合不拢笑口，天天在佛龛前面焚香顶礼，拜谢他暗中撮合之功。

一天四点钟后，经甫从银行里回来，扑着两只大袖，踏着八字步，打从一条巷里正待转弯，冷不防侧弄里转出一辆人力车，迎面撞来。赶紧避时，却听得豁的一声，早把哔叽马褂的袖口拉破了一大块。经甫喊声"啊呀"，待把车夫拖住向他理论，叵耐这车夫却脚底抹油似的，早拉着车儿远远地去了。经甫自认晦气，十二年珍重保护的马褂，不料毁裂在车夫的手里。当下站立在一家门首，痴望着衣袖的裂痕，暗唤可惜。谁晓得裂痕里面发现了一种秘密，取出看时，恍然大悟道："原来他俩在我衣袖里弄这玩意儿，我可受了他俩的骗了。"

发现的秘密是什么？原来是一纸信稿，折叠得方方的，衬在衣袖的隔层里面。看这信时，却是仲芬写给丽鹃的，绮语缠绵，无非说"好合在即，相思待剖"的话。因此一纸信稿，经甫便推想到一个月信来信去，他俩定把我的衣袖做邮筒，无怪两下里的说话，他们都会知晓。我被他们瞒过，兀自疑神疑鬼，真当作精诚所至，鬼神来告。《礼记》上说："此之谓大当。"我分明上了他俩的大当了。后来又想到他俩怎能把书信放入衣袖的夹层里，须得细细地察看。便把这只衣袖相了又相，不露什么破绽，又把马褂宽下，翻转里层，果然查出了书信的入口处。原来这件马褂年份过久，袖口的里层早有一处破裂，这便是信来信往的邮筒入口处。经甫看出破绽，把马褂披在身上，慢慢儿自回家里。

到了家里，却不把马褂宽下。丽鹃上前道："爹爹可把马褂宽下了，我替你折叠安放。"

经甫冷冷地说道："不须费心吧，你们的秘密我都知道了。"说时，便把方才的一纸信稿授给丽鹃道，"这便是仲芬给你的信，你也不用在我袖子里去乱摸了。"

丽鹃接了这信，禁不住两颊绯红，没话可说。师母见了诧异，忙问根由，经甫便一一地说了。师母恍然大悟道："原来是他俩弄的玩意儿，要是不说明，我还算是观音菩萨撮合的功劳。"

经甫又盘问女儿，似这般的秘密寄信法，毕竟是谁传授你的。丽鹃笑了一笑，道："这便是爹爹传授我的。"

经甫怒道："痴妮子，当面说谎。我何曾传授你？"

丽鹃不慌不忙地说道："爹爹不记得那天和我讲科场故事吗？你说从前有一位学政，考试极严，听得有张李二生，仗着家私富有，每逢考试，总是托人代作。这学政心里恨极了，便把张李二生传入内堂，面试文章。一个坐在左首，一个坐在右首，学政却在两座中间，踱来踱去。有时立在张生座旁，瞧他作文，有时又立在李生座旁，瞧他起草。似这般严密考试，以为定可弊绝风清。谁料钱可通神，张李二生早托人代作两篇文章，当着学政不便传递，却贿通学政的仆役，把这两篇文章悄悄贴在学政的背上。学政监视张生时，李生便瞧着学政背上的一篇文章，一一抄了。学政监视李生时，张生也瞧着学政背上的另一篇文章，一一抄了。比及两生交卷，学政还称赞他们的真才实学，谁料中了他们的圈套。这是爹爹亲口讲给我听的。我特变换方法，把这背上传稿，变作了袖口传书。不料爹爹也和这位学政一般，却被我轻轻瞒过。"

经甫叹了一口气，道："几曾见寄书的瞒着鱼雁？似你这般寄信，真算得瞒着鱼雁了。君子可欺以方，毕竟道学先生容易受骗……"

毒　柬

吾一着笔，即有一妙龄女郎，冉冉由毫尖而出，露色相于纸片之上。女郎之柔情娇态，洛神一赋所不能描，比红百咏所不能尽。上自堆云之髻，下至凌波之袜，靡一不媚。而尤媚者在眼角，在颊窝，眼角贮万千情愫，颊窝堆万千欢爱。女郎生十七年矣，自堕地以迄今，兹何时不媚，而今日之媚，尤为绝后空前之媚。朱鸟窗前，正披阅意中人之红鲤书，一字中含有一个销魂使者，可可芳心，引起充分之希望，而眼之角、颊之窝，乃一一呈露充分之媚态。夫此充分媚态，毕竟媚至若何程度，则阅我小说者，只可闭目凝神，于无字中求之。吾固乏此写生媚笔，为之传神于阿堵中也。

女郎者，吴郡朱绮云也。新毕业于女子中学，受凭之日，玉貌绮年，出现于讲坛之上，清辩滔滔，演讲学艺。坛下宾朋士女参半，视线电飞，掌声雷动。全校生徒受凭者可二十人，而来宾脑蒂中独深印一朱绮云之小像。目逆而送之曰美而艳，同式之赞美，出于异式之口吻。无何，蹇修登朱氏门，愿作红丝之系者，踵相接，袂相属也。

绮云少孤，又鲜兄弟，只此掌上一颗珠，为母氏所钟爱。母闻媒氏言，不自决。决之于女，女辄落落鲜许可。盖绮云之择婿条件，出于严格，非轻易所能中选。貌也、才也、财也，三者固不可少，而尤以一情字为前提。绮云之言曰："貌丰而情啬，则潘安即丑奴也；才优而情劣，则子建即伧夫也；财厚而情薄，则石崇即窭子也。鱼玄机有言：'易求无价宝，难觅有情郎。'唯天下有情人乃成眷属。不尔，侬愿以丫角终矣。"

媒氏微闻此言，则又纷纷来撮合，不曰某氏子情重如山，即曰某姓郎情深如海。究之如山如海云者，不过架舌上之蜃楼，开唇边之海市，惝恍无据，何足动绮云之听？绮云慨然曰："择婿当自放眼光，焉用他求？方今世界文明，男女社交公开，谁为有情人，察言观色，自易了了。阿侬一双眸子，固情场中之试金石也。"

于是社交公开之结果，绮云所属意者有二人，一曰萧锦士，一曰何梦霞。萧与绮云有葭莩亲，凤通往来，而梦霞则为绮云之新友。友虽新也，而一见如旧相识，肝膈之言，靡不披露。于是亦引为生平知己。萧与何年相伯仲，貌相瑜亮，学问与财产又五雀六燕，难分轩轾。绮云屡以试金石之眼光，试二人之情愫。萧固有充分之爱情，何亦有逾度之爱力，鱼与熊掌，孰舍孰取？而试金石之炯炯双眸，移作爱情天平之用。萧虽富于情，而与言情愫，辄讷讷不出诸口；何则一涉情字，辄将生平储蓄之爱情倾筐倒箧而出之。绮云之眼光中，似乎何郎佳也。

因以语母，母曰："以吾观之，萧生佳也。年甫弱冠，而举止若老成人，绝非负心汉。"

绮云曰："母勿轻下断语。爱情之成绩表，须臾至矣。"

绮云曷为作此语？因昨游盛氏留园，邂逅萧生，萧生向之乞婚，绮云曰："君果有意于侬，明日第以书来，自由其爱情之程度，届时再当报君以可否。"未几，又与何生遇，亦向绮云乞婚。云即以语萧者语之。屈指今朝，此一对意中人，当各以乞婚书至，即所谓爱情成绩表也。

候至亭午，萧书先至。书中略言，卿果应我请求，我当掬此热忱，与卿始终相爱，历久弗忘。绮云一笑置之曰："此浮光掠影之情

56

爱语，何能中人心坎？"

俄焉，何书亦至，一读而柔情脉脉，再读而芳心可可，三读而绝后空前之媚态，乃亦倾筐倒箧，呈露于眼角颊窝之间。吾书第一段云云，正绮云女士三读何郎乞婚书时也。

何生之乞婚书，以绮云试金石之眼光观之，固语语由肺腑流出，绝不作浮光掠影之谈者。书中略言，卿之一字许诺，比诸皇帝冕上之宝石、骊龙颔下之明珠，尤为宝贵万倍。又言，卿许我请，则吾二人之爱情，当如胶之黏、漆之漆、盐之入水、醍醐乳酪之相渗合。又言，卿者照我命运之明星也，导我灵魂之灯塔也，司我生命之北门锁钥也。海可枯，石可烂，太阳可以失其光热，地球可以使之粉碎，唯我爱卿之真情，则为亿万千年之结晶，永永无破坏之日……此书洋洋可千余言，上文所述，特其打动绮云心坎之警策语耳。

绮云以书示母曰："此一百分之爱情成绩表也，多情如何郎，蔑以加矣。"于是何朱两姓之姻缘，赖此一封书，而立时胖合。

银河誓密，金缕情深，梦霞与绮云，鹣鹣鲽鲽，今而后喜可知也。此一幅百分爱情成绩表，绮云袭以文锦，系以朱丝，贮以旃檀之匣，留为甜蜜之纪念品。然而情场失败之萧锦士，平生希望悉成泡影，则郁郁致疾，几以是殒，其躯历半载而始起。父母虑锦士重为情缘所缚，不能摆脱，则亟为之订婚授室。所娶妇亦娟娟可爱，特稍逊于绮云耳。

定情之夕，锦士谓妇曰："吾向掬满腔爱忱，以赠绮云，而绮云不我受，今则已矣。吾当移爱云之心以爱卿。"妇笑应曰诺。忽忽三四年，伉俪之情，有加无已，人皆谓萧锦士真情种也，而梦霞与绮云何如者。

什袭而藏之爱情成绩表，封识犹新，而梦霞之态度则大变。新婚甫半截，又以其情书之副本尝试于他女郎。盖梦霞实一登徒子，得新忘旧，是其长技。盈篇累牍之情爱语，尤其寻芳猎艳之利器也。

伤哉绮云，试金石之眼光，乃误赏此赝鼎，忍至万无可受，双方律师宣告离异。绮云乃依母家以终老，腾沸如汤之爱情，永永化为冰块。因投昔日梦霞乞婚书于炉火，曰："此毒束也，侬之一生幸福，为此束荼毒尽矣。"须臾，炉中缕缕青烟，而此一幅百分爱情成绩表，乃立化为灰烬。

十方所在

看了这题目要上当，标题"十方所在"，似乎说的是寺院里的黑幕，似乎不免谤佛毁和尚，其实大大地不然。

那么，"十方所在"是什么地方呢？这个地方在可有可无之间，道是有地方，却寻不出这个寺院；道是无地方，却又颇足以号召一班香客，无男无女，无老无少，都到这十方所在来问休咎。

十方所在的吸引香客，为着门前挂着对联式的八字标语，叫作"有感斯通，无求不应"。

十方所在的招徕香客，无微不至。凡有疑难问题的跟我来，凡有烦闷情形的跟我来，而且不要你们的香烛，不要你们的纸锭、纸元宝，不要你们金花红绸上匾额，不要你们捧着猪头三牲上庙门还香愿。所谓"有感斯通，无求不应"，纯粹是义务，纯粹是不取代价。

十方所在的第一个住持，叫作老头陀。他虽然上了些年纪，却是经典很熟，无论你在什么嫖经、赌经、乱念法华经、瞎缠三官经里面，搜出些很冷僻的经典，你若写信去问老头陀，老头陀一定可以使你得到相当的满意。但是挂了"有感斯通，无求不应"的招牌，四方过往香客来向老头陀问讯的，每日里只是寥寥可数。

老头陀叹了一口气，端的人老珠黄不值钱，他便不做十方所在的住持了，换了一个野和尚主持香火。野和尚年纪虽轻，很有些世界眼光，任凭佛学的、哲学的、科学的种种问题，野和尚无有不知，

59

无有不晓。论理，四方过往香客来向野和尚问讯的，不该寥寥可数了，谁知也不行，却依旧是个落落无多。

野和尚叹了一口气，人生不幸做男子身，做了男子，便减少了号召香客的魔力，看来主持香火的，非女性来管这十方所在不可了。于是，第三任的十方所在的住持，是一位女菩萨。

女菩萨主持这十方所在，依旧是挂着"有感斯通，无求不应"的牌子，然而在几天内便见了颜色。四方过往香客来向女菩萨问讯的，比着老头陀和野和尚增加了三分之一。十方所在的问讯，用书面不用口头，香客们虽然乐于向女菩萨问长问短，但是对于女菩萨的性别问题，不免有相当的怀疑。怀疑些什么？只怕这一尊女菩萨是西贝的，表面上是女菩萨，实际上依旧是老头陀或野和尚的化身。

香客用着书面来问讯的，倒有大半来问女菩萨的性别问题。有的用着冷酷的论调道："女菩萨，你不要变戏法了，明眼人早已看得清楚，你便是野和尚，也许便是老头陀。名称虽分三个，其实只是一人。你道做香客的都是色鬼吗？挂了女菩萨的牌子，便会香火茂盛吗？'雄兔脚扑朔，雌兔眼迷离'，你老实说了吧。"

也有稍为和平一些的，信上说："女菩萨啊，请你老实说了一句吧，你究竟是男是女？本来你的性别问题，我们没有一定要问的道理，但是偶然一问，你也何妨有一个切实的答复？要是不然，那么十方所在的两条标语可以改换了，可以改换为'感而不通，求而不应'了。我在先相信你是一个女性，但是见你扭扭捏捏地不肯吐实，又疑不是真正的女性了。请你快不要这般，我的肚肠十二分地怪痒，你也得给我搔这一下。"

女菩萨被这般诘问性别的书札逼迫着，她便不能不表示着性别了。她说："我确是真价实货的女菩萨，既称女菩萨，岂有不是女性的道理？你们要到十方所在来问休咎，尽有关系重要的问题可以讨论，舍此不问，只急于要解决本菩萨的性别问题，这有什么关系呢？列位香客，你们不是太无聊了吧！"

可是，女菩萨认为女性以后，一班香客的怀疑兀自未能打消，他们有进一步的要求，便是请把女菩萨的佛容张挂在十方所在的揭示处，而且择着日期，允许他们到十方所在来参见这一尊女菩萨。这许多要求的信札，大抵是一班少年香客善男子所写的。至于一班少年香客善女人，绝对没有这般的要求，而且她们也不需要有这般的要求。

　　女菩萨被他们缠得十五样菜肴摆列在一桌，成了一个"七荤八素"。没奈何，只得应允了他们，择了一个日子，把本菩萨的佛相揭示在十方所在的门口，以便大众瞻仰。至于参见女菩萨的一层，绝对办不到。只为十方所在的方丈是很小很小的，名曰方丈，实则不到方尺，只好算方寸。试想方寸的地步，怎能容得五百尊罗汉在里面闹什么法会？当然只好拒绝了。

　　佛相披露以后，许多香客们见了女菩萨这般"圆姿替月，妙发裁云"，当然皆大欢喜了。从此，十方所在的问讯者竟是纷纷不绝，和老头陀和野和尚时代大不相同了。但是，还有一位香客对于女菩萨有种种的怀疑，他寄来一封诘问的书，略云："女菩萨鉴：十方所在所揭示的玉照，是否你的庐山真面？十方所在所披露的投函，是否四方香客的原书，抑或出于你的伪造？十方所在所悬的答复，是否你的手笔，还是他人代笔？以上的疑问，请你拿出证据来，答复我们的四方香客。"

　　女菩萨见了，不免佛容上有了嗔意，她便在十方所在揭示着一条答复，略言："我的相片何得有假？难道是买来的不成？书函何能伪造？要伪造，也没有偌大的空工夫。老实告诉你，凡是投函到十方所在来问讯的，每日约有百十封，我能伪造这许多吗？而且，十方所在是一个小范围，我能用着一大批的秘书替我代作答复吗？你的说话敢是在做梦？唉，多事的人群，难救的众生！"

　　自从女菩萨有了两番表示，性别的问题当然有了一个解决，再也没有人向她絮聒了。这时向十方所在投函的又比昔日激增了好几倍。十方所在的香火因缘要算是热闹的了。但函中研究些什么呢？是佛学吗？不是。是哲学吗？不是。是科学吗？不是。

究竟研究些什么呢？有女菩萨寄给女朋友的一封信，可以略知梗概。她的信上说："我做了十方所在的住持，不上一个月，关系性欲的信件收到了四百余封。若要逐件地答复起来，可以出几部很厚的性史专集。此外又收到了对我个人调情的信数十封，其中又有许多假托女子口气的。总之千奇百怪。男性对女性有如此的卑鄙与无聊，还说什么平等自由呢？"看这信上的口气，女菩萨大概不高兴做那十方所在的住持者了。

最后，女菩萨又得到一封奇怪的信。信上说："女菩萨，你是麻醉者的玩具、十方所在的摇钱树。像你这样的才学，落得这个头衔，未免太可惜了。自从你主持了十方所在，凡是堕落的人、无聊的人，没有一个不知道的。你以为荣幸吗？我敢说，许多投函的人里面，没有一个不是把你看作玩具的。信里的语句，虽则把你当作观音大士般看待，但你试想，他们在写信给你的时候，究竟把你当作什么人看待？唉，不要说了吧！"女菩萨受了这一个刺激，她便不干这住持生活了，她便脱离这十方所在而去了。

好好地挂着"有感斯通，无求不应"的标语，结果会得这般，究竟是女菩萨的惹祸招殃呢？还是投函者未脱"以女子为玩物"的观念，对于女性只有摧残与侮辱？

末了，向阅者说几句话：上文所记，不是寓言，是事实。所云"十方所在"，不是一所庙宇，是北平某报的附刊。所云"老头陀""野和尚""女菩萨"，不是男僧女尼，而是主编《十方所在》的编者笔名。合并声明，须至照会者。

预 言 家

城隍庙里来了一位未卜先知的预言家，听他的报告却是很有来历，非同小可。

他说在下刘再温，便是青田刘伯温先生的十八代裔孙。伯温先生得有异书，可以预知未来事，这是人人都知晓的。他临终遗嘱，不许子孙研究术数家言，快把上、中、下三卷异书呈缴大明洪武天子，否则定受朝廷猜忌，转非保身保家之道。他子孙听了，当然遵守遗嘱。可是千古罕有的异书又不忍弃如敝屣，因此把异书三卷都录了副本。正本呈缴朝廷，听凭洪武天子付之一炬。副本埋藏在括苍山的石洞里面，这是很秘密的，五六百年从没有人发觉。直到本年春间，在下遨游括苍山，邂逅一位白须老者，仙风道骨，顾视清高，忽向在下说道："我乃青田刘基伯温是也。异书上、中、下三卷埋藏石洞留待你五六百年矣。"说时把衣袖一拂，两扇石洞门呀地开了。在下怎敢怠慢，便从石室里面取出三卷异书。待要拜谢这位十八世祖伯温先生，早已不知去向。在下费着几个月工夫，把上、中、下三卷异书读个烂熟，云游访道来到姑苏，诸位欲知未来事，快来访问。三个月后，便要离苏，机缘难遇，万弗错过。信不信当时定夺，验不验过后方知。小事动问暂取小洋两角，大事动问只需大洋一元。

苏州人都有些小聪明，来来往往的江湖术士见过了多少。任凭刘再温说得天花乱坠，大都以为这是改头换面的江湖诀，稀什么罕。

刘再温面前虽然黑压压地立着许多人，可是但瞧热闹，不来问讯；也有少数人引起了好奇心，从人丛中挤到前面，想去试验试验。可是听到小事二角、大事一元的代价，不免又停了脚步。刘再温见没人上前，便叹了一口气道："唉！枉有了这出神入化的本领，不遇识者，也叫没法。人生在世，最难得的是知己。也罢！我便减价扬名，小事只取一角，大事只取半元，暂以四号为限。"众人听了，依旧没人来动问。刘再温把胸脯一拍道："也罢！名誉是第二生命，钱财是身外之物，为着扬名起见，我便把价值减了又减。大事只取小洋二角，小事只取铜圆五枚，暂以两号为限。"便有一个乡愚模样的人上前问道："先生，我的浑家和我淘了一场气，赌气出门，三天没有回来。四处搜寻，没有下落，不知道是死是活。先生能知未来事，总该晓得。"刘再温笑道："怎会不知晓，请付了两角酬金，告诉你听。"乡愚道："这是小事，给你五个铜圆吧。"刘再温大笑道："失掉浑家算小事，还有什么算大事？本该取一元酬金，减取两角，给你一条寻见浑家的门路，这般便宜事天下罕有。"乡愚没奈何，在青布袋里摸摸索索，摸出了二十余枚铜圆，凑不到小洋两角。刘再温也只得收了，然后取了朱笔，在黄纸上判着四句神童诗道："久旱逢甘雨，他乡遇故知，洞房花烛夜，金榜挂名时。"先生判这四句时，旁人都围上来观看。自有心直口快的人向着乡愚取笑道："你的浑家跑到他乡和人家做了亲了。"乡愚愤愤道："先生可是这般讲？我的浑家素来是很规矩的，况且年近五旬，又是个腊梨，不信还有人诱引她出门，私自做亲。"先生徐徐把笔放下道："我的预言岂是寻常人所能知晓？你在明天午刻，把这四句诗，向那对门小茶寮里去问一位脑后拖辫身穿青布长衫的先生，自会讲给你知晓，指点你寻觅浑家的门路。勿忘，勿忘。"乡愚道："先生，你便向我早早说破了，岂不是好？免得明天又要跑这一趟。"先生怒道："我的预言定要到这时候才能明白，也有一月半月后才能明白，也有一年半年后才能明白。总算你机缘凑巧，只隔一宵便可以知道浑家的下落，多大的便宜，兀自要向我絮聒。"乡愚道："果然得知下落，便隔一宵也不打紧。只怕……"先生道："胡说，我刘再温明天又不移场，你若不知浑家下落，任凭你毁我招牌，打我嘴巴。只是你寻得了浑家，须得亲到这里，当众报告。见得我的预言，并不是大言欺人，妖言惑众。"乡愚才没话说，手持黄纸判语，出门而去。那时旁观的人才觉得先生的法术很有些不可思议，怎知道明天正午小茶寮里有一位拖辫先生？怎知道拖辫先生可以指点乡愚寻妻的门路？好在小茶寮便在对门，有几个旁观的窃窃私语，约定明天正午同到小茶寮吃茶，瞧瞧这桩事确也不确。

又有一个商人模样的上前问道："先生，我有一笔款子，须觅个殷实的店铺存放。现有两家殷实铺子，一家是唐四先生开的，一家是姚二先生开的，究竟存放哪一家好？"先生问存款有多少，商人道："六百元。"先生道："五百元以下作小事论，五百元以上作大事论，请付酬金两角，待我判断。"商人便付了小洋二角。先生又提朱笔在黄纸上判了一句："齐东野人之语也。"授给商人，吩咐他："把这句书读熟了，待到第三天早晨，在左邻私塾门口守候。见那第一个小学生进门，你扯住了他，把这句书问他，小学生自会指点你知晓。"商人奇怪道："先生，你倒有些半仙身份。我们左邻果有一家私塾，只是小学生懂得什么，怎能向我指点呢？"先生道："到了那时，自会明白。你得了效验，也该亲到这里当众报告。"商人谢了先生，欢欢喜喜地去了。

两号减价已满，兀自有人上前来问事，先生便恢复了原定的酬金：小事二角，大事一元。也有问大事的，也有问小事的，只为先生的江湖术数比众不同，又不是拆字，又不是算命，判出的句子又要别人来解决。何日何时何人可以解决这个问题，说得活灵活现。要是果有效验，括苍山所得的异书绝非虚假。因此旁人被这好奇心冲动，连续上前问事的倒也有三四人。他们中了先生的魔术，便不觉酬金昂贵，只可惜解决的日期总在一月半月以后，却不似在先两个人问的事，灵验不灵验，两三天便见分晓。

面店阿三问本年的命运，先生判一句"天地君亲师"，说下月初一日上午八点钟，你在巷口厕所旁边，见一个瘸腿的道人，把这句话问他，他自会指点你。

豆腐店老板问女儿亲事许给姓张的好，姓李的好。先生判两句："人之初，性本善。"说下月初二日傍晚，有一个和尚来买豆腐，你把这两句问他，他自会指点你。

其他两个人问的事，一个问遗失的小孩子可有还来的希望，先生判一句："忽见陌头杨柳色。"下月初一日早晨，可往饮马桥去问那坐在桥栏上的乞丐。一个问可有多少寿算，先生判一句："南无阿弥陀佛。"下月初三日早晨出门，走到第三根电杆木下去问一个卖油条的小子，便可解决。

且说到了来日晌午，城隍庙对门小茶寮里，有六七个茶客兀自不曾散去。向例晌午时分茶寮里静悄悄，只有堂倌打瞌睡。这天的茶客们便是昨天在城隍庙里瞧热闹的人们。昨天瞧热闹，今天却很冷静地坐在茶寮里，看有什么拖辫先生到这里来吃茶。看看壁上的挂钟约莫要报告正午，茶寮里除却这几个熟人，没有其他的生客，暗笑对门的刘再温，信口开河，毫无价值。待过了正午没有动静，便闯过去向他诘问，看他……正在心头忖量，只见日光里人影一闪，有一个背负布包的男子竟踅进这茶铺子里来，放下布包，忙唤堂倌泡茶。旁边的茶客，你瞧着我，我瞧着你，面上都露着惊讶之色。只为那男子正穿一件青布长衫，拖一条豚尾，年龄约莫四十光景，像一个异乡人模样，可见刘再温的预言已验了三分之一。那男子正吃罢了一杯茶，闭着双目，似乎多跑了路在这里休息养神。昨天的乡愚也到了茶寮门首，正在那里探头探脑，里面的茶客都向乡愚示意，手指着拖辫男子，歪歪嘴儿，仿佛说这拖辫的已来了，快来问讯。乡愚会意，踅进茶铺子向那拖辫先生脑后望了望，便从怀里掏出这张黄纸，唤一声："先生，有四句诗，请你详解一下子。"先生睁开眼睛，向乡愚打量了一遍，忙道："什么诗句，要我来详解？"乡愚把黄纸授给先生，先生看了看，依旧把来还了乡愚，哈哈大笑道："这有什么难解，这便是四喜啊！"乡愚忽地叫将起来，道："真个吗？奇怪，奇怪！灵验，灵验！"说罢，转身便走。乡愚走不上半条巷，猛听得背后一片呼声把他唤转。回头看时，便是小茶寮里的茶客。忙道："你们唤我回来做甚？我要紧到无锡去觅浑家咧。"茶客们道："你方才为什么连唤灵验？"乡愚道："我浑家有个结义妹妹，住在无锡，唤作四喜。自从浑家和我吵了一场，一去不来，附近的亲友人家都找寻遍，只是不见。唯有四喜住得太远了，我没有到她家里去找寻。方才拖瓣先生劈口便向我说，这是四喜啊。可见得浑家定住在四喜妹那边，因此我连唤着灵验，预备赶到无锡乡间向四喜妹讨取浑家下落。"茶客们听了，个个惊异，可见刘再温的预言已验了三分之二。于是回到茶寮，见那拖瓣男子尚没有走，大家都向他请教，说你先生见了这四句诗，怎说是四喜。先生道："这有什么难解？久旱逢甘雨，一喜也；他乡遇故知，二喜也；洞房花烛夜，三喜也；金榜挂名时，四喜也。合在一起不是唤作四喜吗？"众人恍然大悟，原来这位拖瓣先生不是真个知道乡愚的浑家下落，不过就诗论诗，劈口道出"四喜"两个字，那乡愚便借此触机罢了。哎呀，对门的刘再温先生，不是真个成了仙人吗！预知道今天茶寮里有一个拖瓣男子，预知道今天拖瓣男子道出"四喜"两个字。哎呀！刘再温先生不是真个成了仙人吗？

小小茶寮，也算得是一处舆论机关，口头的新闻魔力也是很大的，一传十，十传百，不到三五天，刘再温预知未来事的消息传遍了城厢内外。那时城隍庙里益发人头挤挤，争向刘先生询问吉凶。那先生提朱笔，判黄纸，忙得不亦乐乎。收的酬金积少成多，每天有一二十块。一天，乡愚进庙来叩谢先生，说浑家果然寻得了，果然躲在四喜妹家里，倘不是先生未卜先知，怎能够夫妇相会。说时连磕着几个头，谢谢这位活神仙。又一天，那个询问存放款子的商人也来向先生道谢。据他的报告，也很奇怪，这位活神仙分明又得了一重保障。他说："先生判了一句'齐东野人之语也'，我不明白是什么用意，只依着先生的嘱咐，到了来朝便守候在私塾门口。恰有一个小学生挟着书包来上学，我便扯住了他问道：'"齐东野人之语也"是什么？'这小学生不慌不忙地答道：'姚老二损失也。'我听了猛然觉悟道：'姚老二既有损失，那么这笔款子万万不能存放在姚二先生的铺子里面。'当下打定了主见，把这六百块钱存放在别处。才隔得两天，姚老二的铺子果然倒闭了。到此才佩服刘先生料事如神，真有未卜先知的妙术。只是这个小学生怎么会晓得姚老二失败呢，我很有些奇怪。后来又遇见了这个小学生，我便问道：'那天你怎么向我说"姚老二损失也"？'小学生笑道：'那天你不是提我一句书吗？你说"齐东野人之语也"，我便连续下句道："尧老而舜摄也。"'说时，又把原文翻给我看。我才恍然明白，原来音同字异，我竟误听了，亏得这一误，六百块钱才没有吃了亏。哎呀，刘再温先生的先知术这般灵验，敢怕当年的刘伯温军师也不过如此吧。"

刘再温的生涯益发热闹了。城厢内外的茶坊酒肆，都把活神仙讲得沸沸扬扬。除却上文两桩事外，又复添枝添叶、装头装尾，说得活神仙竟是天下独一、世间无双。苏州人本有一窝蜂的诨号，又听得刘再温暂留三个月，便要离苏，怎敢错过这个好机会，当然纷纷地前去询问吉凶。也有绅富人家敦请刘再温到他家里问流年、问寿算，忙个不了。那先生东涂西抹，随意判几个字，随意说某日某时去问某人，自有应验。大家都牢牢地记着，不敢疏忽。

在这当儿，城中大富豪饶四先生也得了这个消息，备着很大的酬金，延聘先生到家，动问寿算和子息。原来饶四先生虽然娶着几房姬妾，只是子息尚虚，枉挣着巨万家私，后顾茫茫，没有人继承遗产。这是他第一桩不满意的事。更兼财多身弱，时有病痛，痴望着延年益寿，至少也要活到八九十岁，但不知可有这般寿命。他见了先生，便道达他的志愿。先生拱着手道："恭喜，恭喜！尊驾的寿算既不短，生育麟儿的希望也不会落空。"饶四先生听了这几句，已是欢喜不迭。便见先生提笔判着两句千字文道："海咸河淡，鳞潜羽翔。"叮嘱饶四先生："熟记这两句书，可在第三日赴茅山进香。切须清早独自上山，行到第十三株古松底下，有一个道童在那边采药。你把这两句书问他，他自会告诉你寿算有多少，告诉你何年、何月、何日可以生育麟儿。但是应验以后，你须替我登报扬名，才不负我这一番指点。"饶四先生当然满口承认，送过了先生，便眼巴巴地盼到这上山的日期。

车轮般的红日恰才捧出地平线上，树枝上啾啾唧唧，群鸟互呼伴侣，准备出林觅食。四山清气一片灵机，远远的萧寺钟声，一声声度过林杪，足使人俗念尽释，道心顿生。这位养尊处优的饶四先生，手捧着香烛，恰才一步步走上山来。他在前一日，带了一位姨太太、几名仆人，坐着一只大船，早到了茅山左近，在船里过了一宿。起了个清早，依着先生嘱咐，独自上山，要在第十三株松树底下解决这寿算和子息问题。他一上了山坡，便留意着松株，一株株地数去，数到第十三株，哎呀，这先生真神仙也。松树底下不是站着一个十余岁的道童吗？饶四先生走近看时，这道童面貌清秀，手提着一只筠篮，盛放些草头药料。饶四先生尚没开口，道童早笑迎上前道："饶四先生，你可是问'海咸河淡，鳞潜羽翔'的吗？"饶四先生惊喜交集道："仙童，我正要问这两句，请你点化咧。"道童大笑道："我不是仙人，仙人却在那边坐着。你去问他，他会点化你。"说时把手向树林子里一指。饶四先生依着他指点的所在望去，果见十余步外，这位刘再温先生在草地上打坐。这一喜更出望外，忙不迭地向树林子里走去。冷不防一条麻绳从背后套上，紧扣着咽喉，喊不出口。刘再温忽地从草地上跳将起来，手持着勃郎宁，唤一声："饶四先生，你若见机，随着我们走，请你到草屋里屈住几天。要不然这手枪偏喜和财神作对，轰的一声，你便没有命活。"饶四先生到这地步，才知道落了陷阱，抵拒无益，只得由着他们摆布。

姨太太坐在船里，久不见饶四先生下船，正待吩咐仆人上山探寻，忽见一个道童捎下一封书信，送给了仆人，转身便走。仆人转呈姨太太，姨太太见是饶四先生的亲笔，拆开看视，吓得魂飞魄散。原来饶四先生被匪架去，勒写这封书信，叮嘱家中速备三万金，赎他出险。过了三天，饶四先生脱险回来。牺牲着三万金，又挨着这几天魔难，都是误信活神仙，落了这神仙圈套，才明白外面传布的乡愚得妻、商人存款的新闻，都是刘再温串通徒党，故意布置这奇局，以便社会哄传，好有资本家落他的圈套。饶四先生吃了这大亏，打落门牙和血吞，忍气吞声，不敢宣布出去惹人家耻笑。

下月初一日，面店阿三守候在厕所旁边，哪有什么瘸腿道人，连瘸腿的狗都不见一只。到了次日，豆腐店老板坐在店里，守到傍晚，哪有什么和尚来买豆腐，连尼姑都不见一个。至于饮马桥上的乞丐、电杆木下的卖油条小子，益发没有这么一回事了。待要去诘问刘再温，他已在半个月前不知去向。大家都唤了一声受骗，却不知道饶四先生的受骗益发厉害，只是不敢声张罢了。

万能博士

"打倒不平等的造物主！"……咯噔，咯噔。

"打倒压迫女界的玉皇老子！"……咯噔，咯噔。

申我权女博士捏着粉搓玉琢的拳头，下死劲地在书房中打气。打气怎么解？不是在皮球里打气，也不是在坐垫里打气，她只是和空气寻仇。她和空气似乎结下不共戴天之仇，满肚皮的肮脏郁塞无计发泄，扬着拳便打空气。空气是造物主的代表、玉皇老子的替身，她和空气寻仇，便是和老天寻仇。嘴里连喊着打倒打倒，却把脚下的高跟镂花皮鞋在广漆地板上碰得咯噔地响，激得几上霁红瓶里的绿萼梅颤颤地摇动。

"打倒重男轻女的上帝！"……咯噔，咯噔。

"打倒破坏二万万女同志联合战线的主宰！"……咯噔，咯噔。

"我权姊痴了吗？没来由在书房里学做打拳虫。"唤的是张一鸣女硕士，申我权的同学。

"一鸣妹妹，我正有话和你谈，难得你来了，里面请坐。"于是我权和一鸣同坐在一张沙发上，但是坐不多时，我权又站了起来。

"这沙发太低了，坐了搁起着肚子，异常不适意。"一壁谈，一壁拖着椅子，坐在一鸣身边。

"不是沙发太低，实在你的肚子太高了。"一鸣笑着说，"我权姊，你有六七个月的身孕了，兀自在书房里左一拳右一拳练习什么八段锦，损动了胎气，不是耍。"

71

"唉！一言难尽！喝了茶，和你细谈。"于是我权倒了两杯茶，一杯敬客，一杯自饮。茶罢，便指着自己肚皮，大发其不平之气："男女平权，男女平权，只怕是理想之谈吧！我主张提高女权，打破重男轻女的旧习惯，男女权利平等，义务平等，所有一切都平等。以为这般主张一定可以实现的了，现在看来，只是妄想罢了。我女界雄飞大陆，永远没有这日子，只有听那残酷的天公极端压迫罢了！"说罢长长地叹了一口气。

"这话我不赞成。"一鸣摇着头说，"旁的人家果然谈不到男女平权，若就姊姊府上而论，男女平权四个字，早已完全实现。你是博士，你们冯秉乾先生也是博士，夫妇俩的学问，业已达到平等的地位；你做律师，他也做律师，职业上又是平等。至于你的说话，他又唯命是听的。论到实际，秉乾先生的权利还不及你咧。似这般美满家庭，你兀自发着牢骚，这不是无病呻吟吗？"

"妹妹，你没有出嫁，不知道做了妇人的苦楚。自从受孕以后，这肚皮苦得我够了，行止坐卧，百般地不自由；生出儿子，他受人庆贺，笑嘻嘻地做现成老子，至于养子的苦楚，完全由我个人担任，他何尝分我一丝半毫的痛呢？这便是我们的大缺憾。我们纵然竭力活动，要求参政权，要求财产权，件件般般都可如愿以偿，唯有这生男育女的苦痛，天公硬派我们女界承受，又不容我们请求豁免。残酷的天公！太专制了！太不合世界潮流了！我想到将来生产的苦楚，满肚皮怨气都归到老天身上。古人说：'造物不仁。'这句话便是老天的罪状，但看世间妇女为着产难而死的，一年中不知有多少。直接死于产难，间接死于造物不仁，这些灾厄，男子们永远不会遭遇的，头上的苍天还有公道吗？"

"我权姊，你要打倒老天，须得央求万能博士。"一鸣说。

"我也听得人家说起，这位博士有一副回天的手段，无论什么缺憾，他总有法子弥补的。但是，生男育女的苦痛，是我们女界的大缺憾，只怕他没有法子弥补咧。"

"管他会弥补不会弥补，我们不妨去试试，要是他没法弥补，他便不成其为万能博士了。今天访问博士的，有我们房东赵驼子，又有成衣店里的哑子张三。听说博士家里来者纷纷，门槛都要踏破了。他并不取资，只在上海广结善缘，勾留三天，又要向别处去了。好机会，别错过，和你去走一趟吧。"

"走一趟也好，只是博士家里人多，我挺着这东西向人丛挤轧，只怕不大方便吧。"我权且说且指着自己隆然的肚皮。

"你怕碰伤肚皮吗？不要紧，我教你一个方法，人家便退避不迭，怎敢前来相碰。只需粘一张字条在肚皮上，写着'油漆未干，行人注意'的字样，这肚皮便可保险了。"一鸣说到这里，咯咯地笑。

"丫头不说好话，仔细撕你的皮。"

两人说笑了一回，便同坐着汽车，往访这位万能博士。唉！好生奇怪，博士门前变作了停车场，汽车、马车、人力车，不知停了多少。两人下车后，挤将进去，亏得汽车夫在前，一鸣在后，前后保护着我权进门，大肚皮不曾受了挤轧。进了会客厅，便在来宾簿上签了姓名，方才入座。一鸣四下看时，果见赵驼子、哑子张三都在里面等候，其他奇形怪状的人很多，麻子也有，缺嘴也有，瘸子也有，生肉瘤的也有，眇一目的也有；就中大肚皮的孕妇，除却申我权没有第二个。众人望着壁上挂钟，等得有些焦烦起来。只为将近正午，博士还没有出来，早到的已枯坐了三四点钟，不免饥肠辘辘，坐立不安。又隔了五分钟，才听得一阵革履声响，却便是博士来了，是一位西装少年，手提着小皮箧，满面堆欢，向来宾都招呼了，放下皮箧，宣告宗旨：

"诸位，兄弟负着弥补人间缺憾的使命，用着科学方法，救济世上一切苦恼众生。科学是万能的，人家为着科学万能，便把兄弟唤作万能博士，曾在京、津、两湖一带，沿路访友，试验兄弟的万能科学，总算得着圆满的结果。这番来到贵地，不过三日停留，诸位倘有苦痛，不妨一一报告，兄弟自有救济的方法。"

"先生，我瞎着一只眼，可能给我医治吗？"

"先生，我做了驼子，苦不胜言。"

"先生，我额下这个肉瘤，须得除掉了才好。"

"先生，我一跛一拐，永远走那不平的路。"

"先生，我多了指头。"

"先生，我少了指头。"

"咦呀，咦呀，咦呀。"

众人七张八嘴，请求博士弥补他们的缺憾。就中哑子张三是天生没有发言权的，只会咦呀咦呀地在人前做手势。我权也想报告自己的痛苦，只因人多口杂，没有机会可以发言。博士见众人不按次序，一片声喧，忙向众人连连摇手。

"诸位，注意秩序，须得按照签名簿上的次序，先后发言。第一号刘先生，有甚痛苦？"

"先生，我额下这个肉瘤，在先不过龙眼般大，后来逐渐扩大起来，核桃般大，苹果般大，香橼般大，直到现在，竟和马铃瓜一般大，好生累赘，百般地不自由。待想延医割去，又怕性命攸关，非同小可。先生是万能的，可有方法把肉瘤除掉？"

"容易，容易，待我来替你除去。"博士说罢，便从皮箧里取出一件东西，仿佛理发店里的电气摩面器。指着这东西，说明用法：

"这器械唤作平坦万能器。一经通电以后，能使人体上一切不平的所在，都归于平坦。你额下这个肉瘤，也是身体上不平的表现，有这平坦万能机，管叫你不感痛苦，使那肉瘤立时归于平坦。"

无多时刻，这平坦万能机已通了电气。博士不慌不忙，执了这器械，放上肉瘤，那时众目昭彰，都注射在刘先生的肉瘤上面。但见器械不住地盘旋，肉瘤便不住地低平，哪消一二分钟，马铃瓜般大的肉瘤完全归于平坦，只留着干瘪荷包的空瘤皮挂在额下罢了。众人见了，都是赞不绝口。

博士叫刘先生坐在一旁，另有方法可把干瘪荷包除掉，暂且静待一下，不须焦急。又按照签名次序，第二号便是花小姐。那花小姐身材袅娜，体态轻盈，正是花一般的年纪，叵耐又堆着花一般的面皮。"不是玉容生得好，老天何故乱加圈？"

她羞答答地说道："先生，你替我把面皮上的浓圈密点取消了吧。"

"容易，容易，只需把平坦万能机在面皮上摩擦一下便好了。"博士又使用这器械，放上花小姐的面皮，盘旋了片时，麻瘢完全平复了。但是，花小姐取出怀中小镜照着容颜，不觉惊呼道：

"哎呀！我竟变了一个面有皱纹的婆子了！"

"你不用惊慌，我自有道理。你大大小小的麻圈儿完全被我压平了，皮里面有了空隙，当然起着皱纹。我另有器械把你的皱纹除去，你只静候着便是了。"

第三号便是赵驼子，博士也不费力，依旧用着平坦万能机把驼背摩擦得平坦了。第四号是个一跷一拐的老人，第五号是个歪头少年，都用平坦万能机弥补了他们的缺憾。第六号是个六指头女郎，第七号是个被机器轧去小指的机匠。博士含笑说道：

"你们俩倒也凑巧，一个多了指头，一个少了指头，科学虽然万能，但不能化无为有，现在不妨移多补少，使双方都得了利益。我另有器械替你们增损指头。"博士又从皮箧里取出两件东西，一件是能大能小的橡皮圈，一件是有黏性的药胶。这圈唤作万能圈，那胶唤作万能胶。取了出来，他便说明两件东西的功用：

"这万能圈和万能胶，都有绝大的效力。假使有人嫌着自己的面貌不佳，要和一个美貌的人交换头颅，我便在他们俩颈项里各套着一个万能圈，通了电气那万能圈便渐渐收束，愈收愈小，各把头颅截下，却完全不感受什么痛苦；然后把头颅交换了，接缝里敷些万能胶，便和生就的一般无二，只不过颈项里留着一线接痕罢了。以前《聊斋志异》便载着换头的故事，大家说是寓言，谁知在科学里却有可能性。头颅尚可交换，小小的指头当然不成问题了。"

博士说罢，便取万能圈给那六指头女郎套上这个枝指，电气一通，圈儿收束，很容易地把枝指截下，黏些万能胶，装在机匠的断指上面，又把平坦万能机摩擦了一下，果然机匠的手指和生就的一般，只差着肤色不同罢了。女郎肤白，机匠肤黑，九个指头似黑炭，一个指头似白粉，不免有些美中不足。博士又取出一瓶万能水，给机匠涂在指头上，无多时刻，那接续的指头也和其他的指头一般颜色了。这万能水有浓淡两种，譬如肤色黝黑的，涂些淡性万能水，便会洁白；肤色洁白的，涂些浓性万能水，也会黝黑。机匠指上所涂的，便是浓性万能水，所以皮肤立时黝黑起来，和原来的指头无异。只有那个六指头女郎，截去枝指，裂痕上少着一小片的皮，依旧瞧得出破绽，不好说是天衣无缝。她便向博士央告道：

"先生，你可有法儿给我补上一小片的皮，免得显露裂痕。"

"科学的方法，只可移多补少，不可化无为有。你且等候一下子，且待我觅得人家剩余的皮，给你补这裂痕。"

那时第八、第九号又是两个女郎，一个嫌着面黑，一个嫌着面黄，都向博士求治。博士又使用淡性万能水，洒在她们面部，不住地替她们摩擦。说也奇怪，这淡性万能水，竟是一种皮肤上的擦白药，无多时刻，两个女郎的脸儿都似玉雪一般。可是脸儿白了，颈项依旧黄的黄、黑的黑，少不得又要央求博士替她们擦颈。颈儿白了，手臂依旧黄的黄、黑的黑，少不得又要央求博士替她们擦手臂。一切都已擦白，两个女郎兀自不知足，几番要启齿央求，只是叫了一声先生，又缩住了。吞吞吐吐了好几回，却被博士猜着了。

"你们的心思，我都猜着了。为着片段的白，不是全体的白，似乎有些美中不足。待要叫我把你们浑身摩擦，又觉得不好意思。这话可对吗？"

"先生的话一些儿也不错，仿佛洞见我们的肺腑。"面黄女郎说。

"我们正为着这个问题难以解决，但是，要博得一身洁白，也顾

76

不得许多了。先生可肯把我们浑身摩擦一个干净?"面黑女郎说。

"你们但求皮肤洁白,什么都不管了?"博士含笑说,"但是,我把你们浑身摩擦以后,你们的皮肤白了,你们的名誉却脏了。好在这淡性万能水,不必定要经我的手术才生效力,便是你们自己摩擦也是一般的。我各给你们一瓶淡性万能水,回去可以自己摩擦,也是一般的。摩擦不到的地方,彼此也可以替换摩擦。但有一层须得预先叮嘱:做女子的,不但求身体洁白,还得这颗心和身体一般洁白。你们擦白了身子,脑子里万万存不得邪念;邪念一生,皮肤便会变色,到了那时,万能水便不能奏效了。"

第十号是面有黑痣的女郎,第十一号是面有青斑的男子,都经那淡性万能水洗净,不待细表。第十二号是满面雀斑和皱纹的老妪,万能水洗去了雀斑,却不能消灭皱纹。博士又取平坦万能机在老妪面上磨了一下,把许多皱纹磨得平复,宛似成衣匠的熨斗熨那衣料,霎时归于平复。但是,磨到后来,把皱纹驱逐到额下,那额下便成了皱纹的大结穴,垂着一层宽松的皮。便套上万能圈,把宽松的皮除掉了。老妪大喜,照一照镜子,雀斑尽去,皱纹全无,减少了三十岁的年纪,连连称谢而去。博士又把方才花小姐的皱纹如法除掉了。又把刘先生额下的干瘪荷包,也是如法除掉了。两人欢喜不迭,道谢而去。只有那个六指头女郎重又央告道:

"先生,我这破绽还没有补好咧。"

"好,好,方才不能化无为有,现在有了材料,便可以替你补这裂缝了。"博士一壁说,一壁取那刘先生额下剩余的干瘪荷包,剪取一小片,补在女郎的断指上面,用平坦万能机磨了一下,再涂些淡性万能水,果然巧夺天工,和原有的皮肤差不多了。女郎去后,第十三号便是哑子张三,他已等得不耐烦了,向着博士咦呀咦呀,闹个不休。博士又换了一种金属的细管,说明用法:

"这金属的细管,唤作开通万能管。凡是人的收音器、发音器有了障碍,只需把万能管插入,通些电力,立时可以开通障碍,恢复

77

发音、收音的本能。但能完全会得讲话，尚需慢慢地练习，日久自会纯熟。现在这位哑子张三，发音器和收音器都有了障碍，以致不能闻声，不能讲话，使用电力以后，当然可以恢复本能。好在收音器恢复以后，所有外界的声浪一一可以收入耳鼓，学习讲话，并非难事。多则半年，少则三月，便可口舌灵便，和常人无异了。"博士说明了效用，如法把万能管插入张三耳朵，通了电气；取出后，又插入嘴里，通了电气。不需二三分钟，早把哑子张三的障碍打破。

"好了，好了。"博士说。

"好了，好了。"张三学着说。

"张三会说话了。"博士说。

"张三会说话了。"张三学着说。

博士说一句，张三学一句，可见他已能学习说话，只不过知其然而不知其所以然罢了。接着第十四号却是眇一目的赵大。博士见了，连连摇头，似乎万能之中，只有这一桩不能，仿佛《万宝全书》独缺一只角的样子。

"先生，可怜我赵大瞎去了一只眼，变了对折的眼光，你是无所不能的，给我医治则个。"

"我方才不是说过的吗？科学虽然万能，却不能化无为有。但看六指女郎缺少了一片皮，也需借用刘先生额下的瘤皮，挹彼注兹，弥补缺憾。你这瞎眼，不是绝对不能补救的，我有一种器械，唤作换眼万能机，可把已瞎的眼换上一个健全的眼。"

"好，好，先生是无所不能的，快给我换上一只健全的眼吧。"

"这里没有预备着眼睛，怎能替你更换？既不能'从井救人'，把我的眼睛和你对调；又不能乞取三眼神额上的眼睛，补你的缺憾。须知我虽有换眼的方法，却没有造眼的本领，巧妇不能为无米之炊，你要换眼，须得向双目无恙的人告借一只眼睛，我便立时可以替你换上。只是谁肯借给你眼睛呢？"

和赵大同来的便是赵大娘子，在旁边听着，只不作声。赵大无法可施，向她连连作揖，乞借一只健全的眼睛。

“呸！这是什么话?”赵大娘子扭着头说，“我把眼睛借给你，我便成了五官不全的人，丑模丑样，被人家唤作独眼龙，如何使得?”

“好娘子，你成全了我，一辈子感激不尽。人家嫌你丑，我绝不嫌你丑。”

“你别说这好听话吧！我两眼完全，你兀自嫌着我丑；要是瞎了一只眼，你益发憎厌我了。”

夫妇俩演这趣剧，惹得旁人好笑。申我权女博士是主张提高女权的，见赵大向浑家借眼，便愤愤地说道：

“赵大，你好没道理。世界潮流，男女平等。你自己瞎了眼，硬要向女人借眼睛，便侵害了她的身体自由权，法律上可以起诉的。”

赵大见娘子不答应，又惹起了女律师的公愤，怎不失望。好容易遇见了这位万能博士，人人都得救，唯有自己向隅，不禁呆瞧着博士，挂下一行泪来。博士见了不忍，眉头一皱，竟从无法中想出一个法子。

“赵大，你不要失望，法子是有一个的。我们这里豢养着一条小狗，可以把狗眼和你的瞎眼交换。我对于小狗不免有些残酷不仁，但是成全了你，也算一桩功德。今世提倡的是人道主义，不是狗道主义，牺牲一只狗眼，算不得什么一回事。假如我把狗眼给你的瞎眼对调，你愿意吗?”

“愿意，愿意，一百个愿意！只求先生早施手术，使我重见光明，无论狗眼猪眼，总比没眼的好。”

博士便唤人把豢养的一条小狗牵了出来，才从皮箧里取出换眼万能机，共有两副，构造很是简单，和小孩玩具中的小喇叭相似。通过电气以后，博士把两副换眼万能机分执在左右手中，把左手执的喇叭管罩上赵大的瞎眼；又把右手执的喇叭管，罩上小狗的眼睛。果然灵验异常，无多时刻，人眼和狗眼都吸入喇叭管里；然后换手执着，重行套上人的眼眶和狗的眼眶。正是一举手之劳，狗装了瞎眼，人装了狗眼，便已圆满成功。这条小狗似乎视觉上发生了障碍，汪汪汪地叫了几声，逃向里面去了。赵大这一喜非同小可，赶快伏在地上，向博士连磕了三个响头，方才起身。

"你的视觉完全恢复了吗?"博士问。

"完全恢复了，并且新换的眼比我那一只健全的眼视觉尤其敏锐。先生真是我的重生父母，再世爹娘。"

"赵大，你须注意者!"博士正色而言，"你两只眼睛，分着两种视觉：一是人的视觉，一是狗的视觉。你见了人，须闭着这只狗眼；经过厕所，也须闭着这只狗眼。为什么呢? 狗的视觉和人的视觉不同，假如你见了人，张开着这只狗眼，便容易瞧人不起，变了'狗眼看人低'，轻贫重富，做出一种势利模样；遇见了乞丐，便要怒目相视，恨不得汪汪汪地吠这几声，所以你见了人，须得闭着这只狗眼。至于上厕所的时候，假如张开了狗眼，那便不妙了。坑缸里的东西，人眼见了要发呕；狗眼见了，分明是山珍海味，异样可口的东西，恨不得把头颅钻入坑缸里面，尽量地饱餐一顿。所以你经过厕所，定须闭着这只狗眼。"

赵大去后，接着又救济了几个人，都是内治的方法：有患健忘的，饮一瓶记忆万能水，历历前尘，一齐在脑膜上透现；有患心思迟钝的，饮一瓶开智万能水，便是村夫俗子也会出口成章；有患性情暴怒的，饮一瓶和平万能水，便是霹雳火秦明也变作了唾面自干的娄师德。轮到末一号，才是那位怀着身孕的申我权女博士，她便向博士发表意见：

"先生，你这博士和寻常博士不同，真不愧万能两个字。我也是个博士，说来很惭愧呢。枉自提倡着男女平等的学说，平等平等，徒托空谈，不能把分娩的痛苦给男子们担当，还算什么女博士呢? 虽说生产是上天派定，不是人力所能挽回的；然而做志士的，须得和上天决个高下，人定胜天，也是一种可能性。只可恨我的科学幼稚，不能够巧夺天工罢了。现在得见先生的回天妙术，益发使我心悦诚服。千万年极端专制的上天，完全被先生打倒了。我权是被上天压迫的一分子，自从得胎以来，这肚皮便一天天地膨胀，一天天地增加重量，腹中宛比压着五斗米，苦不胜言。这还罢了，想到分娩的苦楚，使我提心吊胆，恨不得升着上天梯，直达天宫，和那主宰万物的上帝大开交涉。如今好了，有你这一位万能博士，便不怕不把无上专制的老天打得虚空粉碎！"

"依着申女士的尊见，应该作何办法？"博士问。

"先生，请你把我的胎儿，移转在拙夫冯秉乾博士肚里。吾怀孕七个月，已感受了多少困难，尚有三个月的胎期，以及临盆种种的苦痛，只可让渡与秉乾吧。"

"这怕难以从命吧！"博士摇着头说，"把胎儿移转在男子肚里，理论上是可能的；只恨移转以后，胎儿永无出头露面之时，难道叫胎儿从尊夫肚子里钻出来吗？"

"先生，你总有法子可想。便不能把胎儿移转在男子肚里，也得叫男子替我担受些生产的苦痛。"我权再三央求着。

"先生，你快快允许了吧。"张一鸣女硕士帮着说，"先生对于男女平权是很热心的，绝不使我女界独受这生产苦痛。倘把妇人生产的苦痛给那做丈夫的担受了，那么二万万女同志歌功颂德，定要替先生铸造铜像，香花供奉咧。"

"不行，不行。"博士摇着头说，"男子的义务本来很重的，既负着养家活口的使命，又要担当着临盆坐蓐的苦痛，做男子的太可怜了。帮着你们女同志张目，便不免使我们男同志短气。一方面女同志替我造铜像，流芳百世；一方面男同志又得替我造铁像，遗臭万年。不是叫我左右做人难吗？"

"先生，你怎么这般固执？"一鸣说，"昔日的男子果然要出外赚钱，养活妻子；现在却不然了，男女职业平等，做女子的也能自立，不须男子赡养。那么生男育女的苦痛，女子不该独受，就那至少限度而言，也得分受一半痛苦。"

"这也是一种理由。"博士微微地点着头，"我有一种移痛万能水，确乎能把自己所受的痛苦移在别人身上，宛比《白蛇传》里说的，知县官笞责许仙，许仙不觉痛，痛在知县太太的臀上。这瓶移痛万能水，须得尊夫诚心肯代你受痛，才生效力，究竟尊夫肯不肯呢？"

"这是不必顾虑的。"我权说，"秉乾曾经对天立誓，他说：'上天给你们女界受这苦痛，不但女界不平，便是秉乾也代为愤慨。只需有什么法子可把你的苦痛移在我身上，我便肯代你受这临盆之苦，誓不皱眉。'他既这么说，当然肯饮这移痛万能水。"

博士便从皮箧里取出一瓶移痛万能水，很郑重地交付我权。但是，一鸣忽又见猎心喜，要向博士再索一瓶。

"张女士要来何用？"博士问。

"先生，这是……"一鸣没有说出，便扑哧地笑了出来。

"一鸣妹妹，你不用吞吞吐吐，我替你代说了吧。先生，这位张女士虽没有订姻，但是迟早总要订姻的。到了那时，要是有了爱情结晶品，少不得也要担受分娩的苦痛，现在未雨绸缪，取得一瓶移痛万能水，那便有恃无恐了。"

博士笑了一笑，又取出一瓶移痛万能水交给一鸣，再三叮嘱，饮水的须得出于自愿，不可强迫，强迫是无效的。

我权归家以后，见了丈夫冯秉乾，含笑问道："你那天对天立誓，肯替我担当分娩的苦痛，这话可真吗？"

"千真万确，毫无疑义。"秉乾答。

"假如有一种药水，你喝在肚里，逢到分娩时，我不肚痛你肚痛，你可情愿吗？"

"一百二十个情愿。"秉乾答。

"那么请你喝了吧。"我权说时，取出这瓶移痛万能水。

"我爱，这是什么药水？你从哪里得来的？"

"你果真心爱我，且别多问，喝干了，向你细说。"

秉乾以为我权向他开玩笑，毫不迟疑，一口气把万能水喝尽了。比及我权说明万能水的来历，秉乾暗暗唤一声苦也，只为万能博士的回天手段，秉乾也略有所闻，业已喝了万能水，懊悔也徒然了。后来我权分娩，果然毫无痛苦，夜间分娩，来朝便去赴茶话会，和人家一起跳舞；只苦着秉乾捧着肚子，在床上滚来滚去，哼着一夜的痛，卧床一个月，才能够勉强起身。

张一鸣女硕士的订婚条件，第一件便要求婚者喝尽一瓶移痛万能水。做男子的把秉乾当作前车之鉴，怕受分娩的苦痛，便不敢轻易尝试。因此好事多磨，张女士的婚约，至今还没有订定。著者向当世锦绣才子附带声明：这位张女士有十二分姿色，十二分学识，十二分才干。诸位中间，倘有甘受分娩苦痛者，尽可告个奋勇，把一瓶移痛万能水喝个净尽，管叫这亲事一说便成呢。事成以后，著者不向你索谢媒钱，但求捧着肚子的当儿，不把著者抱怨便是了。

同是新年

　　新年新年，又是新年。今年新年的事，要从去年新年说起。近邻一带的人家，异口同声，都道一声刘奶奶的福分好。刘奶奶是谁？便是乾丰祥布庄的老板娘娘。丈夫唤作刘春山，年近四旬，从一个布店小伙出身，克勤克俭，轰轰地做起人家，不上二十年便独开了一爿布庄。在先只有一间门面，后来扩充作三开间门面。几块金字招牌黄澄澄的，耀得人眼花。两旁玻璃橱子里，叠着五光十色的布匹，上海滩上新出的花样，这里应有尽有，生意鼎盛，不问可知。刘奶奶是春山的继妻，娶来不上三年，伉俪间异常恩爱。春山的前妻并没遗有子息。可是刘奶奶进门以后一索得男，现在牙牙学语，早过了抓周的日子，生得眉清目秀，玉雪可爱。春山中年得子，如获珍宝，当然百般地爱护，风吹也怕肉疼，日晒也怕肤黑。只为刘奶奶乳浆不足，便雇用一个乳妈。这乳妈是江北人，身子强壮，乳浆丰富，大家都唤伊一声江北奶妈。刘奶奶在家无事，除是引逗孩子玩笑以外，常约着邻居的姐妹在家里打牌消遣。好在孩子有奶妈照管，一切杂务有粗做娘姨承值，空闲着这个身体，除却摸着几张牌，怎能把东方捧出的太阳送到西山去过宿？同巷居住的姊妹们，大抵都是中级以下的人家，眼见刘奶奶穿得好、吃得好、嫁的丈夫又好，小家妇女眼孔浅，因此异口同声，都道一声刘奶奶的福分好。

　　这天刘奶奶的心里，只记得所过的日子尚在十一月下旬。早餐已毕，正待约着邻居姊妹来打牌，却见江北奶妈抱着孩子，喜滋滋地跑到面前，扑地跪下道："恭喜奶奶，新岁发财；贺喜奶奶，新岁发福。"刘奶奶笑道："江北奶妈倒也好笑，十一月还没有过，怎说是新岁？没怪你穷，穷得日子都昏了。"江北奶妈站起答道："奶奶，你真是贵人多忘，你不记得今天是民国十三年的大年初一吗？"刘奶奶道："我们都过旧历的年，新历的元旦委实有些弄不清楚，怎么偏是你牢记在心？"江北奶妈道："我本来也不记得。只为昨天碰见我们当家的，他向我说起，今儿是新历大除夕，明儿是新历大年初一，因此吾才记得。"刘奶奶道："你们当家的做什么生意？"江北奶妈皱着眉道："他有什么生意做？只不过做一名当差的罢了。"刘奶奶奇怪道："当什么差？是洋关的差？还是厘卡的差？瞧你不出，你的丈夫倒是个体面人。"江北奶妈搭讪着答道："男子有了体面，浑家也不出来做奶妈了。实告奶奶，名目唤作当差的，其实只在营里吃一份粮，充当一名小兵罢了。小兵有什么出息，这一年来营里欠了三关饷，做官长的吃得肥头胖耳，当小兵的穷得狗肝都出。昨天路上碰见了他，向我说了许多苦话，眼巴巴盼到了元旦，他要向营里官长那边去贺喜，多少也得些赏号钱。我想他在营里贺年，我也该在奶奶家里贺年，因此到了今天，巴巴地到奶奶面前来磕头。"刘奶奶笑道："开口见喉咙，你原来也贪图这份赏号钱，巴巴地来磕头。营里过新历的年，我们这里只过旧历的年，你要赏号钱，留待旧历的大年初一给你吧。"江北奶妈也笑道："奶奶休得这般说，新历新年要发财，旧历新年也要发财，一年发了两份财，大大元宝滚进来。奶奶可好不好？"说时，似歌似谣，引得抱着的孩子都笑了。江北奶妈便不住乖乖叫起来，说道："乖乖，你面孔笑呵呵，将来一定开当铺；面孔红通通，将来一定要做大总统。"从来天下的人打得破虎牢关，打不破这马屁关。刘奶奶听了这几句马屁颂词，喜得心花怒放，不由得在衣袋里摸出两角钱道："这便给你做了赏号钱吧。"江北奶妈接受了两角钱，喜得屁股上都起了笑靥，又是掇臀捧屁地奉承了许多话。少顷，刘奶奶和邻居姊妹打牌，江北奶妈又跑得过来，向

85

张家奶奶贺喜，又向李家小姐祝福，大家莫名其妙。亏得刘奶奶说明了缘由，便瞧着主人分上，多少也掏出几枚铜子做喜封。江北奶妈不计喜封多少，总是千恩万谢地领赏而去。这虽是十三年元旦刘奶奶家里的琐事，但是后来回想前情，可算得一种大大的纪念。

　　匆匆七八个月，浏河地方惹起绝大的恐慌。这时同室操戈的江浙交兵成了事实，黄渡开火，相持了半月，只是阵线没有变动。那面取攻势的，见这处颠扑不破，和几位参谋人员一番商议，当然要变更战略。他们只轻易地说一句变更战略，谁知许多老百姓的生命财产，都牺牲在这一言之下。他们在黄渡鏖战，只是黄渡一带的人民受殃，多一番变更战略，便是多一处生灵涂炭。素称小上海的浏河镇在先燕巢幕上，百姓们以为尚可苟安旦夕，风声虽恶，搬家的兀自寥寥。后来变更战略，把几处完善的市镇都变作战略下的牺牲品，双方的胜负依然未决，渐渐把浏河一镇也当作战略上必争之地。炮声渐渐逼近，刘奶奶家里的牌声早已断绝。什么东邻西舍的张家奶奶、李家小姐，都气吁吁地逃到上海，化着大本钱，租着小房子，胡乱打着地铺，度这恐慌日子。可是刘奶奶还没有搬家，刘奶奶为什么不搬家呢？其间自有为难的情形。刘春山在营业上面，虽然年年都有盈余，可是他把盈余的钱都放在成本里面，因此这布庄愈开愈大了，倘在承平时代，长袖善舞，他的成本越大，他的利息当然越厚。不幸在这干戈扰攘之际，所有的现款都成了呆货，栈房里面货物山积，足值六七万金，怎能够"大地山河一担装"，把来都挑到上海？春山抛不下这爿布庄，只得暂时看守。别家都闹着搬家，春山却不敢妄动，单劝着娘子收拾细软，挈同孩子、奶奶先向上海躲避，自己瞧瞧风色，再定行止。刘奶奶和丈夫爱情浓厚，怎肯把丈夫留在险地，自己却向安乐所在去逃生？便抱定要留同留、要走同走的主意，任凭春山百般劝导，只是不依，因此把日子益发拖得迟了。

　　这时江北奶妈早已自行辞歇，回到江北去避难。刘奶奶在本地另雇了一个奶妈哺养孩子。这奶妈也天天撺掇刘奶奶搬家，说："奶奶再不搬家，我在这里也站不住了，只得还了奶奶的工钱，回到乡间去躲避。你不听昨夜的炮声又比前夜响亮吗？一弹飞来，哪有命活？我们的性命不是盐换来的，何苦在这里做炮灰？"刘奶奶到此田地，却有些进退两难。待要搬家，舍不得抛撇丈夫；待要不搬家，奶妈又不肯暂留，一时觅不到替人，孩子没有乳哺，也不是耍。春山在旁边跺脚道："好奶奶，你怎么还不想走呢？我是男子汉，见势不佳当然会逃走。你们这辈细弱，此时不走，待到大难临头，我要顾自己又要顾你们，只怕大家都逃不脱。何苦呢？何苦呢？"刘奶奶被逼不过，方才应允着搬家。当夜把细软收拾收拾，结结实实地装满了两只皮箱。待到来朝，吩咐布庄里的司务挑着行李，挈带孩子奶妈一干人匆匆上道。可是这一走纵然逃得生命，依旧是人财两失，希望都空。

浏河附近鏖战得异常激烈，镇上秩序已乱，叫苦连天。跑得一二里路，那挑担子的司务早被军中拉去扛子弹。说也稀奇，军队拉夫，却有个交换条件，军人们的东西给老百姓扛去，百姓们的东西军人们也不惮勤劳，努力扛负，这也算得彼此互助，两不相亏咧。刘奶奶眼见司务被拉，早吓得魂不附体。又见司务肩上的重担子移在军人肩上，军人扛不动子弹，挑着这两只皮箱却是拔脚飞跑，余勇可贾。刘奶奶益发吓得魂不附体，待要去追赶，哪里赶得上？毕竟奶妈脚步快，紧追在军人后面，口喊着这是我的箱儿，休要挑去啊！这两句话恼动了丘八太爷，放下担子，伸手几巴掌，把奶妈打倒在地。打倒奶妈犹可，奶妈倒地，手里抱的孩子随同倒地，小孩子吃不起惊恐，一跤跌闷，半晌开不出口来。奶妈从地上爬起，孩子的眼珠兀自倒插，慌得刘奶奶三脚两步地紧赶过来，揉着孩子的胸脯，心肝乖乖不住乱叫。隔了良久，孩子才哇的一声哭起来。救醒了孩子，却不见了这副担子，不知被丘八太爷挑向何处去了。刘奶奶无可奈何，好在怀里还藏着数百元钞币，只得唤声晦气，和奶妈赶路逃命。又跑了许多路，才搭了长途汽车，安抵沪上。这"安抵"两个字，是专指刘奶奶和奶妈而言，若说这个孩子，到得上海不上两天，便害着急惊风一命呜呼。东南浩劫的冤魂册上，又添着小孩一名。刘奶奶放声大哭。春山得了消息，也在浏河痛哭了几天，无须细表。

一间小小的楼面，住着十九个人，房门外摆着两尊红衣大炮，逃难时代的上海常有这般现象。楼面的代价，月需三十块钱，而且要先付两月租金才能搬入。东南大战争，玉成了租界上的房东和二房东做这种投机事业。刘奶奶自从死了孩子，把奶妈也歇去了。在先住在旅馆里，后来支持不得，便由旧时邻居张家奶奶、李家小姐的介绍，也搬在这里居住。同房十九人，伊便是其中的一分子。这十九人，除却刘奶奶、张奶奶、李小姐以外，男的也有，女的也有，老的也有，小的也有。虽然都是浏河老乡亲，早夕见面，熟不拘礼，可是同在一间屋子里居住，总觉得不大方便。没奈何只得把妇女旅行的必需品摆列在房门以外，就是方才所说的两尊红衣大炮了。遇着排泄的必要时候，妇女们只在房门外便溺，一来可以遮掩人目，免得给男子们见了出乖露丑；二来房间里面人都住满了，连那桌子底下都有人睡着，哪里还有安置炮位的余地？把两尊红衣大炮移设门外，腾出一席之地，也可多住着一个房客。每逢妇女踞守炮门，房里的男子们为着避嫌疑起见，不敢滥入炮线。乱离之世，只有这一层兀自判定嫌疑，其余一切，便似某大军阀所说的"顾不得许多"了。一住六七天，刘奶奶逢人便探听家乡的情形，有的说这几天炮火剧烈，有的说这几天炮火又沉寂了。刘奶奶的一颗心终日里忐忐忑忑，没有着落。但愿炮火有情，留得乾丰祥布庄和丈夫的生命，那便遭些魔难也要谢天不尽了……

在这当儿，那面取攻势的战事当局，早在苏常一带宣布战报道："本军连日进攻浏河，敌军方面常借民房掩护，放枪抵拒，急切难下。本日拂晓，本军奋勇向前，四处放火烧毁敌人房屋数百幢。敌人不支，纷纷向后溃退……"从这战报上看来，"烧毁敌人房屋数百幢"，似乎是很堂皇、很冠冕的。其实呢，敌军出发时，也不过把军需品运往前线，断然不能把自己住的房屋随着军需品，一股脑儿都运往前线。这被毁的数百幢房屋，怎说是敌人房屋？只不过是老百姓血汗挣来的财产罢了。可怜刘春山开设的乾丰祥布庄，也随着这数百幢房屋同付一炬；可怜六七万金的成本，一眨眼化为乌有；可怜好好的小康之家，变作了空拳赤手。总算侥幸，春山还逃得这条性命。逃到上海，寻见了娘子，和刘奶奶抱头痛哭。同房住的男男女女，见了也都垂泪，再也不能异口同声，道一声刘奶奶的福分好。

　　绝望之中，还有一二分余望，乾丰祥布庄虽然烧去，春山的住宅听说不曾被毁，宅里的动用器具料想被丘八抢去，断没余剩。可是刘奶奶搬家的当儿，曾经把搬运不尽的现洋五百元、赤金首饰三十两，悄悄地埋藏在地窖里面。只要这一笔藏金不动，夫妻俩兀自可以勉强度日。因此巴巴地盼到战事结束，夫妻俩重回故乡，走到自己屋子里看时，真个变作了家徒四壁，粗细家伙抢得空空如也，连门闩都不肯留剩一根。再去瞧那藏金的所在，只唤得一声"啊呀"，夫妻俩面面相觑，良久说不出话来。原来军士们的战术学没有进步，军士们的矿术学却是异常精明。地下埋着贵重东西，再也不能逃过丘八的眼，仿佛瞧得出矿苗似的。倘然请他们去做矿师，倒是一等的天才，可以大大地赚一份薪俸。可惜只做个丘八，也算是大材小用了。

　　新年新年，又是新年。这才是民国十四年的新年，战地上的灾民兀自疮痍未复，栖止不安。十三年的岁月过去了，十三年的痛苦却不肯随着岁月俱去。这时家无担石的刘春山夫妇痛定思痛，不堪回首。故乡无可谋生，只得重来沪上，暂图糊口。春山在上海一家布店里面做个伙计，薪水短少，无以顾家。刘奶奶到这地步，也顾不得体面，只好替人家妇女代绾云鬟，做一项"走梳头"的职业。每天梳三五个头，也有一块多钱到手，比着别种女工赚钱稍易。上海地方的生活程度是很高的，靠着这一笔进款，才能够温饱度日。

这天正是元旦日，有一家方公馆里唤刘奶奶去梳头，听说公馆里的太太是一位连长夫人。刘奶奶在先也不知道是谁，比及走到里面，和连长太太打了个照面，不禁失声道："你是我从前雇用的江北……"待要说出江北奶妈，猛想到今昔情形大不相同，怎好直呼伊江北奶妈，只得改变着论调道，"你便是连长太太，好生面熟啊！"连长太太瞧了刘奶奶一眼，大模大样地说道："我也认识你，刘春山的娘子便是你啊！"说时，又把刘奶奶自头至足细瞧了一遍，喃喃地说道，"奶奶不做，却做走梳头，这是什么缘故？啊！我可知道了，浏河地方早烧成了一片白地，你在家乡存身不得，没奈何到这里来混饭吃。我的说话是不是呢？"刘奶奶紧皱着双眉，点点头儿。连长太太笑道："春山娘子，你不用愁闷，这是你们老百姓命该如此啊！什么生意不好做，却偏去开了一爿布庄。又不开设在上海租界上，却开设在浏河地方，这是你们的眼睛不亮，怨不得谁啊！春山娘子，我老实向你说了吧，百般买卖，都不及当兵的好。但看我们当家的，在先只当一名小兵，后来排长阵亡了，他便补充了排长。后来连长又阵亡了，他又补充了连长。他的运气多么好！自有许多倒运鬼死在战地，把位子让给他去补充，官又升得快，财又发得足。他充当一名连长，算不得什么高官贵职，可是他的横财却发得够了。春山娘子，你怎么不叫你当家的去当兵呢？"刘奶奶听了，只是呆呆不作声。连长太太道："我还没有问你，你们当家的好吗？小孩子好吗？"刘奶奶听得提起了小孩子，便惨凄凄地把那天匆促逃难，小孩遇惊得病的情形述了一遍。说时盈盈欲泪，慌得连长太太连连摇手道："不用说吧，今天大年初一，我们官宦人家处处都讨吉利，休得哭丧着脸，说这没趣的话。快快给我梳头，缓几天再和你细谈吧。"

刘奶奶降低了身份，替连长太太梳头通发。隔了一会子，才把发髻绾就。连长太太在首饰匣里取出三件金首饰，交给刘奶奶替伊插戴。刘奶奶接取在手，暗暗叫一声"哎哟"，这三件金首饰分明是自己的东西，花纹牌号，丝毫没有两样。去年好好地埋藏在地窖里面，怎么会得飞到连长太太的头上来呢？当下一阵心酸，簌簌地几颗痛泪，打落在连长太太的头皮上。连长太太忙问道："春山娘子，你洒的是什么水？"刘奶奶勉强回答道："洒的是生发水。"一时含糊混过，替连长太太插戴完毕，悄悄拭干了眼泪，装出笑容，向连长太太告别。连长太太给伊两角小洋，说这是你的赏号钱。刘奶奶听到这"赏号钱"三个字，又不胜今昔之感。去年新年的赏号钱，奶奶赏给奶妈；今年新年的赏号钱，奶妈赏给奶奶。唉！去年，今年，同是一般的新年……

蓟门道上

蓟门道上，有四五辆骡车结伙儿赶路，正走的荒僻路程。一轮红日矬向西山深处，一带黑魆魆的树林排队也似的在道旁迎宾送客。最后一辆车坐着一个年少书生，忙问着骡夫道："今天赶得上站吗？"骡夫向前面望了望，便道："赶不上站了。"书生焦急道："赶不上站，我们怎么办呢？"骡夫道："这也不打紧，赶不上尖站，也好向村庄暂宿一宵。前面有四辆车同走，他们停车，我们也停车；他们歇宿，我们也歇宿。人多胆壮，怕什么？"书生道："哪一天才可赶到蓟县呢？"骡夫道："从这儿再跑三四十里，便望得见市廛，明天上午便可以安安稳稳地进这座蓟州城。"书生肚里忖量道："怎么还有许多路？依着我的心，最好今天便赶到那儿。天哪，你总得保佑我们父子俩好好儿相会。"

猛听得一阵銮铃声响，接着便是哧的一声，从树林子后面飞出一支骲箭，滴溜溜坠落在地。那些赶骡的都是见惯的司空，知道强人来了，便遵照着行路的规矩，一一跳下车来，躲匿在车厢后面。又听得一阵呼哨，有四匹坐骑各驮着高大汉子，追风逐电也似的赶来，在那停下的五辆车子前后团团地打了一个转。前三辆车中坐着的都是老于行旅的商人，听得銮铃声便行下车，站在车辕的左方，恭恭敬敬地不则一声。车中所载的贵重货物，早雇了一位镖师保护。这镖师也不见得有惊天动地的本领，只不过镖局和盗首有一种非正式的交换条件。保镖的见了强人，暗地里招呼一声，强人便不来劫掠。强人有时路过镖局，缺少川资，镖局中人也得略尽地主之谊，大鱼大肉地款待他。临走时，还得多少送他些川资。

闲话少叙。且说马贼打转的当儿，镖师已送了一个暗号，前三辆车儿没有被他们打搅。第四辆车坐着一个中年男子，初次远游，一切不在行，没有预先下车。待到强人来了，才想下车。他本是脱着鞋，盘膝而坐，临下车时须得伸手去摸这双鞋儿。只因这一摸，才犯着行路之忌。说时迟，那时快，砰的一声仰后便倒。原来强人见他伸手掏东西，只道他去摸手枪，先下手为强，便把他当胸一枪，就此了账。可怜他死得冤枉，随带的银两东西都被强人劫去。第五辆车儿坐着的便是方才所说的书生了，吓得手足无措，只是发抖。强人把他擒下，双手反接着，又取出一方手巾扎住双目。书生身不由主，只索听他们摆弄，被人抱上了马，宛比盲人骑瞎马，不知走的是什么道路。只听得马蹄儿踏着落叶窸窣有声，料想兀自在这树林子里行走。约莫跑了一点钟光景，马蹄停了。有人把他抱下马来，牵着他进门，觉得这门楣是很低的，昂着头进去，便碰痛了额角。有人嘱他低着头，他便低着头行走。曲曲折折走了多少路，有人嘱他不用低着头了，他才敢抬起头来。又走了十多步，才喝着止步，他便站住了。眼睛依旧扎住，又是闷，又是急，肚里忖量："不知此地是什么所在，大约凶多吉少，不是龙潭定是虎穴了。"谁料大大不然，有许多莺声燕语轻圆流利地送入耳中。有的说："瞧这少年模样儿很不弱，我们当家见了，不知道可看得上眼？"有的说：我们当家的眼光何等厉害，平头整脸的男子见过了多少，一个都看不上眼。只怕滚地龙、过山虎他们又是白忙吧。"书生听在耳朵里，当家长、当家短，敢怕把我捉到了尼姑庵里，闹什么《玉蜻蜓》小说里的把戏吧。想到这里，不寒而栗，索索地抖个不住。那时却听得旁边窃窃私语道："不要啰唆，当家的来了！"立时众声静默，但听得皮鞋咯噔噔的声响从那壁厢传将过来。不问而知，便是这位当家师太了。

哎哟，真奇极了！既不是龙潭虎穴，也不是尼庵梵宇。三间房屋铺设得异常辉煌，上面挂着汽油灯，灯光四射，射到美人面上，越显得桃脸含笑、柳眉生春。这美人的年龄大约二十不足、十八有余，打扮得和月份牌上的时髦女郎一般。御着称体的锦绣衣裳，短短的裙子，长长的丝袜，斜倚在沙发上，两脚交叉着，漆皮的高跟鞋子，映着灯光闪闪地耀眼。旁边站着四名婢女，燕瘦环肥，模样儿都不俗。哎哟，怎么闯入了人家闺阃中呢？原来，这时书生扎眼的手巾已有人解去了。纵目四顾，不见了方才掳人的马贼，却见屋子里面有这般的状况，怎不暗暗地称奇道怪！

有一个婢女吆喝着："怎么见了当家不跪下！只是舒头探脑东张西望！"书生才明白，这美人不是当家师太，却是当家强盗。扑地跪下，口称着："当家念怜小子身遭颠沛，体上天好生之德，释放小子完全骨肉。"说时，眼泪扑落落地滚下。美人扑哧一笑道："这儿郎咬文嚼字，多分是个读书人家的子弟。"便唤婢女把他扶起，松放了缚手的绳子，指一张坐椅，唤书生坐了。秋波盈盈，只向这书生面上注视，瞧得书生抬头不起。美人道："听你口音是个南方人。你姓甚名谁？巴巴地跑到这儿来做甚？敢是打干做官吗？要是打干做官，还不如打干做强盗，强盗的程度比官儿高得多咧。"书生欠着身答道："小子是浙江山阴人，姓徐，名公美，一向在北京读书。这番到蓟县去，并不是打干着做官，只为父亲在那儿做县知事……"话没说完，美人抢着说道："原来你老子是个官儿，这般造孽非浅的县知事做它则甚？还不如做个强盗，可以干些好事，积些功德。"说着回眸一笑，瓠犀尽露。公美听了，吓得不敢则声。在这当儿，外面跑入一个健儿，请当家出去办公。那美人便吩咐婢女："好好儿款待着徐先生。"说罢便和那健儿一同出室。

美人的一声吩咐效力很大，婢女们送茶送点，竭意奉承。彼此窃窃私议，都说这位徐先生好大福分，果然看上了当家的眼了，在我们家里做女婿，比着状元及第还荣耀。公美紧皱着双眉，说不尽许多昏闷。私自探问婢女，当家的姓甚名谁，怎么好好的一个女郎，却在这里干这生涯？那婢女瞅了公美一眼道："你道这生涯是低微的吗？这生涯再也高尚无匹，比你老子做县知事好得多咧！当家的姓名，现在不便告诉你。少顷当家进来，果然看上了你，自会向你说，可不用我说。"又有一个婢女向公美嘱咐道："当家不是好惹的，顺着她便生，逆着她便死。她把自己做的生涯当作神圣般看待。少顷当家办公完毕和你讲话，你总得顺着她的口气，说世上三百六十行，行行都贱，不及她的生涯高贵。她听了快活，便是你天大的喜事。"说话的当儿，美人办公完毕，重又入室，笑嘻嘻地向公美说道："我讲给你听，我办的事最是公干。方才我部下打死一个过客，便违犯了我们的规条。我们劫掠往来行人的财帛，第一不许犯杀戒，除是那人开枪拒敌，我们正当防卫，才许杀人，要不然夺了他的财，总得留了他的命。恰才过山虎见那人伸手摸鞋，误会他取枪拒敌，便把他一枪打死。虽不是故杀，却是误杀，也有相当的罪名。我已遣人连夜把过山虎押往白云山监禁。多少部下人替他求情，我却铁面无私，按照法律办事。法律之下没有情面可讲。徐先生，你可晓得，绿林中的法律最是神圣不可侵犯的。不比世上瘟官，瞧这金钱分上，不是枉法，定是弄法。徐先生，你的老子枉法不枉法、弄法不弄法，你该知晓。"公美听得问及他的老子，忍不住号啕大哭。美人忙问："因何痛哭？"公美且哭且诉，把这番长途跋涉，前进蓟门的缘由细诉一遍。

徐景濂在蓟县做知县，业已多年。他是个举人出身，在宦海中浮沉十载，却不曾洗去书生本色。百姓们很受着他的好处，异口同声都唤他一声清官。从来抚字心长的，一定催科政拙，偏又遇着军阀时代，那些手挽军符的，动不动便是一纸公文，向知县衙门去借饷。倘逢掇臀捧屁的官僚，便借着筹饷为名，在小百姓身上榨取脂膏。大部分孝敬军阀，小部分自饱私囊。独有景濂中了道德的毒，宁违军阀，毋苦百姓。任凭雪片也似的催饷书来，他只答复几句不合时宜的良心话，说："民穷财尽，何忍诛求！库藏如洗，更难挪借。所有筹饷一层，敢告不敏。"似这般答复上去，怎不挑动军阀的恼怒。有一个势焰冲天的臧师长，乘着景濂来见，拍案大骂说："你筹饷不力，贻误军事，该当何罪？"景濂侃侃答辩说："知事在民事上负责任，在军事上不受处分。"臧师长益发恼怒道："本师长处分你不得吗？"立唤卫队把景濂上了锁链，即日押入监狱。另委一名军官，接受了知事的印信。那军官秉承了师长的意旨，百般罗织，说景濂亏空了公帑五千金，理当监追，以重公款。可怜景濂饱受铁窗滋味，呼吁无门，自分必死。夫人陆氏放声大哭，写信给儿子公美知晓，叫他快来蓟门设法救父。公美肄业京师，得了这个警报，吓得魂飞魄散，几乎晕倒。然而事不宜迟，怎敢怠缓。赶到京汉东车站，乘着京通支路的车，直达通县下车，另雇着骡车，向蓟门进发，却不料当夜便遭着掳掠。自顾一身，死不足惜，瞧不见老子，怎不号啕痛哭？……以上的话都从公美嘴里说出，说时呜呜咽咽、断断续续，照例应分作几橛，每橛之下应缀上泪珠般的虚点子，才合着且哭且诉的口吻。著者为笔下便利起见，一笔写下，这些虚点子概从省去，免得多占着篇幅吧。

美人听罢一席话，沉吟片晌，冷冷地问着公美道："依你的意思，便该怎样？"公美道："小子得了警报，心绪如麻，但愿插着双翅飞到蓟门，请当家大发慈悲，释放小子完全骨肉。"美人把脸一沉道："徐公美你放下这条心吧！这个所在，你来得，你去不得，住在这里我不亏待你。"公美哭道："父亲在监狱里，朝不保夕，小子怎好勾留不去？"美人大笑道："看你一表人才，总得有些丈夫气，怎么说出话来，兀自乳臭未干？你老子热心做官，这般下场，便是孽由自作。你便星夜赶到蓟门，两手空空，没有五千金缴还公款，也救不得你老子出狱。目今文明世界，人人平等。老子做事不正当，做儿子的不妨名正言顺，兴起讨父之师。你不讨父，已便宜了你的老子，没的自寻烦恼，到那儿去探牢问狱。他坐他的监狱，你做你的强盗。你若胆怯，我不叫你去打家劫舍，只陪着我在这儿坐镇山

96

岗，可好不好？"公美气急败坏地说道："父灾不救，要子何用？小子读了多年书，只知道舍身救父，不知道兴师讨父。"美人又笑道："这讨父两个字，是你们新学家发明的。你枉在学校里读书，怎不懂得新潮流？"公美正色道："小子胸中只有旧道德，没有新潮流。"美人怒道："你怎么不识抬举？顺我者生，逆我者死！"公美这时已拼着一死，死后魂魄的自由，倒可飞往监狱里陪伴老父，强如拘禁在这儿，受这女强盗热嘲冷笑。当下斩钉截铁般地答道："当家肯放我，便请释放；不肯放我，便把我一枪打死。要我住在这里，和你相伴，今生休想！"美人柳眉一竖，杏眼一睁，蓦然间白光闪闪，掣刀在手。公美打了一个寒噤，索性把眼紧闭，引颈待戮。只听得美人怒喝道："徐公美！你有胆量敢站在我面前连喊三声不从，唤到第三声，便把你一刀两断！"公美正求速死，便站在美人面前，闭着眼，仰着头，连喊："不从！不从！不从！"三声完毕，一跤仰翻在地。倒便倒了，却不曾一刀两断。

炙手可热的臧景臧师长黑甜梦醒，正待起身，忽见鸳鸯枕上插着一柄霜刃，寒光四射。这一吓非同小可，慌忙推醒了同枕的姨太太说："不好！不好！有人进房来行刺！"姨太太摩挲睡眼，也瞧见了插枕的这柄刀，赶紧摸一摸粉颈，却没有窟窿，才敢开出口来，哭喊着："你们快来捉刺客呀！"臧师长毕竟有些主见，禁住姨太太不要声张。外面仆妇人等听得哭声，前来叩房门询问缘故。臧师长道："没有事，姨太太梦魇，现在好了。"仆妇人等听了，方才退去。房里面臧师长和姨太太披衣下床，四下搜寻并没有什么破绽，也不曾失去什么东西。窗户皆闭，只有靠东两扇窗不曾下铜锁。大约这刺客打从这儿出入，飞檐走壁，来去自由，这本领实在可惊。便向枕上拔取这柄霜刃，足有三寸许插入枕里，亏得是枕头，要是头颈便怎样？分明是刺客的示威运动，但不知为着什么一回事。臧师长藏过霜刃，姨太太瞥眼瞧见枕底露出一角红笺，抽出看时，仿佛是个束帖。她不识字，授给师长看。这一看不打紧，却把臧景的舌头拖出了寸许，足足有半分钟，方才收入。柬帖上写的什么？写的是四言韵文："警告臧景，速释贤令。刀锋霜冷，先刺尔枕。尔若不省，刺尔头颈。我目如镜，汝宜自警。"说也稀奇，飞扬跋扈的臧师长，大总统的命令可以不受；督军的调遣可以不遵，唯有这寥寥三十二字的柬帖儿，却把他收捉得服服帖帖。立时传下命令，把拘禁狱中的徐景濂释放出来，还赔着小心，说了许多道歉的话。

景濂死里逃生，自回公馆和夫人陆氏相见，抱头大哭。夫妇俩互相揣测，这臧景是杀人不眨眼的魔王，怎么进了他的虎口，还能够生入玉关？陆氏道："敢莫督军不答应，说他专横？"景濂道："不是，不是。督军庸劣无能，不在他的眼里。""那么省长不答应，说他滥用职权？"景濂道："益发不是了。省长是军阀的奴隶，军阀横行，省长怎敢说半句话。"正在揣测的当儿，忽见庭中飘飘扬扬有一幅红笺飘落下地。景濂好生诧异，忙去拾取进来。夫妇俩并肩同看，字迹尚新，写的是："救公者，并非他人，即是公子。宦海风波不测，速作归计。离蓟门三十六里长兴店打尖，父子相会，便在明日。一切细情届时自悉。"很怪异的柬帖儿，真个是天外飞来。那时空庭无人，屋瓦上也没有一些声响，传柬送帖的是谁，夫妇俩怎么揣测得出。景濂经了这番祸变，宦情早同嚼蜡，好在行李不多，仆从稀少，赶快地整理行装，预备回里。到了来朝，催着几辆骡车，骡蹄嘚嘚，车轮辘辘，去做蓟门道上的行客。

离城三十六里，直到长兴店尖站打尖。景濂夫妇俩才下骡车，早见儿子公美在店门口守候，骨肉相见，喜出望外。门外不便讲话，到了里面，互诉详情，哭一会儿，笑一会儿，真叫作悲喜交集，笑啼并作。这一席话，约莫谈了两点钟。著者为经济笔墨起见，上文叙过的不再重复。只说公美那夜仰翻在地，昏昏沉沉，不知道经了多少时候。比及神志清醒，张眼看时，却卧在一间屋子里面，陈设精致，一尘不染，旁边还坐着一个垂髫婢女，睃着自己，只是好笑。公美忙从榻上一骨碌爬将起来，瞧瞧窗上艳艳地映着半窗旭日，不觉失声道："怪事，怪事，我不是被杀了吗？"婢女扑哧一笑道："当家的怎肯杀你，她抱着救人救彻的意思，还得把你老子救出囹圄，使你们骨肉团聚。"公美道："她有这般好意，为什么扬着刀子要杀我？"婢女道："她和你开玩笑，何尝要杀你。她趁你瞑目待死的当儿，提起药帕子向你鼻边一抖，你便中了迷药，跌倒在地。她遣人把你抬入这间屋子里，趁你昏迷的当儿，她换了村女装束，仗着一身本领，去救你老子出狱。"公美道："她既肯仗义救人，为什么把我迷倒在地？"婢子道："这也是和你开玩笑。好待你醒来时，事出不意，才见得她的肝胆。昨夜一席话，都是她有意试探你，看你舍身救父的心真切不真切。后来她见你倒地，便连连叹息道：'似这般的男子才算得至性中人。我不成全他，谁成全他？'"公美听了婢女的话，兀自半疑半信。在这当儿，突然见蛎粉墙上黑影一闪，昨夜的美人早从屋脊上一跃下地，宛如庭柯落叶，声息甚微。果然另换了一番装束，乱头粗服，是个村女子模样。进了房间，笑向公美道："你别小觑我绿林中人，世上多少冷血动物，唯有强盗的心肠最热。好了好了，明天下午你们骨肉团聚了。"公美忙问其故。美人休息了片刻，吃了些东西，不慌不忙，才把援救情形说了一遍。

原来美人临走时预备着两份柬帖，趁着黑夜，专抄小路行走。身到蓟门，城关还没有掩闭，她便混进城去。待到宵深人静，仗着高来高去的本领，先到臧公馆，把随带的一柄利刃插在鸳鸯枕上，又把柬帖儿纳入枕底。他们同梦正酣，一些儿没有察觉。布置已毕，跳窗上屋，又把窗儿掩上，使他们一时瞧不出来踪去迹。待到天明，她便在监狱左近探听动静，果见徐景濂被释出狱。她又赶到徐公馆，趁人不备，一跃上屋，伏在屋脊，专候景濂回来。待到回来时，她又飞下第二张柬帖。大事已毕，她又乘人不备，从屋后一跃而下，不再耽搁，飞也似的回来。到了这儿，还有余勇可贾，逾墙上屋，又从屋脊上一跃而下。

公美听罢，怎敢不信，少不得跪伏在地，拜谢大恩。美人亲把公美扶起，设筵款待。席上讨论今古，滔滔不竭，见得美人才兼文武，可称数一数二的女杰，只不知她姓甚名谁，为什么要做这绿林勾当。公美殷勤动问，美人只是含笑不答。比及问至再三，美人道："你为什么穷诘不已？"公美道："留作他日报答地步。"美人愀然道："我避迹绿林，也被时势所迫，出于无奈，我的姓名踪迹此时宣布尚早。你果不忘我恩，只消在家乡静守。大约在这一年以内，我的戴天大仇总可报复。那时亲到山阴来访你，和你一辈子偕老白头，你愿不愿？"公美道："若得如此，三生之幸，怎说不愿！"少顷，酒阑席散，美人便吩咐两名健儿依旧把公美扎住双目，送他出门。出得门后，又抱上马背，直到官塘大路，才把手巾解去。到了长兴店下马，把原携行李一概给还，叫他安心在长兴店住宿，明日便可和父母见面，从此一路回去，道上可保无虞。说罢，健儿们纵马归去。公美便在长兴店住了一夜，候到今日下午，果然和父母相见。

患难家庭离而复合，公美侍奉父母重上骡车。同一蓟门道上，来时节何等凄惨，去时节何等快活。

金蚕因缘

　　苗民所在的地方，可以唤作神秘区域。广西、云南、贵州等处，苗族很多，常有种种神秘的方法把人毒害，其名唤作"下蛊"。下蛊的方法很多，也有可以解救的，也有不可解救的。可以解救的唤作缓性的蛊，这缓性的蛊，大抵苗妇把来束缚情人，使情人不致弃旧怜新，发生种种薄幸的事。原来苗族妇女常以得嫁汉人为荣，汉人和苗女有了恋爱，结为夫妇，只可永住在这里，不许轻易归乡；或者事实上不得不返乡一次，伊便和丈夫再三要约，或三年重来，或五年重来，信誓旦旦，万不能逾越期限。三年归期的，伊便下这三年的蛊；五年归期的，伊便下这五年的蛊。这种蛊药唤作定年药，越期不归，受蛊的男子立时蛊发膨胀而死；唯有如期而返，伊自有一种解药，给丈夫吃了，便可以蛊毒消灭，安然无恙。这便唤作缓性的蛊。还有一种不可解救的蛊，唤作急性的蛊，说来益发可怕了。听说苗民聚处的地方每逢黑夜，常见闪闪的金光忽而飞来，忽而飞去。凡有河流的所在，所见的金光愈多。这便是人家蓄养的金蚕蛊，乘着黑夜在那里喝水。人家为什么要蓄养金蚕？这金蚕究竟是什么东西？怎么可以蛊人？这几个问题阅者一定很注意的，不但阅者注意，便是著者听一位亲戚谈到贵州遵义的金蚕蛊，也很是惊怪，当时曾提出这几个问题求他解决。那位亲戚笑吟吟地答道："不须着忙，待我把一段金蚕因缘细细地讲给你听，供给你的小说资料。"著者忙不迭地说道："甚善，甚善。"以下的话都是根据那位亲戚的报告。可是著者顺便向诸君介绍一下子，那位亲戚久客贵州，熟悉黔苗的风俗，所闻所见不是凿空无稽，诸位莫当作海市蜃楼看待，那便好了。

闲话少说，言归正传。黔省遵义县地方，重山叠岭，汉苗杂处。汉人都从各省迁来，唤作客民。本县的土著都是苗民。苗民不仅住在遵义一县，都匀县有黑苗，修文县有青苗，铜仁县有红苗。遵义的苗却唤作花苗。花苗的风俗便是爱养这种金蚕，把来蛊毒往来的行旅。起初养蛊的只有苗民，后来客民受了同化的作用，也有蓄养金蚕的，不过讳莫如深，不给人家知晓罢了。

遵义县有一个布商唤作史大全，本籍湖南常德人，从那少年时代便在遵义经商，后来娶妻生女，此间乐不思蜀，便把遵义当作第二故乡。一家三口，生活上也还宽绰。大全素工心计，贸易上面算无遗策。起初是个布贩子，待到本钱充足了，便在遵义开设一爿小小布店。一年年的营业进步，每逢除夕结算，嘀嘀嗒嗒的算盘声中，多少总有些盈余。因此店里的成本一年大似一年，小小的布店变作了大大的布庄。谁料经营了十余年，却被火神菩萨来做顾客，轰轰烈烈把堆积如墙的布匹一股脑儿都买了去，留下许多灰烬做代价。大全受了这损失，好好的小康之家变作了空拳赤手，心里懊丧不烦细表。待要恢复他的财产，恨手头没有金钱，不得施展自己的本领。镇日和浑家黎氏愁眉苦脸，唉声叹气。女儿怜香正在二九妙龄，娟娟动人，很有几分姿色，见老子娘楚囚相对，牛衣厮泣，便时时去解劝。无非说身子要紧，钱财是外来之物，现在陡然受了损失，将来也许恢复故业，依旧是一份小康之家。大全把怜香瞧了一眼道："小孩子说得这般容易，经纪人将本求利，须得有了本钱才能够恢复故业。可恨一把火烧得空空如也，两手如洗，再也休想在营业上去占胜利。人情又很势利，谁肯借给我一份本钱做这买卖？若要恢复故业，除非……"说到这两个字却把下文缩住了，凑头到浑家耳朵边唧唧哝哝，不晓得说的什么。黎氏把脸儿一沉，大声骂道："没志气的男子，你没有本钱却要向女儿身上去打算，亏你不识羞。我家阿怜是清白人家的女儿，怎肯做这低三下四的人？命里要饿死也只索听天由命。若把卖女钱做资本，今生休想。"说时号啕大哭起来。怜香也自嗟薄命，陪着娘呜呜地哭。大全叹了一口气道："你们都不须痛哭，这桩事干不得，且再从长计算。唉！老天老天，你可能从半空里掉下一份本钱来，免得我们骨肉分散才是好呢！"

天下的事无奇不有，半空里果然掉下一份本钱来了。原来他们夫妇口角的下一天，大全清晨开门出外，蓦见有一个小小的青布包裹丢在阶上，捧起时觉得沉重，打开一看，这欢喜真是从天外飞来。雪也似的光彩直射眼帘，不是银子是什么？他是老于经纪的人，银子上手便知成色和重量，这一份从天掉下的本钱，约莫有上好纹银一百二三十两。喜滋滋捧到里面告诉黎氏和怜香知晓，一壁把银两放在桌上，一壁兀自说这是天赐我恢复故业的机会。话没说完，大全猛觉得自己腿上蠕蠕地有东西在那里爬动，伸手一摸，这是什么蛊儿呢？却是一寸二三分长的金蚕，闪闪的黄色耀得人眼花撩乱，不禁唤声奇怪。随手把来撩在地上，手没有回，腿上又作痒了。揭开看时，方才撩下的金蚕又在腿上爬动。大全益发奇怪，便提取这条金蚕，放在脚下践踏，一踏便碎。以为没事了，谁料反而多事，一眨眼的工夫胸前也有金蚕，肩上也有金蚕，头上也有金蚕，随手撩去，愈撩愈多；甚至桌上、椅上、墙上、窗上，杯上、碟上、衾上、枕上都是金光闪闪在那里活动。大全慌得手足无措，没做理会。毕竟他浑家黎氏生长遵义，知道这是嫁金蚕的魔术，当下扑地跪地喃喃地祝道："金蚕姑姑不要这儿现形，容我们细细商议，或者把你留在家里，或者备了厚奁把你嫁给他人。"说也奇怪，祝告才毕，满坑满谷的金蚕霎时化为乌有。大全才醒悟这是金蚕作怪。听说金蚕到来可以致富，便欢欢喜喜地说道："真个天无绝人之路，金蚕姑姑到来，我们合该有重振门庭的希望。快快摆设香案，把金蚕姑姑供养在家才是道理。"黎氏听了面色惨变，只不作声。大全奇怪道：

103

"这是天大的喜事，你怎么反而颓丧起来？"黎氏道："你只知供养金蚕可以致富，却不知供养金蚕可以得祸。从前有几家供养金蚕的，不上一年半载果然暴富了，可是到了后来惹了一场灭门大祸。据我看来，还是设个法儿把金蚕姑姑嫁去的好。"大全道："嫁便怎样，留便怎样？你是生长在本地的，请你细细告我知晓。"于是黎氏不慌不忙，把供养金蚕的利害问题一一披露。

伊说制造金蚕的方法很是神秘。大约在端午日采取五毒，如蛇、蝎、虾、蟆等类，合放在一个器具里，而不给食料，听凭毒物们自相吞噬。到后来五毒只剩一毒，那便是毒极无比的了，便好好地把来饲养着。次年端午，又依法制造，制造出第二个毒物来。要是两个毒物恰恰一雌一雄，制造金蚕的方法便告成功。再把雌雄两蚕饲养在一处，成为配偶，从此孳生不已，金蚕越养越多，家产也越积越多。饲养金蚕的资料，有的说是用辰州朱砂，有的说是用五色绫锦撕裂作片，把来充饵。大抵养蛊人家视为秘方，不肯轻易告人，所以传闻不一，究竟不知采用什么食料。金蚕饲养三年便成了一种不可思议的灵物，千变万化，出没无常。日间大概隐形，夜间便飞进河中去喝水。从此以后，养蛊家交了幸运，求钱得钱，求米得米，都是蛊神金蚕姑姑在那里搬弄，任凭赤手空拳，也会变作殷富人家。可是既富以后，养蛊家须得四处去下蛊，把人蛊死，算是祭献蛊神。下蛊的方法单把金蚕排泄的粪秽纳入饮食里面，人家误吃了便中了蛊毒，经历一昼夜毒发身死。这便是一种急性的蛊毒，十分厉害。养蛊人家按月必蛊死一人，要不然金蚕姑姑便要捉弄蛊主，使他死于非命。本地人不易受蛊，所蛊的无非过路客商，要是没有客商可蛊，蛊主着了慌也只得把自己人蛊死，借以酬谢蛊神。自己人都蛊死了，过了一月没人可蛊，那么蛊主也不免毒发身死。所以人家养了蛊，可得意外的横财，也可得意外的横祸。然而又有一法可以解免这意外横祸，其名唤作嫁金蚕。养蛊家把金蚕养成以后，得了些意外横财，赶紧在一个月内预备些银两，把金蚕嫁去。这银两唤作金蚕妆奁，预向金蚕姑姑默默通诚，说我家不会下蛊，无可报答神灵，谨备妆奁银两，把姑姑嫁给他姓。祝告完毕，便乘着黑夜把银两私放在人家门口，赚人拾取。一经有人拾取了，那金蚕便移转在这家里面，和原蛊主脱离关系。这便唤作嫁金蚕。要是这家不愿意供养金蚕，也可把金蚕重行嫁去，便是按着原有银两再加一倍，乘夜把这份银两持往别姓门口，也可脱离这魔难。可是其间还有个分别，有蛊的人家必须不曾下过蛊把人毒死，才能够把金蚕嫁往别姓。要是已经下过一次蛊，那么金蚕便久居在这家，再也不能出嫁别姓的了。这便是黎氏口中所谈的金蚕历史。

　　黎氏又道："金蚕到来，绝非我家之福，留在这儿虽可以暂时致富，然而毒害无辜，干这下蛊的勾当，毕竟天理不容，逃不脱灭门大祸。据我看来，不如备着加倍的妆奁，乘着黑夜无人把金蚕嫁去的好。"怜香听伊妈妈演讲历史，觉得异常可怕，力劝大全把金蚕嫁去，休得留在这里害人。大全正在人穷志短的当儿，有了这一份银两，怎肯轻易丢去？况且把金蚕转嫁别姓，原银以外还得照数赔贴这一份银两，叫他哪里去筹措？便向娘女俩说道："天与不取，反受其殃。既然金蚕姑姑降临，我们只得暂时把供养在家，待到得了些好处，再行备着妆奁，把姑姑嫁去未迟。"黎氏道："只怕到了这时，你又贪心不足，不肯把金蚕姑姑嫁去；反而昧着天良，下蛊害人，那便受祸匪浅了。依我看来万万供养不得。"大全笑道："你怎么把我当作恶人看待，休得过虑，到了这时我自有道理。总不会累及你们，请你们放心便了。"当下便不听娘女俩的劝阻，毅然决然把金蚕姑姑供养在家。

　　供养金蚕是很神秘，除却家庭三个人，外边人都没有知晓。这时的史大全不是窘迫时代的史大全了，一百三十两纹银用之不尽，今天用去五两，明天检点银两，依旧是一百三十两。明天用去十两，后天检点银包，依旧是一百三十两。这个银包仿佛和从前沈万三的聚宝盆一般，大全怎不满怀欢喜？居移气，养移体，便不肯住这三瓦两舍的屋子。赁了一所高大房屋，器具簇新，装潢华丽；还雇用着俊仆雏婢，伺候左右。邻舍人家见了个个诧异，怎么经了火灾，兀自这般气概？背后窃窃私议，还只道他素有积蓄，根深蒂固，布庄虽然被焚，窖藏的银钱依旧一辈子吃着不了。只为大全素精理财，人家不晓得他究有多少财产。因此这般猜测，却不曾疑到他供养金蚕，行使这不正当的发财秘诀。可是黎氏母女俩急得够了，镇日愁眉不展，怀着鬼胎似的。今天催促大全赶快把姑姑送去，大全道："不要慌张。"明天催促大全赶快把姑姑出嫁，大全道："何须着急。"原来转嫁金蚕，须由蛊主做主，方才有效。大全做了蛊主，一天天地迟延下去，不肯把金蚕出嫁。娘女俩又做不得主，便是做主，金蚕也不肯去。光阴飞矢，日月转丸，眨眼便将满月。金蚕不去，须得蛊死一人，作为祭品。娘女俩又再三催促，这时再不把金蚕嫁去，姑姑便要讨祭。这昧良害人的勾当，可是干得的吗？大全笑道："你们稍待一下子，明天便见分晓。"娘女俩以为到了来朝便该把金蚕送去了，谁料却是绝大的误会。到了来朝得一个惊人消息，直把娘女俩吓得手足如冰，几乎晕去。这是什么消息？原来大全雇用的一名仆役，昨天得病回去，只过得一夜，陡然急病身亡。大全悄向娘女俩报告道："这便是我第一次试验的祭品，金蚕姑姑从此可长住在我们的家里了。"娘女俩异常吃惊，却又不敢声张，只得叮嘱大全重重地出了一份抚恤金敷衍过去。那个仆人的妻子只道丈夫真个害着急病身死，没有疑到受了主人的蛊毒。当时接受这份抚恤，转把主人感激得涕泗交流，说这位史老爷毕竟存心忠恕，待人不薄，是遵义地方数一数二的大善士呢。大全听了只暗暗地唤了一声惭愧。大全供养了金蚕不上半年，家中的俊仆雏婢先后死了五六个，都是害着同样的病。在先，死了一个还有人接替受雇，比及按月必死一人，惹起了远近的疑惑，渐渐疑得史姓蓄养着金蚕，把人蛊死，奈没有确实证据。可是不疑则已，一起了疑云，大家都存了戒心。任凭史姓出了最大的工资，也没有人肯去充当佣役。一所偌大的宅子，只住得大全、黎氏、怜香三人。算算一月期限转瞬便到，本月金蚕姑姑的祭品兀自没有着落。大全曾把蛊药放在糕饼、糖果里面，乘着黑夜沿路抛置，以为到了来朝有人拾去吞吃，便易受益。谁料遵义的风俗，防蛊甚严，路上丢弃的食物，便是乞丐见了也只置之不顾。大全枉用着心机，这时才唤得一声苦恼，悔在先不纳妻女之言，把金蚕转嫁别姓，脱离这一层困难。当时这误在贪心不足，把金蚕留在家里，博取那源源不绝的金银。现在金银可充足了，祭品缺乏，这个月怎能轻易过去？终日对着累累的金银，只是长吁短叹。到了夜间，睡梦初回，觉得周身作痒；睁眼看时不禁魂飞魄散，但见满床金蚕，都攒聚在他身上蠕蠕活动，有扒挈的，有叮咬的，有钻入鼻孔耳窍的。心知是金蚕姑姑向他索取祭品，倘不应许，一定搅扰无已，只得横了良心，默默地祝告道："金蚕姑姑不须动怒，管叫在两天以内献上祭品。"说也奇怪，祝告才毕，金蚕又化为乌有。只因这一祝告，黎氏的厄运可到了。黎氏的病状和从前几个被蛊死的没两样。怜香含着眼泪，抱怨他老子道："爹爹，你眼睛里有了金银，你心肠便化作了钢铁，全不想二十年结发之恩，忍心下这般毒手。你本月毒死了妈妈，你下月便该毒死女儿，我们娘女俩都死了，看你再向哪个下蛊！"说罢号啕大哭。大全受了女儿的责备，垂头丧气，申辩不得，只叮嘱怜香，切弗声张。下月无论怎么样，拼着自己身亡，只不把你蛊死便是了。

黎氏死后，免不得遍告亲友，举办丧事。叵耐殡殓的日子，亲友们都存着顾忌，匆匆一拜转身便走。大全枉备着筵席，没有一个大胆的人敢来叨扰酒饭，一切和尚、道士、杂役人等，也都自备着饭食、茶水，不吃丧家一粒米，不喝丧家一滴水。大全见了，自己也觉得老大没趣。丧事完毕，依旧门可罗雀，父女两人只落得形影相吊。怜香早拼着一死，劝老子不须另去蛊人，待到月杪拼把我做了祭品，黄泉路上伴妈妈，免得活在世上，眼见爹爹干这伤天害理的事，枉担着许多惊吓。大全连连摇手道："休得这般说，从来虎狼不食子，我怎肯把你蛊死？你放心便了，我自有道理……"这几句慰藉话也是无聊之极思，好在离着月杪尚有三四天工夫。大全每日出门，希望捉生替死，渡这难关。要是到了月杪，依旧无人可蛊，那么亲爱的女儿也不免充作金蚕面前的牺牲品。四脚的虎狼不食子，两脚的虎狼到了急迫的当儿，敢怕把这娇滴滴的女儿，也要一口吞下咧。谁料怜香命不该绝，未曾遇着金蚕劫，却先现了红鸾星。又有下文种种意外的事。

这天，史姓门庭悬灯结彩，听说是招赘一位湖南少年来做娇客。这少年姓白，名玉仁，和大全同乡。他从常德到这里，访亲不遇，阮囊羞涩，正在万分困急的当儿，恰和大全邂逅相遇。听这少年的口音，却是常德同乡，便互相攀谈起来。玉仁历诉苦衷，说盘费用尽，归去不得，举目无亲，怎生是好。大全呵呵大笑道："这也是你的幸运，遇见了老夫，包管你吃着不尽。"说时，便引着玉仁到衣铺子、鞋铺子里买了簇新的衣服、鞋袜，又和他在澡堂里洗了澡，换过衣服鞋袜。正是人要衣装、佛要金装，一个衣衫褴褛、潦倒穷途的少年，只这一番装束，出落得风流蕴藉、顾影翩翩，另换了一个人物。出了澡堂，又和他上酒楼喝酒，酒过三杯，大全探手怀里正待摸出蛊药，悄悄地弹入酒杯，行使他捉生替死的计划。谁料伸手入怀却摸了一个空，原来储藏在衣袋里的蛊药，方才洗澡的当儿竟遗落在澡堂里面。大全下蛊不得，只得另设计划，甘言蜜语，百般哄骗。说老夫家财万贯，膝前只有一女，舍不得出嫁，意欲招赘一个年少儿郎，永远在一起儿居住。今见足下仪表非俗，又和老夫同乡，东床之选非君莫属，但不识尊意如何。玉仁万不料在这途穷路绝的当儿，有这意外奇遇，心头十分情愿，口头兀自谦逊。大全道："足下不须客气，一言为定。明日便该结婚。似你这样的佳婿，老夫怎肯交臂失之？"玉仁谢过了大全，立时改换了称呼，"岳父""贤婿"叫得异常亲热。酒阑席散，大全会了钱钞，便和玉仁下楼。才出得酒楼三五步，蓦然见一个江湖道士背着竹篓，劈面走来，扯住了玉仁的衣袖，高声说道："白先生，贫道的谈话灵也不灵？"玉仁道："师父确是一位活神仙。"道士又向大全瞅了一眼，微微笑道："老先生，你招赘得这位好女婿，早遂了你的心愿。"说罢，拱手作别。大全做贼心虚，听得道士的说话有些语中藏刺，不觉满怀奇怪，便问玉仁道："贤婿，这个道士是谁？怎么和你相识？他又和你说什么话来？"玉仁道："不瞒岳父说，这个道士我也不知他姓甚名谁。三天以前和他在客店里相遇，他见小婿愁眉不展，便来动问情由，小婿便把潦倒情形讲给他听。他把小婿端相了一回说，恭喜恭喜，你在三四天内穷途遇救，还有红鸾星高照着命宫。小婿只道他有意调侃，却不曾把来放在心上。方才经他问及，便觉得那天的说话果然灵验如神，因此赞他一声活神仙。"大全暗暗好笑，笑这道士枉称料事如神，只猜中了一半，猜中他有意外的喜信，却不曾猜中他有意外的横祸。当下玉仁到了家里，款留在一间书房里面。大全便悄悄地和怜香说明原委，要借这少年做祭品。怜香恨得牙痒痒的，说："爹爹又何苦害人呢！女儿有言在先，要下蛊便把女儿蛊死了，倒也干净。"大全忙来掩嘴道："不要声张，给他知晓了须不是耍。"怜香知道老子已起了歹意，料想劝阻他无益，只和老子再三要约，要下蛊须待和他成了亲，才能动手。大全也便答应了，所以这天悬灯结彩，招赘那金蚕面前的牺牲品做女婿。

洞房春暖，红烛艳艳地放光。烛下坐着一位很妖媚的新娘，妖媚中间挟带几分愁怨，不时把翠眉双颦，偷瞧了玉仁一眼，便低垂着粉颈微微吁气，这吁气便是爱情的表示。可是玉仁却误会了，只道红楼富女，误配了白屋窭夫，心头不满意，因此微微吁气。当下便挨坐新娘身边，寻些闲话和她谈笑。怜香只是老不开口。这时莲漏沉沉，约莫已过了半夜。玉仁坐在这销魂窝里，一阵阵脂香粉泽直扑鼻观，一时忍俊不禁，便伸手来勾粉颈，凑过脸蛋儿待要接近樱唇，却被怜香双手一推，恨恨地说道："啐！痴汉，死在目前，兀自不知警戒！"玉仁吓得倒退了几步，睁着双眼向怜香呆看。怜香忙向窗前门外两下里望了望，见没有人在左右窃听，才放下了这颗心。因到房里掩上了房门，双双同人罗帏，枕边私语。却把金蚕作祟的缘起，细细向玉仁报告。又说本月金蚕讨祭，合该把我充祭品，老父不忍置我死地，才把婚姻作饵引你来入网。有你代做了牺牲，我便可以脱然无事。玉仁听了面色如土，哀哀地在枕畔乞救。怜香道："你不用慌，我已替你定下了主张，三十六着走为上着，待到天色将曙，我私自开了后门，放你逃走，那便可以无患了。"玉仁道："你呢？"怜香凄然下泪道："我是苦命人，合该受蛊，早安排着一死。"玉仁也哭道："你不忍置我死地，我又怎忍置你死地？你不走，我也不走。与其无情而生，不如受蛊而死。"怜香也哭道："我父昧心害理，蛊死了许多人。我不幸做了他的女儿，合该受这惨报。你又何苦呢？快走，快走！"玉仁这时早拼做了情爱上的牺牲品，甘心受蛊而死，越催他走，却越不肯走。诸君，诸君，古来情海里面正不知蛊死了多少痴人，恋爱的魔力比着金蚕的魔力益发厉害；所以玉仁受了恋爱的魔力，却不觉得金蚕的魔力可怖。死便死了，能叫他抛弃情人，自逃生命，却万万不肯应允。

到了来朝，怜香和玉仁相依相傍，寸步不离。无论茶、汤、酒、饭，须得怜香先尝了一些儿，才给玉仁吃。大全摸着衣袋里的蛊药，没法使用，慌张得什么似的。玉仁受了怜香的嘱咐，大全给他吃什么东西，若没有怜香在旁，只搁着不吃。匆匆过了两天，又是月杪了。大全忽然唤玉仁出去讲话，这时适在清晨，怜香尚没有起身，但向玉仁做个手势，指着嘴儿摇着头儿，是叫他莫吃东西。玉仁点头理会。去了一会子，重又入房。怜香业已起身，把玉仁眉宇之间望了一望，见隐隐地起了一缕红丝，不禁掩面痛哭道："完了，完了，你中了蛊了。怎么不听我嘱咐，误吃了东西？"玉仁道："我没

110

有吃东西，方才岳父嘱我替他开写信封，我因笔尖枯燥，曾在嘴里润这一下，大约在笔尖上中蛊了。"怜香骂一声："狠心的爹爹，你可害死了女儿了！"当下夫妇俩抱头痛哭，哭得一佛出世、二佛涅槃。猛听得外面人声喧闹，宛比斗口的模样，夫妇俩停了哭声出去看视。原来大全正和一个江湖道士在厅堂上口角。道士指着大全，说他放蛊害人。大全怒气冲冲说道士妖言惑众，要把他送官究治。玉仁见这道士便是那天的活神仙，喊一声："师父救我！"道士撇了大全，拖着玉仁便走，说："你不用慌，我自有法儿救你。"大全待要上前去拦夺，却被道士推跌了一跤。比及爬起追赶，道士和玉仁早已走得远了。

道士把玉仁引入一家小客店里，说："你亏得受毒尚浅，再隔一点钟你便不可救药了。"当下取了些药草，给玉仁冲水吞下，相隔没多时，玉仁翻肠倒胃地一阵呕吐，吐出了许多蠕蠕活动的东西。道士道："恭喜，恭喜，你的蛊毒尽除了，今夜在客店里休息一宵，明天和你到史姓去收取金蚕。"玉仁拜谢了道士，说："师父法号还没有请教，请向弟子说知，以便供奉长生禄位，不忘大德。"道士笑道："我有什么法号，我只喜收取蛊毒，你唤我一声收蛊道人便了。"

当下一宿无话。到了来日，道士背着竹篓和玉仁来到史姓家里，却见怜香哭得泪人儿似的，出来相见。玉仁道："你不用哭，我已好好地回来了。"怜香道："只为你没有蛊死，那金蚕便和爹爹作祟，昨夜老人家大喊了几声，立时肠腹破裂死在床上。我见爹爹死得可惨，因此哀哀哭泣。"道士道："女菩萨不用哭，他孽由自取，死不足惜。可是作祟的金蚕兀自匿在这里，倘不除去，迟早还要害人。"说罢便把背上的竹篓放落在地，猛然间金光一闪，从篓子里跳出两只金毛刺猬，团团地在这所宅子里打转，东也嗅，西也嗅，嗅到墙壁下面，两只刺猬都打了地洞，把身子钻入约莫半点钟。先后从地洞里抱出两个蜂房般的东西，里面万头攒动，便是害人的金蚕。道士把刺猬和金蚕一齐收拾在竹篓里面，说："毒物已除，你们可以高枕无忧了。"说罢转身便走。玉仁赶出大门想把道士挽留，两下里张望，早已不见了道士的踪迹。

大全费尽心机，积了这许多财产，自己没福享受，便宜了一对小夫妻。小夫妻每逢朔望，总向厅堂上去拜那木牌，木牌上一行金字道："收蛊道人长生禄位。"

别裁小小说

自 由 花

金蝉脱壳体，上句末一字脱去半个，作为下句首一字，谓之金蝉脱壳体（如"朵"字脱去半个成"乃"，"孩"字脱去半个成"亥"……以下仿此）。

里中有自由花一朵，乃金姓的女孩。亥年生的，白而且媚，眉目含情。小小的年纪，已做了轻薄的桃花。化妆品又很道地，也不知花了多少钱财，才能够天天打扮分外地妖娆。女子们见了也都称妙，少年男子怎不动魄销魂？鬼鬼祟祟地拈花惹草，早把伊的丑名传得人人知晓。日日被人家嚼舌，口头讲得津津有味。未婚夫听得这个消息，心头火起，走上门来大骂，马上和伊脱离婚姻。因此上伊便异常愧悔，每恨回头已晚，免不得捧面大恸。动了绝念，人静时上吊死了。

方 姓 妇

首尾相接体，上句尾一字，与下句首一字相接，谓之首尾相接体，亦名鱼贯体。

上海是个繁华地方，方姓少妇生长洋场。场面阔大，大世界、新世界天天游逛，逛个不绝，绝不肯在家里坐。坐了一刻便闷得慌，慌慌忙忙向外面跑。跑马场大坐汽车，车儿四处兜风，风头出足，足有两三天不曾回家。家中丈夫见了伊生气，气嘘嘘地向伊申说，说你该安安稳稳地坐在家中，中馈主持是你的责任，任情游玩是什么道理，理该听纳良言……言尚没有说完，完全和伊的脾气反对，对了丈夫一顿大骂，骂到深更半夜。夜间卷着家私，私下里跟着小白脸走了。

庸医挨打

调尾转头体，上句尾二字调转用之，作为下句之首二字，谓之调尾转头体（如"申江"调转为"江申"，"医名"调转为"名医"……以下仿此）。

三十年前之申江，江申伯颇有医名。名医之门多病人。人病求医，医求除病。病除全在用药不苟，苟不能谨慎用药，药用失其宜，宜其贻误病人。人病求治于江，江于是乱投方药。药方不管病重病轻，轻病变成重病，病重者变成绝症。症绝则人死，死人之家咸归咎于江，江于是不胜其恐，恐其汹汹上门。门上果来无数打手，手打江之头，头之伤痕不计其数。数其草菅人命之罪，罪之又复连连痛打。打痛庸医，医庸则挨人之打，打之不已，已不堪其辱矣。

舞女结婚

前矛后盾体

飘飘欲仙的舞女，生就大可十围的瘦腰肢。伊在跳舞场看中了

114

一个面如傅粉的黑炭团，爱情的热度直升到冰点以下的三十度。

伊在滴水成冻的炎夏天气，和黑炭团在棺材店里结婚。有许多吊客上门来贺喜，很丰盛的筵席，大家都吃得饥肠雷鸣。两旁奏起军乐，吹打得万籁无声。结婚书挂在棺材盖上。新夫妇身穿吉衣，手里都拿着一根哭丧棒。黑炭团把一个车轮大的戒指，套上了新娘的纤纤玉指；新娘也把马口铁的赤金戒指，和黑炭团交换了。旁边鹤发鸡皮的妙龄女郎，都从血盆也似的樱唇里面，唱出一种结婚歌，唱的是呜呼哀哉兮……伏维尚飨兮……唱得余音袅袅，声如雷霆。

结婚未久，只隔得三百六十五年，舞女忽占弄璋之喜，生下一个八十三岁的婆婆。黑炭团喜得号啕大哭。这时恰在黄昏戌时，一轮红日高高地照着，照得昏天黑地，伸出手来认得出螺纹，却瞧不出五个指头。这不是极平常的一桩奇闻吗？哈哈，哈哈！这是哪里来的哭声？

少妇写恨

叠床架屋体

夜长之时，宵永之际，有青年少妇，秋波送媚，美目含情。执斑管而拈柔毫，以写其离思而抒其别意，盖念征夫而忆远人也。其词甚哀，其语至悲。诗云词曰：

> 忆良人而念稿砧兮，走长途而作远行。鱼雁断而书信绝兮，一年过而四季已更。长宵拥夫冷被兮，深夜守夫寒衾。倏子规之悲啼兮，又杜鹃之哀鸣。使侬闻之而泣下兮，令我听之而涕零。岂儿夫之薄幸兮，将夫子之寡情。皓月有时而圆兮，蟾魄有时而盈。而独不见儿夫之影，而独不见夫子之形。悲歌兮悲歌，哀吟兮哀吟。泪点点兮湿我之

衣，珠颗颗兮沾我之襟。我欲诉之于真宰兮，我欲告之于苍冥。

东方破晓，天已曙矣。思妇长睡，怨女不醒。人叩其门而不应，人款其扉而不答。盖此青春少妇，已赴黄泉之夜台矣。岂不悲哉，宁不痛哉！

葫　芦

第一章　恩太太出殡的盛况

莽乾坤一个大葫芦！

舞的舞，歌的歌；

哭的哭，呼的呼。

大葫芦里的颠倒众生，

一辈子昏昏沉沉、糊糊涂涂。

上自王侯将相，

下至走卒厮奴，

古往今来，今来古往，总跳不出这个太极图。

葫芦，葫芦，兀的不闷煞人也么哥！

葫芦不是医家盛药的东西吗？从前盛药用葫芦，到了现在，大概都盛在玻璃瓶里的了。然而人家只说"葫芦里卖什么药"，不说"玻璃瓶里卖什么药"。只为玻璃瓶里的药是取公开主义的，虽然封裹完密，依旧瞧得出内容。而且瓶上的标签，早已写明是丸是散，是胶是丹。唉！神秘的人生，却和葫芦里装的药差不多！什么吉凶咧、祸福咧、离合咧、悲欢咧，这都是闷葫芦里的药；要不把闷葫芦打破了，谁也没有爱克司光的眼睛，谁也瞧不出里面装的是丸是

117

散、是胶是丹。

可是话又说回来了，幸而闷葫芦不是透明的玻璃，一时瞧不出内容；要是一瞧便知道了，那么大家都有先见之明，识得趋吉避凶的法，从此大家只走平安道、吉利路、太平坊，从此有吉无凶、有福无祸、有合无离、有欢无悲。好虽好了，但是大家度那单纯的生活，也没有什么趣味可说。从此世界归于寂寞，再也不会发生什么历史上的材料。没有历史，便没有小说，只为吉凶祸福、离合悲欢，都是比较而出的。既无凶祸，哪有吉福？既无离悲，哪有合欢？单纯的事实，不能构造历史，便也不能构造小说。照此说来，这葫芦里的药，万万不能给人家一瞧便知道的了。这些话不关本文，只是葫芦的卷头语。

来，来，读者的眼光，快快随着我笔尖儿进行。这不是苏州城里的干将坊吗？干将坊附近一带人家，挤满了许多挨肩擦背的人。"来了！""快来了！"这般的呼声，好不热闹。长的、短的、肥的、瘦的、坐的、立的，破着工夫瞧热闹，吃过午膳，便在这里等候。盼了又盼，望了又望，不厌不倦，贪看这破天荒的新鲜话巴戏。

新鲜话巴戏，谁都说是第一次瞧见的。不但年轻的这般说，便是白发老人，自少至壮，自壮至老，张着眼睛瞧那六七十年中的奇事，侧着耳朵听那六七十年中的异闻，天下事波谲云诡，不知经历下多多少少。要是今天这般的话巴戏，委实见所未见、闻所未闻。

"来了，快来了！"一群小孩子起劲得了不得，一壁奔跑，一壁喊。惹得两旁的观众个个伸长着头颈，拭抹着眼睛，信以为真，其实却上了小孩子的当。

毕竟是什么的新鲜话巴戏呢？其实今天的玩意儿，说是戏却不是戏，说不是戏却又是戏。编书的须得郑重声明，今天苏州城里举国若狂，看的是李公馆里的大出丧。

大出丧稀什么罕？苏州城里的大出丧，一年中不知有好多次，怎说是破天荒的新鲜的话巴戏呢？编书的又得郑重声明，旁的人家大出丧，确是大出丧，不是戏；李公馆里的大出丧，却是破天荒的新鲜话巴戏。

大出丧没有过，街坊上沸沸扬扬，都是议论这桩事。他们怎样地议论呢？读者诸君，来，来，我的笔尖做介绍，把下文说长道短的话介绍给诸君知晓：

"奇闻，奇闻，苏州城里的新闻，愈出愈奇了。"

"只听得老鼠做亲，不听得猫儿出殡，怪事怪事。"

"你别猫儿猫儿地在嘴里乱嚼，给丧家主人家知晓了，面子上不好看。"

"为什么呢？"

"李公馆里全家上下，对于这个猫字是犯忌讳的。"

"来了，快来了！"又有许多小孩子沿路宣传，引得众人伸着头、站着脚，都向东看。但是依旧空气作用，大出丧还没有到来，方才打断的谈话重又继续。

"李姓对于这个猫字，怎样避忌讳呢？"

"他们对于现在出殡的这只猫，可算是至恭且敬的了。小时节，唤它恩小姐；大时节，唤它恩奶奶；老时节，唤它恩太太。待到恩太太死了，停枢在感恩轩足有千年之久。每逢岁时令节，总是极诚致祭。听说李姓主人在西跨塘替恩太太建造坟墓，经营了好多年，至今才得落成。今天出殡后，明天便要安葬。这位恩太太，真个生荣死哀啊！"

"这般大场面，替一只猫儿治丧，太不成了体统。"

"民国成立以来，体统两个字，早不成了说话。无论什么出身，卑污的阿猫、阿狗，只需身后留下几个造孽钱，一样可以排场阔绰、招摇过市地大出丧。可是话又说回来了，阿猫、阿狗纵然出身卑污，毕竟是个人，毕竟是国民一分子。现在李公馆里大吹大擂，替那老雌猫举行很体面的丧礼，似乎说不过去。有了猫出丧，自有狗出丧，有了狗出丧，将来龟出丧、鳖出丧，敢怕闹个不了呢。"

众人里面有一位白须老者，听了旁人议论，晃了晃头颅，似乎不以为然，他便发表他自己的见解：

"诸位，不是这般讲。据老夫看来，寻常的猫儿死了，至多不过如《礼记》上说的：'敝帷不弃，为埋马也；敝盖不弃，为埋狗也。'掘一个土坎，深深地埋葬便够了，万无铺张扬厉，举行大出丧之礼。但是，李公馆里的恩太太，断然不能当作寻常的猫儿看待。诸位，须知李公馆里倘没有这位恩太太，只怕十余年前早已闹出绝大的变端来了。自古道：'知恩必报。'今天举行的大出丧，虽然逸出范围，只是把恩太太功德想想，这也算得应有的报施。诸位须得替丧主人家谅解一二。"

"照此说来，你老人家定知其中的原委，倒要请道其详。"

"说来话长，待我慢慢地讲起……"

"来了！来了！真个来了！"这般喊叫的人潮水般地涌来，那老者理一理银髯正待披露情由，又被这喧声打断了。众人也不暇向老者盘问原委，都是目不转睛地瞧那大出丧到来。远远见两匹银鬃马上骑着两名身穿素服的家人，手擎着高脚牌，这便是仪仗里的路由牌啊！开导马过去后，便听得轮声辘辘，当先两名开路神，头如笆斗，身长丈余，手执着开山大斧，摇摇摆摆地过来；大模大样，威风十足，实则里面空空洞洞地没有心肝，倒也算得万恶军阀的代表啊！开路神过后，接着便是马鼓手、军乐队、清音班，后面彩盖飘扬，长幡招展，好不热闹煞人。比及真容亭到来，引得两旁观众一阵喧笑。原来玻璃镜架里面装着一幅老雌猫的铅照，白毛蓬松，拖着一条黑尾，头上有黑色双桃，这是猫谱上的铁棒打樱桃，铅照上面五个铁线篆，叫作"恩太太遗影"，花圈环绕，到处生香，人家见了，当然笑不可抑。

真容亭前还有几个长袍短褂的人物，手执长香，毕恭毕敬地送殡。旁人纷纷指点，说这花白胡须的便是李芍溪老先生，那个十余龄的公子哥儿叫作李玉奇。

待到功布到来，大家好生诧异，谁躲在功布里做孝子呢？自有人舒头探脑，在那功布缝里偷看，又不禁喧笑起来。原来功布里面有十余名男佣、女仆，每人捧着一只猫，大的也有，小的也有，纯白的也有，纯黑的也有，黑白相间的也有。猫儿在功布里呜呜地叫，仿佛在那里举哀。这一群猫，都是恩太太的猫子、猫女、猫媳妇、猫女婿、猫孙、猫外孙。

"哈哈，猫孝子来了。"

"猫也有孝子，可见得禽兽尚有天伦。"

"禽兽尚有天伦，这真叫作猫犹有伦咧。"

恩太太的灵枢是用独幅香楠制成的，和手提箱一般大小。灵枢装载在轿车里面，花球簇拥，装潢美丽，驾着两匹头高高、气昂昂的白马，缓缓地过去。天下事奇奇怪怪，不可思议，很雄壮的白马替那已死的老雌猫拖车，白马有知，能无哭煞？

马车后面，又有十多辆送丧的车，都载着李姓的眷属。就中唯有李姑奶奶哭得最苦，把丝巾掩着眼睛，在车中恣情痛哭，料意她和恩太太定有特别的感情，所以哭得这般模样。

绝后空前的猫出丧，很带些滑稽性质，要不是深悉李姓的家庭状况，定说李姓这般举动太觉奇异，太不近人情了。还有许多好事的朋友，预备雇了船只，待到来日，去看恩太太下葬。只为恩太太的坟墓建筑得异常考究，什么墓门墓道，一一完备，是西跨塘一带数一数二的佳城。李姓主人还花着重金，请一位斗方名士，撰一篇《恩太太君墓志铭》。斗方名士是以润笔为前提的，只需酬金丰富，无论什么乌龟贼强盗，总是歌功颂德，竭尽拍马的能力，何况这位恩太太很有记载的价值呢。撰成以后，还请书家书丹，名工勒石。听说这篇恩太太君墓志铭，撰得好，写得好，刊得也好，真不愧艺林三绝咧。

自从苏州城里发生了这桩奇闻，茶坊酒肆中少不得当作谈话资料。就中也有知道恩太太历史的，也有不知道恩太太历史的。便是知道恩太太历史的，也不过仅知大略，不能够有个具体的报告。可惜看出丧的那位白须老者不知跑到哪里去了。要不然，请他在小茶寮里泡一壶香茗，慢慢儿把这件事的始末情由披露一遍，岂不直截了当吗？

白须老者的行踪，人家不知晓，编书的总知晓的。他看了猫出丧回来，才走过一条巷，便被人唤住了：

"若洲老伯到哪里去？小侄今天登门奉谒，听说老伯到干将坊看出丧去了，因此一路寻来，侥幸在这里相遇。"

若洲把那人仔细一看，是一个落魄少年，严寒天气，兀自穿一件旧棉袍，年纪不过二十左右，弯腰曲背，精神颓丧，面带着香灰色，是有嗜好的天然表现。看来似乎面熟，却一时想不出是谁。那人见若洲沉吟模样，便报告自己的姓名：

"老伯，贵人事忙，竟不认识小侄了。小侄杨少仁，今日奉着父命，特来奉访老伯。"

"你父亲是谁啊？"

"家君杨仁安，曾和老伯在一起办过事的。"

"你原来便是仁安先生的令郎，尊大人闻说抱恙，现在怎么样了？"

"老伯，说也可怜，家君不幸身故了。一切衣衾棺木，完全无着。家君临殁时，曾向小侄嘱道：'杜若洲先生是我的旧友，我昔年虽然亏负了他，但他老人家不念旧恶，我死以后，你去央求他，定肯援手。'"

"可怜！可怜！尊大人早负盛名，只落得这般下场，为人在世，何苦……唉！我也不说了，你府上在何处呢？"

"便在前面盐仓巷。"

"那么我和你去瞧瞧情形，再作计较。"

于是杨少仁陪着杜若洲，同往盐仓巷走。三间破屋里，偃卧着一个死人，冷清清充满着愁惨的空气，只有一个江北妇人在那里守

122

屋。若洲瞧这情形，十分慨叹，嘴里不说什么，只是默默地在心头思量：

"仁安，仁安，你是工于心计的人，人有千算，天只一算，早知今日，何必当初。"

若洲在身边皮夹里摸出一叠钞票，数了一遍，授给少仁道：

"这五十块钱，你且拿去作为零碎的开销，衣衾棺木，待我向同仁善堂里去接洽。明天大殓后，便抬往西跨塘杨姓坟上去埋葬了。入土为安，也算了却一桩大事。"

少仁在这当儿，眼圈儿都红了，向着若洲再三道谢，言定来日早晨大殓，由同仁善堂运枢到乡间祖坟上去安葬。若洲点了点头儿，辞别少仁而去。

少仁为什么红着眼圈儿呢？他并非为着老子死了哭得眼圈儿红，他只是见着若洲摸出皮夹，一五一十地数那钞票，不由得眼睛里火灼灼发生奇热，因此把眼圈儿烧得红了。若洲走后，他随后也走了。他不耐烦陪伴死者，早已一溜烟钻入赌场，看青龙白虎去了。

杜若洲毕竟热心，替杨仁安料理后事。他是同仁善堂的董事，一言之下，死者的衣衾棺木都有了着落。但是死者的命运太不济了，有了衣衾棺木，却没有了孝子。孝子哪里去呢？一宵工夫，把五十块钱输得一干二净，自知无颜见人，只得暂时躲避。盖棺时没有人亲自含殓，出材时没有人麻衣相送，一叶扁舟载着这具棺材，到乡间去安葬。下葬的一天，恰值恩太太下窆的日子，一壁厢异常热闹，一壁厢格外凄凉。杜若洲瞧着故人分上，另雇着小舟，同往乡间，监督着善堂里的土工，把仁安的棺木葬讫，默默地说道：

"仁安，仁安，宁人负我，我不负人。平时受你播弄的人，今日里却会来送你的葬；一抔黄土，埋却你心计千条，可怜，可怜！"

若洲感慨了一会子，离着孤坟，正待回舟，却不料邂逅相逢，在船埠旁边遇见了两三知己，都是来瞧恩太太下窆的，正待唤舟回去，若洲便请他们同坐一舟，以免寂寞。解缆以后，舟中畅谈恩太太的事略，以及杨仁安失败的历史，这一席话，却成就了在下的一部《葫芦》小说。为什么呢？只为他们三四人中间，有个我在。看官记着，葫芦的底样，是在舟中得来的，以后许多文字，只是依样画葫芦罢了。

第二章　铁棒打樱桃

要想儿孙，须要嫡嫡亲亲，及时下种。

央个媒翁酒数盅，

订个婚期礼一通，

吉日逢，

摆下一个彩轿花灯，

彩轿花灯，迎进我那拙荆新宠。

那时节，鼓乐叮咚，鱼水和同。

洞房中，兰麝拥；

香衾内，云雨浓。

巴得个坐产临盆，生下一个娃娃出众，

兀的不喜煞了主人翁？

一岁又一岁，看看五六岁，

聪明又伶俐，关窍尽开通，

兀的不喜煞了主人翁？

这是一套《楚江换头》的昆腔，唱得抑扬顿挫，如亢如坠。唱的地方，是在水心亭子里面。但见亭子里坐着两名美姬，一个肌肤丰腴，一个体态轻盈。丰腴的穿着妃红衫子，轻盈的穿着浅碧衣裙。红衫的按笛，碧衣的度曲。还有一位五十左右年纪的绅士，斜倚栏杆，凝神细听。听到这里，忽然放声长叹：

"听了这支曲，越听越愁闷，快不要唱吧！"

124

那个碧衣美姬听得这般说，不禁愣了一愣，便停着唱，只在心窝里盘旋打转：

"这老头儿太不识相，我们向他献殷勤，倒惹动了他的闷气，况且这支曲是我们时时唱给他听的。每逢他忧闷，我们总是这般唱，他总是掀髯一笑道：'依你们金口，果然有这一天，端的喜煞了主人翁也。'但是，今天一样地唱这几句，不曾博得他掀髯一笑，反而博得他放声一叹，这是什么缘故？难道今天的日子不好吗？"

老绅士见她沉吟的模样，便猜出了她的心事，又是一声长叹，方才慢慢儿地说道：

"柔痕，我为什么要长叹呢？须知这支曲，字字句句都生着钩子，唱一句，度一字，都勾起了我的愁肠。"

"老爷又来了。"穿碧衣的柔痕说，"曲子里说的都是吉利话，怎么会得勾起你的愁肠呢？"

"总怪你的这个不争气。"老绅士一壁说，一壁指着柔痕和红衣姬妾的肚皮，"说要'嫡嫡亲亲，及时下种'，我只为后顾茫茫，急于得子，何尝不及时下种？说要'彩轿花灯，迎进新宠'，我前年娶曼云进门，去年娶你进门，何尝不是这般排场？说要'香衾内，云雨浓'，我虽年老，还能够勉力为之。说要'巴得个坐产临盆，生下一个娃娃出众'，我何尝不起着这般的希望？这叫作日有所思，夜有所梦。出众的娃娃，我好几次在睡梦里抱过，只是一瞬醒来，才知梦神和我开玩笑。但看曼云进门，足足的两年六个月了；柔痕进门，也有一年以外了。朝也巴巴地盼望，暮也巴巴地盼望，再休提坐产临盆生下孩子了，这两三年来，你们屁都没有放一个。生儿的希望大概断绝，除非抱着梦里的孩子，更无旁的孩子可抱。听一句'兀的不喜煞了主人翁'，转叫我想后思前，百般地不快活。唉！你们从今别唱这支曲儿吧！曲中的字句，不是恭维我，转是嘲笑我，你们要唱这支曲儿，且待坐产临盆生下娃娃以后，唱给我听不迟。"

曼云、柔痕听了，你瞧着我，我瞧着你，彼此无话可说，觉得老大没趣。老绅士又把栏杆一拍，说道：

"天哪，我李芍溪自问做官二十年，虽没有什么功德及民，也不曾干什么昧良的事。眼见一辈贪官污吏，铲尽地皮，刮尽民脂，干了许多殃民的事，反而子孙满堂，人丁兴旺。老天，老天，不是太不公平了吗？"

"爹爹，做什么？眼望着云霄，手拍着栏杆，你可是和老天斗口吗？"说话的便是从坤德女学校放学回来的李素莲。她听得笛声嘹亮，歌曲悠扬，知道老子和姨娘们在园子里度曲作乐，便放着书包，依着笛声，步着花街，来寻她的老子。约莫走近池子旁边，笛韵歌声戛然而止，却听得她的老子喃喃讷讷，向着姨娘们发话，只是隔着池子，听不明白。她起了一个好奇心，蹑着脚步，走那曲桥，直达亭心。那时节栏杆拍得怪响，惊起水面文禽扑翅向池旁飞去。她的老子兀自"老天老天"唤个不止，她是聪明剔透的人，岂有猜不着老子的心事？她却假装不知，这般动问。

"唉！素儿，你哪里知道我的心事？我不是和老天斗口，只在这里搔首问天，自怨自艾。"芍溪皱着眉回答。

"爹爹痴了。"素莲堆着笑容，玉燕投怀似的投到她老子怀里说话，"你有心事，为什么不来问我，却去问天？天者，积气也。苍苍者，其正色耶？只是笼罩着许多空气，越高越是稀薄。你和老天讲话，便是和空气讲话。空气没有耳朵，也没有嘴。哪怕你一天到晚和空气讲话，空气也不见得回答你一言半语。问空气不如问我，我比空气强过百倍咧。"

素莲的说话，如雏莺弄舌般地又清脆又流利，眼瞧着老子，口中滔滔不绝地说那空气。这几句话的效力很大，分明是个钥匙，把李芍溪眉心的锁都开放了，不觉掀髯一笑道：

"素儿，你要是个男孩子，我的心愿已遂，便在睡梦也得笑醒。断不会无病呻吟，发这长叹。"

"爹爹，你盼望生儿子吗？容易，容易。"素莲且笑且瞧着她的姨娘。

"素小姐呆瞧着我做什么?"曼云说。

"奇了,又瞧着我了,敢是替我相面吗?"柔痕说。

"我正是替两位姨娘相面,你们什么时候添弟弟,都挂在面上,一瞧便知。曼姨娘明年春天一定添个弟弟。"素莲说到这里,向曼云痴笑。曼云忍俊不禁,也笑了。

"素小姐,你瞧我呢?"柔痕沉着脸这般动问。

"柔姨娘,你也是明年春添个弟弟。论不定两位姨娘同年同日同时,彼此都添一个白白净净的弟弟来。"

"好小姐,好小姐。"柔痕很高兴地呼着,"但愿依着你的金口,那么喜气盈门,合家欢喜不尽咧。"

"素小姐,快快来啊!"叫唤的是一名小丫鬟,隔着池子,一迭声地呼唤素小姐。

"秋华,你总是这般大呼小叫。"素莲含嗔地说着,"你这般呼唤,左不过唤我吃点心罢了。你不会拿到亭子里来?谁要你提高着嗓子,叫魂也似的叫个不住。"

"素小姐,待我来告诉你。"秋华走着曲桥,匆匆地跑入亭子,"告诉了你,叫你欢喜不尽,家里的桃小姐,恰恰生了小娃娃咧。"

"真个吗?"

"怎说不真?素小姐不信,你去瞧。"

"生了几个?"

"生了一对,很好玩的,快快去瞧。"

"爹爹,恭喜你,桃小姐产子了。今年桃小姐产子,明年姨娘产子,这是一个好兆头。"素莲拍着手说。

"曼姨娘,柔姨娘,"素莲扭转粉颈,瞧她两位姨娘,"把你们比桃小姐,你们休得生气。"

憨态可掬的素莲道完这几句,早已掉转娇躯,带着婢子秋华,飞也似的出了水心亭,过了曲桥,分花拂柳看那桃小姐生产的娃娃去了。

桃小姐是谁？读者不要误会了是芍溪的姬妾，须知芍溪的姬妾，只有曼云、柔痕两人，再没有第三个。芍溪是前清老官僚，从县令起家，直到方面大员。告归以后，便在苏州学士街买了一所大宅子，后面还有一个很大结构讲究的园林，在先唤作亦园。芍溪购了这座宅第，恰逢清帝逊位，民国成立，便改了音同字异的逸园，表明自己是前朝逸老的意思。园里面亭台池沼，无一不备，在这里终老菟裘，可算得人生清福。夫人刘氏业已亡过，芍溪年近五旬，不图续娶，好在新纳两房姬妾，都有七八分姿色，左拥右抱，再也不会起什么鳏鱼之感。大姨太太唤作曼云，小姨太太唤作柔痕，环肥燕瘦，分明一对解语之花，而且都是略谙文字，妙解新声。老年人有这般艳福，论理便该满意，然而芍溪心中抱着老大的缺憾，吃也不愁，着也不愁，愁的是偌大年纪，子息尚虚。虽有一个女孩儿素莲是刘氏所出，今年一十五岁，伶俐聪明，善解人意，然而终究是别人家的媳妇，枉挣着巨万家私，茫茫后顾，付托无人，因此心中郁郁不乐。今日里经素莲这般一说，虽然略解愁颜，但是听说猫奴生子，不禁又起了我不如它的感想，瞧着这两个姬妾说道：

"你们的肚皮，不及猫儿的肚皮争气；它会产子，你们怎么不会？"

"素小姐方才说道，这是一个好兆，明年今日，管叫老爷有儿子抱。"柔痕答。

"唉……"芍溪又是一声长叹，"但能如此便好了。我这几年来不图续娶，只为有了你们两个人，哪怕子息空虚，我早已说过，你们俩谁生儿子，我便把谁扶作正室。可惜你们没有这福分。"

"要是我们都产了儿子，难道一字并肩，大家都做正室不成？"柔痕问。

"这个不成问题，便是你们都产了儿子，总有个谁先谁后。当然是早的便宜，迟的吃亏。"芍溪答。

"姊姊，仔细听着。"柔痕笑向曼云说，"老爷这般吩咐，我们须得牢记在心。要是我仗着老爷的洪福，依着素小姐的金口，果然比你先产了儿子，但不知姊姊可肯低头屈膝，亲亲热热地唤我一声太太？"

"妹妹，只需你有这福分，休说唤一声太太，一百声也情愿。我只指望老爷早有子息，以便瓜瓞绵绵，传宗接代，侧室和正室，都不在我心上。"

芍溪暗暗点头，默默忖量："毕竟曼云器量大，这几句话正大光明，哪得不叫人首肯？"

"爹爹，快去瞧啊！"素莲很起劲地从桥上跑来，一壁走，一壁说，"桃小姐果然一胎双生，产下一雌一雄，雌的尤其美丽。桃小姐正替它舔毛咧，这小猫浑身白毛，头上有黑色双桃，和它母亲差不多，还拖着一条黑尾巴。在《猫谱》上看来，是雪里拖枪呢？还是铁棒打樱桃？"

素莲说罢，拖着芍溪便走。曼云和柔痕也都跟着同走。众人到了产猫的所在，桃小姐拥着小猫，正在草窠里哺乳。待到哺乳已毕，素莲托着小猫，给芍溪赏鉴，果然一雌一雄。雄的雪里拖枪，雌的却是铁棒打樱桃。桃小姐见小猫被人取去，便在素莲脚边打转，只是呜呜地叫。

"桃小姐，你不用惊慌。"素莲含笑说，"哎呀！现在不能唤你桃小姐了，你养了小猫，是密昔司桃，不是密司桃了。"

"呜呜……"

"桃奶奶呜呜做什么？还你小猫便是了。"素莲轻轻地把两只小猫，放入草窠里面。

"爹爹，你会排八字的，"扭转头向芍溪说，"排排小猫的八字，可好不好？"

"又说孩子话了，你爹爹年近五旬左右的人，不见得和你一般孩子气，要是给小猫排八字，怕不笑瞎了猫眼睛？"芍溪含笑说。

129

"秋华，"素莲吩咐着婢子，"从今天起，桃奶奶吃的猫鱼，须比往日加多一倍。桃奶奶做了产母，又得给小猫吃乳，猫鱼少拌了，怕不磨坏了产母的身子。"

"爹爹，"回转身来唤芍溪，"你是明白医理的，可有什么药方给那产后的桃奶奶调养调养？"

"哈哈！笑得人肚子疼了。"芍溪捧着肚子说，"你方才笑我痴，我不痴，你却痴咧。我自从生了耳朵，没听得猫奴产子以后，要吃什么产后调理的药。现在医学昌明，各种专科都备，也没听得有猫产科的医生。痴孩子，你别引我发笑吧，笑得肚子都疼了。"

这一天离着猫儿产子，大约一个月光景，艳阳照着粉红色的窗帘，益发鲜丽可爱，但见窗帘上仿佛做影戏似的，有个猫头一上一下，在那里俯仰不停。窗中的柔痕正在台前整理青丝，随手把窗帘移在一边，隔着玻璃，瞧见桃奶奶带着两只小猫在窗前阳光中游戏，一壁念佛，一壁替着小猫舔毛。柔痕又引起她的许多感想。自来妇人家的心理，做姨太太的只指望升做大太太，和那副总统盼做大总统一般急切，想到芍溪在水心亭当面吩咐，谁生儿子，便把谁升做正室。她日夜思量，但愿自己的肚皮争气，产下一个孩子来，好叫曼云甘拜下风，服服帖帖地唤我几声太太。现在眼见着桃奶奶有儿子，自己没有儿子，不觉摸着肚皮，自言自语道：

"肚皮，肚皮，争气，争气，只要生下一个男孩子，便可以和老爷一字并肩，成为伉俪。"

"咦咦咦，倒也好笑。"梳头的王妈笑着说，"柔姨太太朝也喃喃讷讷念这几句，暮也喃喃讷讷念这几句，又不是生子神咒，没的喃喃讷讷，咒出一个孩子来。"

"王妈，你别笑我，除却自言自语，叫我也没有法想。旁的事都可以自己着力，唯有产子的事，一切听凭天命，自己发不出狠来。"

"柔姨太太，不是这般说，你躲在家里盼儿子，盼到一百岁也没用的。"

"王妈，你愈说愈奇了，不躲在家里，难道天天到街坊上跑，可以跑出一个孩子来吗？"

"柔姨太太有所不知，现在的世界，一切都要运动，便是生子也不能坐守老营，静待成功。"

"嚼你的蛆！不坐守老营，难道叫我……"

"柔姨太太别想到歪路上去，我是引你走那求子的一条正路。阊门城外有一座菩提庵，供奉的送子观音很是灵验，只要诚心去求子，没有求不到手的。柔姨太太，你为什么不发个大愿，到观音座前去求子呢？只需默默通诚，待有了子息，替菩萨重塑金身，再新庙宇，那么菩萨鉴你一点诚心，包管你明年坐产临盆，生下一个又胖又白的孩子来。"

"这话不错，"柔痕连点着头，"我也听得菩提庵里的菩萨灵验，只是没有去过，亏得你把我提醒，明天起个大清早，我便带着你出阊门到菩提庵里去求子。"

"今夜老爷住在哪一位姨太太房里？"王妈问。

"曼云的日期还没有满，要到明天夜里，老爷才进我的房咧。"

"那么好极了。"王妈连点着头，"本来诚心烧香，隔夜不能和男子同房。柔姨太太，凡事需有个预备，你交给我两块钱，待我去办些香烛元宝，免得临时匆促，记了这样，忘了那样。"

柔痕开抽屉交给王妈两块钱，悄悄地嘱咐道：

"有人问你办了香烛到哪里去烧香，你只说明天到城隍庙里去还愿，万万说不得到菩提庵里去烧香。"

"柔姨太太又来了，还愿和烧香，同是拜佛，为什么瞒却菩提庵烧香，只说城隍庙还愿？"

"王妈，你凑近耳朵来，待我告诉你其中的道理。"

第三章　木鱼声中敲出活佛来

曲曲弯弯是溪中的水，

这算弯曲吗？

曲曲弯弯是山上的路，

这算弯曲吗？

曲曲弯弯，

只有我们柔姨太太这颗心。

王妈手提着香篮，自言自语，只道这几句。人家问她哪里去烧香，她便依着柔痕的嘱咐，只说城隍庙里去。公馆里自有包车，柔痕在前，王妈在后，径往城隍庙而去。这也是城隍老爷的运气，柔痕并不想进去烧香，只为掩人耳目，却被城隍老爷多赚了一份香烛。上庙烧香完毕，吩咐包车夫拖着空车回去，自己却和王妈另换了街车，径去阊门，无多时刻，隐隐见绿树荫里露出一角黄墙，王妈把手一指道：

"这便是菩提庵了。"

到了庵前，彼此都下了车。门前已停了七八辆车儿，嘉禾章的大将军，挨挨挤挤，站立两旁，都来参见那位李公馆里的柔姨太太。住了，菩提庵不是将军府，大将军只佩文虎章，不佩嘉禾章，柔痕进庙，怎说有许多大将军前来参谒呢？原来这些大将军上面还冠着两个字样，叫作伸手大将军。身上披的嘉禾章，都是蓬蓬松松的秧荐，向着香客们乞求布施。柔痕吩咐王妈开发将军的俸钱，每一名将军开发铜圆两枚。十余名大将军得了信息，把王妈围在垓心。前后左右都是一条条很肮脏的胳膊，得了两枚铜圆，又换过一只手，再来讨钱。任凭王妈怎么精细，被他们七嘴八舌，也闹得糊涂了主意；钱囊里一百多枚铜圆都已倒空，那大将军兀自围着不散。可是一个人最怕包围，受了包围，头脑再也不能清醒。衮衮诸公都是这般，何况区区王妈？

王妈好容易脱离了包围，才陪着柔痕上殿烧香，果然拜者纷纷，佛门中生涯鼎盛。柔痕举目四顾，见大殿上面大小匾额足有百数十方，都是菩萨的成绩品。"诚则灵"咧，"有求必应"咧，这都是普通颂语，不足为奇。柔痕注目的匾额却有两方，一方是"求子得子"，一方是"赐我佳儿"。下面署款，都署着信女某门某氏率男某某敬献。看到这里，柔痕的眼皮上觉得烘烘地热，羡慕着人家有这福分，不知今天烧香回去，可能够一索得男，在这里多上一方匾额？

老师太悟因手拈着佛珠，正和王妈讲话，王妈凑近头去，向悟因咬了一会子耳朵。悟因怎敢怠慢，堆着笑脸，来请李姨太太拈香。那时居中一个拜垫被一个六十多岁的老婆子占据着，伏着身子，喃喃通诚，良久不肯起立。

"老太太，你可以起来了。菩萨是广大灵感的，通诚一遍够了，没的喃喃不休，惹菩萨厌烦。"悟因说。

婆子只做没有听得，依旧通诚不休。又隔了一会子，方才起立。悟因正待请柔痕拜佛，却不料那婆子又跪了下去，磕了二三十个头，才算完毕，向悟因笑说道：

"菩萨是不会厌烦的，多分你老师太厌烦。"

悟因不去理会这婆子，只忙着伺候柔痕拜佛。柔痕跪了下去，向菩萨订交换条件，喃喃讷讷，旁人没有听见，著者却晓得：

"信女柔痕，叩求大士，早赐麟儿，传宗接代。今夜老头儿和我同房，菩萨保佑，立时得胎。女弟子愿在菩萨座前，助灯油十斤。"祝罢，连连磕头。

"信女柔痕，叩求大士，老头儿命中该有几个子息，都叫柔痕一人怀胎，万万不要使曼云怀孕。柔痕愿在菩萨座前敬献绣幔一顶，长幡两面。"祝罢，又连连磕头。

"信女柔痕，叩求大士，但求柔痕生了子息，老头儿便把柔痕扶作正室。但求曼云从此失宠，逐出公馆，柔痕愿在菩萨座前敬献斗大金字的匾额一方。"祝罢，又连连磕头。

柔痕拜罢，盈盈起立。掇臀捧屁的悟因，陪着柔痕，到客座中去献茶。柔痕下殿时，兀自回头看那殿上的匾额。

"这是赵少奶奶的匾额。"悟因回转身躯，指着"求子得子"的匾额，"五年前赵少奶奶到这里烧了三次香，回去便恭喜了。现在这位小少爷，生得肥头胖耳，很有福相，去年九月十九观音生日，她领了小少爷来还愿，口口声声，不忘菩萨的恩德。"

"那方匾额呢?"柔痕指着"赐我佳儿"的匾额。

"那方匾额是张公馆里太太上的。张老大人是苏州数一数二的乡绅，财产丰富，据说有数百万家私。只是有了银子，没有儿子，连娶了三位姨太太都没有生育，老大人心中闷闷，前年三月廿八日，娶了一位四姨太太。亏得四姨太太有佛缘，到这里烧了四五次香，回去便恭喜了。生了小少爷，老大人好生欢喜，去年六月廿四日，大太太死了，老大人便把四姨太太扶作正室，现在人家不唤她四姨太太，唤她张太太了。"

"我也像了张太太便好了。"柔痕说。

"李姨太太放心，今年唤你李姨太太，来年一定唤你李太太。旁的事贫尼不敢说满话，唯有求子得子的事，贫尼可写得包票。似你这般诚心烧香，伏在拜垫上，祝了一遍又是一遍，大慈大悲的菩萨一定受了感动，送给你几位小少爷。"

"这话可真吗?"柔痕问。

"李姨太太，这里的菩萨比众不同，是呼得应、唤得灵的。请到那边去坐茶，待贫尼把送子观音的灵迹，细细讲给你知晓。"悟因引着柔痕，且行且语，直达客厅。小尼姑见来了贵客，摆果盘，送香茗，忙得什么似的。

"提起这位好菩萨，说来话长，姨太太你用些粗果子，不要客气。老妈妈你在这里坐，用些瓜子。"悟因一壁说，一壁抓着瓜子敬王妈。

"老师太，别忙吧。我要听送子观音的灵迹咧。"柔痕说。

"姨太太，我告诉你，苏州一带的观音堂，共有一百零八处，旁的观音都不灵，只有这里的观音是活佛。旁的观音，都是塑佛像塑成的，说一句罪过话，不过泥塑木雕罢了。任凭烧一百次香，磕一千个头，也是徒然的。这里的观音是石像，是自己通灵，从地皮里钻出来的。出土的日子，轰动了城内城外盈千累万的人，没口子唤着活佛活佛。姨太太久住苏州，大概也知道的，须不是贫尼说谎。"

"好像有人道过的。"柔痕搔了鬓发说，"好像五六年前的事，苏州轰传石观音从地缝里钻出。那时我年纪尚小，记不清楚，老师太请你仔细讲一遍吧。"

"姨太太，这座观音堂是六年前改造的。在先只有一个茅庵，贫尼便是庵里的住持。香火冷静，菩萨不灵，枉自敲破了几个木鱼，却不逢大施主布施金钱，振兴寺院。庵前一片空场，举目荒凉，遍生野草，每到傍晚，不过左近几个小孩子在场上窜来窜去，不是三人骑白马，定是豁虎跳、竖车子。眼见得这茅庵永无振兴的日子，贫尼兀自不肯灰心，镇日镇夜地木鱼敲个不停，总想敲出一个伽蓝世界来。那一天，是傍晚时候，空场上游戏的孩子们忽然呐一声喊，都说道：'奇事，奇事！'贫尼只道是孩子们闹出了什么乱子，忙停了木鱼声，出去询问情由。孩子们七张八嘴，都说：'草地里钻出一尊菩萨来了。'贫尼只道是孩子们打诳，他们却指给贫尼看，说也稀奇，果然青草丛中钻出菩萨的半个头颅，双眼以下还隐在泥里，慌得贫尼跪倒在地，磕头不迭，邻近人家知道了，也来跪拜。草地上面黑压压跪倒了许多男女，后来有人主张，要唤人开掘，把菩萨的金身出土。贫尼从中劝阻，只为这尊菩萨既会自己探出头来，是活佛，不是死佛，少不得过了几天，自会探出全身来；要是我们用着锄头铁锹，碰伤了菩萨的金身，须不是要。众人听了贫尼的劝告，不敢轻举妄动。当时在那草地四周钉着木桩，绷着铁丝，不准小孩们前去作践。贫尼依旧回到茅庵里，镇日镇夜地敲那木鱼。敲了一天，菩萨的头又高出一寸，露出鼻子了；又敲了一天，菩萨又高出一寸，露出嘴唇了。如是这般，连敲了一个月的木鱼，菩萨的金身，连同九品莲台，完全钻出了泥土。这一天，善男善女聚集了一二千人，'活佛''活佛'，喊得应天价响，分头募捐，不到十天，捐集了八千块钱，才能够起造这座菩提庵。"

"照此说来，这座菩提庵全仗着老师太木鱼上敲下来的。"柔痕说。

"这桩功德，虽亏着贫尼敲破了木鱼，但也是菩萨活灵活现，才能够感动了许多善男善女，起造这座很庄严的庙宇。姨太太，凡是做尼姑的，哪一个不敲着木鱼？不过同是敲木鱼的尼姑，也有真修行，也有假修行。旁的尼姑，笃笃笃地敲着木鱼，嘴里念着弥陀，心里七上八下，不知转的什么念头。似这般的假修行，便是敲着一世的木鱼，也是枉然。贫尼一心念佛，心即是佛，佛即是心，看得五蕴皆空，一尘不染，果然在那木鱼声中，被我敲出一尊活佛来。太太奶奶们到这里烧香，求子得子，屡试屡验，端的可以写得包票。"

"老师太，依着你金口，我便欢喜不尽。但不知真个写得包票吗？"柔痕问。

"柔姨太太不用多疑，老师太替菩萨写得包票，我王妈也可以替老师太写得包票。"王妈吐去瓜子的壳，抢着回答。

"老妈妈也是这般说，可见贫尼并不说谎了。姨太太，但请放心，明年今朝，姨太太再来烧香，要是不抱着小少爷，请你们老大人把这座菩提庵发封，可好？"

悟因说罢，向小尼姑做个眼色，早送上笔砚，和一本黄纸缘簿，请柔痕写捐。柔痕更不迟疑，提笔便写着"信女柔痕助洋二百元"。但是在小皮囊取出钞票，只凑得一百元，便道：

"老师太，先付一百元，再有一百元，明天你到公馆里来领取吧。"

"哎呀，柔姨太太，你叫她公馆里来取钱吗？"王妈很惊讶地向柔痕看着。

"老师太，你不用到公馆里来，到了明天，我差王妈送给你便是了。"柔痕说。

"咦！这便奇怪了。姨太太替你们老大人广结佛缘，诚心求子，这是很好的事，用不着遮遮掩掩，难道怕你们老大人知晓吗？"悟因问。

"老师太，你有所不知。"柔痕皱着眉说，"我们老大人求子心切，和我一般，你到公馆里来，他便知晓了，也不会嗔怪。但是旁边有个人不怀着好意，我们提防的就是这个人。"

"谁呢？"悟因问。

"这桩事也不能瞒你，我须向你说几句秘密话。"柔痕说时，向两下看了一眼。

"妙根，你到大殿上照顾香客去。"悟因把小尼姑遣开了，"姨太太，但说不妨，这里很清净的，没有闲杂人，你有什么吩咐，请说便了。"

"老师太，我们到这里来烧香，是很秘密的，不说到菩提庵，只说到城隍庙。并非怕老头儿说话，怕的是老头儿旁边的一个女人，她的名字叫作曼云。她也希望着自己有身孕，但是她的存心和我不同。我希望生子，只为着老头儿年过半百，单生一女，没有儿子，将来传宗接代，没个亲骨血，巨万家私岂不便宜了他人？所以我方才在菩萨面前许下誓愿，情愿缩短自己的年龄，减少自己的福分，叩求菩萨，赐我一个儿子，替老头儿传宗接代。她希望生儿子，便不怀着好意，只为老头儿有言在先，谁生着儿子，便把谁扶作正室。她听在耳朵里，时时自言自语，但愿早日怀孕，便生儿子，老头儿把她立刻扶作正室。又愿老头儿生儿以后，便即身亡，所有巨万家私完全由她掌管。老师太，你想她的存心何等刻毒！这些说话，都是她在花园中当天祝告，被我听得的，句句真实，并不是我说谎。"

"阿弥陀佛，天下有这般不良妇人，休说姨太太动恼，贫尼是方外人，听了也不平，但是姨太太在这里求子，为什么瞒着她呢？"

"给她知晓了，她也会到这里来烧香求子。旁的菩萨，由她去烧香，横竖是不灵的；这里的菩萨，活灵活现，有求必应，没的被她得了这条求子的门路，费些香烛元宝，运动一个儿子在肚里。她是假仁假义的，当着菩萨，苦苦哀求，菩萨的心肠最软，见她可怜，便赐给她一个儿子。她有了儿子，目中无人，天没有箬帽大了，立刻强逼老头儿扶作正室，一朝权在手，便把令来行，知道我是真心爱老头儿的，定把我撵出大门，拔去了眼中钉，由着她挥霍金钱，私养汉子，倒贴小白脸，活活地把老头儿气死了，巨万家私尽入她的掌握，她便可以坐产招夫，一辈子快活不尽。我今天瞒着人到这里来烧香，只说到城隍庙里去还愿，便是防着这一层。"

"这婆娘太恶毒了，听得我光头上怒火直冒。"悟因且说且脱着头上的尼帽，"姨太太但请放心，贫尼可以把她的可恶情形向菩萨面前报告，请菩萨硬着心肠，不要赐给她儿子。她要是也到这里来烧香，活灵活现的菩萨一定要给她些苦痛。或者在佛前跌一跤筋斗，跌得她鼻青嘴肿；或者回去连发三天寒热，好叫她断绝了这条痴心。贫尼是心直口快的，从来不会拍人家的马屁，无论善心人、恶心人，贫尼一望便知。你姨太太是有善根的，贫尼见了面，便知你是一位女菩萨，这次烧了香，菩萨早已吩咐座下的龙女，抱一个白白净净的小少爷，送到你公馆里来，这桩事贫尼可以写得包票的。"

"师父，城里的杨老爷来了。"小尼姑妙根跑来报告。

"时候不早，我要回去了。"柔痕听说有客来，离座告别。

在这当儿，外面早来了一位三旬左右年纪的绅士，正和柔痕打了一个照面，这一个照面不打紧，但是李公馆里从此多事了。

第四章　另换面目的杨先生

半月不见你这欢喜冤家杨仁安。

哎呀！害得奴淡淡的春山蹙损，盈盈的秋水望穿。

忽听得你光降敝庵，

不枉我一心念佛，木鱼儿敲得手酸。

料想是菩萨有灵，着你到这里来参禅。

　　这几句便是悟因心弦上弹出的相思调。她做了当家师太，送往迎来，忙个不了。送了柔痕上车，回转身来，又去招待那位护法杨老爷。她心窝里唱相思调，表面上却是很庄重的，见了仁安，合十了双手：

　　"杨老爷，难得光降小庵，非常荣幸。听得太太贵体抱恙，贫尼天天在菩萨面前祷告，祝她消灾延寿，吉人天相。"

　　"多谢师太，贱内卧病在床，淹缠一月有余。这几天来，精神比前较好，只道是医药有效，却不知师太在佛前祷告。且待贱内病愈以后，便该来到这里，一来拜谢菩萨，二来拜谢师太。"

　　"太太的病，不久便会好的。贫尼从明天起，每日早晨替太太念《消灾延寿经》五十卷，管叫指日便可起床。"悟因口里这般说，心头却是那般计较："都是那婆娘把男子管得太紧了，所以仁安不能常来走动，恨不得立刻把她咒死了，才遂了我的心愿。"

　　悟因和仁安在客座里谈话，旁的烧香人来来往往，都不在意。只为悟因虽只三十多岁，但是远近闻名，都说她是谨守清规的师太。杨仁安又是苏州的知名之士，写得一笔好字，旧文学又很有根底。这座菩提庵建造的时候，仁安曾撰一篇骈体募捐文，把石观音的灵迹叙述得详详细细，果然文字有灵，感动了许多善男子、善女人，众擎易举，起造这座金碧辉煌的庙宇。门前三字题额，还是仁安的手笔。庵里面有一篇《石观音圣迹记》勒碑建立，备述石观音出土的广大灵感，下署着"信士杨仁安薰沐谨撰并书"，可见仁安对于菩提庵是很热心的。他是庵中很有力的护法，今天到这里来走动，不足为奇，除却著者一支笔，谁也猜不出他和悟因有暧昧行为。众人见了仁安，纷纷前来招呼：

　　"杨先生，久违了，今天难得到这里来。"

"杨先生，你这篇《石观音圣迹记》作得真好啊！"

"杨先生，这座菩提庵香火鼎盛，虽说是悟因师太敲破木鱼的功德，但是没有你杨先生出力，也不会这么兴旺啊。"

仁安听了众人这么说，连忙起立，向众宣讲：

"诸位，这座菩提庵重兴的原因，既不是悟因师太木鱼敲破的功德，也不是我杨仁安笔墨宣传的效力。这却是菩萨的广大灵感，仗着佛力，才有这座伽蓝宝刹。诸位，须知道佛法无边，观世音的佛力尤其不可思议。观世音有三十二现身，现佛身，现独觉身，现缘觉身；如是乃至现龙身，现药叉身，现乾闼婆身；乃至现阿修罗身，现紧那罗身，现摩呼罗伽身。观世音有十四种无畏功德，令彼十方苦恼众生，观其音声，即得解脱；如是乃至能令无子众生，求子得子，求女得女；乃至能令无福众生，求福得福，求利得利。观世音能现一首、三首、五首、七首、九首、十一首；如是乃至一百八首；乃至千首、万首、八万四千烁迦罗首。观世音能现二臂、四臂、六臂、八臂、十臂、十二臂；如是乃至一百八臂；乃至千臂、万臂、八万四千母陀罗臂。观世音能现二目、三目、四目、九目；如是乃至一百八目；乃至千目、万目、八万四千清净宝目。观世音有这种种无上神通，所以能从土中出现宝相，现头、现眉、现眼、现鼻、现口，如是乃至现全体金身，乃至现九品莲台。所以这座庄严灿烂的菩提庵是观世音自己募化，自己建筑的。悟因师太是仗着佛力的驱使，才能够打破木鱼；我仁安仗着佛力的扶助，才能够发挥文字；十方善众，仗着佛力的吸引，才能够一心皈依，同来拜佛，这便是菩提庵重兴的原因。列位不要忘了这尊无上神通的观世音菩萨啊！"

仁安很诚恳、很庄重地向众说法，博得众人口念弥陀，赞颂不绝，谁也都说杨先生熟于经典，杨先生的信仰心很坚，杨先生的说话，句句是佛法真诠。那时悟因又陪着仁安讨论些佛学源流，在表面上看来，分明是守清规的比丘尼和善知识的居士正襟谈禅；要是众人不散，天色不夜，庵门不闭，他们俩娓娓清谈，再也不会发生什么龌龊举动。叵耐烧香的善男信女，先先后后，陆续散去。仁安见时候不早，向悟因告别，悟因送别门口，双手合十，目不斜视。天色渐渐地黑暗了，老佛婆上了些年纪，未到黄昏，便已归寝。小尼姑妙根静候在后门口，侧着耳朵察听动静，后门外本是一条冷僻的小弄，夜间断绝行人，候了一会子，隐隐听得犬吠声，知道那人来了。果不其然，后门上轻轻地弹指三下，妙根在里面轻轻咳一声嗽，表示在这里欢迎，赶快拔去了门闩，呀的一声，正襟谈禅的杨仁安已另换了一副面目。

"好妙根，乖妙根，累你在这里守候了多时，叫我过意不去。师父在房里吗？"仁安挽着妙根的颈，且笑且说。

"师父候你多时，快进去吧，别在这里动手动脚，惹师父疑心。"

"妙根，你这脸儿很香啊！我送给你的雪花膏，你尽多尽少地搽在脸上了，香香香。"

"杨老爷总是这般的。师父知晓了，又要骂我。待我闩上了后门，放手，放手。"妙根撇着仁安的手，自去闩门。

"妙根，你这般骚声浪气，我要替你换一个名字。"

"换什么名字？"妙根回转头来说。

"只换半个字，把女旁的少字，换一个昌字，可好不好？"

"魂灵头！你敢出口伤人，骂我娼根吗？我不饶你。"扑扑扑，妙根在仁安背上捶了三下。

两人说说笑笑，同入里面，方才这位恪守清规的悟因师太，已笑盈盈地在房门口相迎，不唤杨老爷，竟唤冤家的了。

"冤家的，你好心狠。半个月不到这里来，累得我念佛时心烦虑乱，敲木鱼也没个好相。"悟因挽着仁安的手，进那房间坐定。

靠窗一张桌子上，早安排着两副盅筷，几色菜肴：白斩鸡、大东阳南腿、南京板鸭、透味熏鱼。两人并肩坐着，妙根识相，早到厨房里烫酒去了。

"好师太，又要你破费了。这些菜肴谁去买的？出家人出外买荤菜，不大稳便。"

"佛婆的儿子阿土是做小贩的，这里荤菜都托他去买，悄悄地从后门送来，再也不会给人家知晓。"

"要是阿土讲给人听，这便怎么样?"

"冤家的，但请放心，阿土变作哑巴了。"

"好好的阿土，怎会变作哑巴呢?"

"我给他吃了哑药，他自然开口不得。按月帮助他两块钱，他便死心塌地地替我们严守秘密，这不是哑药吗?"

妙根忙着筛酒，仁安和悟因开怀畅饮。仁安问及方才烧香的少妇是谁，悟因便把柔痕求子的事述了一遍。仁安拍手道：

"好好，这是绝大的一块肥肉，李芍溪我也认识的。偌大的家私，没个儿子，要是姨太太真个得了子息，将来烧香还愿，募化她一万和八千也很容易，但不知有没有这般的运气。"

"我许她在菩萨面前念经，保佑她早生贵子。"

"好师太，你这荤口念经，有什么用? 别说荤口念经，便是一口长斋，诚心念佛，这块顽石，拜煞也不灵，有什么用? 外面喧传的木鱼声中敲出活佛来，分明在那里说梦话，我只小小地弄个玩意儿，早惹得苏州城里的男男女女都来烧香，都来布施，我们俩暗地分肥，倒也算得一桩有赢无亏的营业。好师太，世界上的金钱是赚不完的，只需心计好，假面具永不揭破，便够一世受用了。办学的如我存心，任凭误人子弟，人家只唤他大教育家。办公益事务的如我存心，任凭营私舞弊，人家只唤他大慈善家、大热心家。好师太，这句话对不对呢?"

"快不要拆破西洋镜，被人家知道了，不是耍。"悟因轻轻地说，顺便闭上了房门。

"在这里说话，还怕谁呢? 但求人前装样，不妨暗室亏心。好师太，我敢说一句大胆的话：自古以来的做人，只需做一个假。别说我杨仁安，便是流芳百世的圣贤，在那书本上看，果然规规矩矩，毫无破绽；可是背了人干些偷偷摸摸的事，也许是有的，只需干得秘密罢了。不是我向你夸口，仗这区区文名，足使东南各省的文人一齐倾倒，见了我的著作，只道言为心声，我的品行一定不错。大家理想中的我，都道我是淡于名利的、性情和平的、独善其身的好好先生。很有许多不相识的人，写信来给我，道我是陶渊明再世、林和靖重生，字里行间，表示着十二分的羡慕、十二分的钦敬。别说不相识的瞧不出我的真相，便是我的朋友、我的亲戚，大概只认得我的面目，不认得我的心肠。好师太，我在你面前是没有什么忌讳的，才肯说这真话，除了你，便在老婆面前，兀自假惺惺说些门面话咧。"

"冤家的，你一个月住在这里，总不过两次三次，你太忍心了。怎知我孤眠独宿的苦痛？"

"好师太，我们要图个长久之计，只可疏疏落落，掩人耳目。《西厢记》说的：'只若是夜去明来，倒有个天长地久。'又说：'你只合戴月披星，谁许你停眠整宿。'这都是男女私合的不二法门。往来太勤了，总不免被人家窥破，那时我这好好先生，你这规矩师太，安全被人家打倒，再也不能互相联络，骗人财帛了。我明知你孤眠独宿的苦痛，但是为着下半世享用起见，也只好忍痛须臾，疏疏落落的好。"

"《西厢记》胜于《大悲经》，这几句话委实不错。"悟因连连点头地说。

"我的好尼姑，待到金钱富足了，便把假面具揭去也不妨，但是现在这假面具万万揭去不得。李姨太太那边，你尽量地灌她迷汤，休得怠慢。我又有一种生财秘诀正在进行，大约多少也可掏摸三五千块到手。凭着我的心计，和你联络一气，预算五年之中，总可以挣扎十万或八万块钱。那时节我那害肺病的老婆料想不在人世，我和你有了金钱，便把假面具揭破也不妨，双宿双飞，成为夫妇，一辈子度那快活光阴，岂不是好？"仁安谈话时，凑着悟因的耳朵，声浪很低，除却著者一支笔，再也没有第三者得闻这秘密谈话。

禅室春深，只嫌宵短。这一夜的欢喜禅，参个透彻，天色黎明，仁安便已起身，妙根送过净脸水后，只吃几个蜜枣垫饥，便开着后门。悟因含情相送，直送到后门口，方才作别。回到里面，重又捏着木鱼槌，笃笃笃地做那早晨功课。待到山门开放，便有人进庵烧香，瞧见悟因手敲着木鱼，兀自呵欠连连，怎不暗暗佩服，佩服这位恪守清规的老师太，端的名不虚传。佛前功课，十二分地认真，大约半夜便起身，坐这冷蒲团，以致挨到清早，兀自呵欠连连。这位师太，简直是刻苦修行的尼姑，怪不得木鱼声中敲出活佛来啊。

杨仁安才离这尼庵，有些鬼头鬼脑，但是出了小弄，便已道貌俨然，不愧是一位好好先生，把瓜皮小帽整这一整，衣襟理这一理，举步从容，好整以暇，谁也瞧不出他昨夜在尼庵里干过这偷偷摸摸的事。行不到半条巷，有人高唤着"仁安先生哪里去"，举眼看时，却是雅社书记员沈秋心。

苏州在近几年来，文人结社的地方很多。有文社，有诗社，有棋社，有书画社，有音乐社，有小说社。就中诗社的范围最大，诗社中牌子最老取舍最严的，要推雅社。在先有过几个自命风雅的人物，借此陶情，不含什么作用。自从杨仁安当选了社长，仗着笔墨鼓吹，在苏沪报纸上把"雅社"两个字叫得怪响。仿佛雅社里的分子，个个苏海韩潮，人人宋艳班香，东南各省的人才都集中在苏州，苏州的人才都集中在雅社里面。四方轰动，各处知名，自有一班附庸风雅的人物，纷纷愿来入社。谁知社中新订的规例很是严密，须得品学兼优，才有雅社社员的候补资格。品的一方面，注重四不主义：一不吸烟，二不赌博，三不狎妓，四不纳妾。学的一方面，须有著作品行世，人人认为在文学界上有相当之价值，才算合格。又须经本社社员严密审查，在大会中得了三分之二的赞成，才许入社。有此种种限制，所以雅社中只有这十几位基本社员，其他新加入的社员却是凤毛麟角，甚难其选。一班被摈向隅的人，也有艳羡的，也有愤慨的。艳羡的见着雅社里的社员，好似天上神仙一般，自恨没福加入；愤慨的便发着许多牢骚话，以为社中深闭固拒，未免示人不广。至于人人想入雅社的原因，不但惊其虚名，抑且贪其实利，只为有了雅社以后，全体社员个个自定润例，卖文卖字，所有寿文、祭文、碑铭、墓志、诗歌、序跋，一切可以包办，这雅社不是成了文学界的"托辣司"吗？外面许多以耳为目的人，得了雅社的作品，以为无上光荣，似乎寿世文章，非得雅社社员执笔不可。尤其这位杨仁安社长，大名鼎鼎，润格年年改订，继长增高地加价，依旧生涯发达。这位沈秋心先生，便是雅社里的社员，兼理书记，所有雅社里卖文生涯，都由秋心接洽。今天见了仁安，便道：

"仁老，你这篇《义猪赞》可曾脱稿？前途催促得紧，昨天又催过几回，傍晚时我到府上奉候，听说你是游山去的，须得今天回来。好容易在路上相逢，你昨天游的是什么山？天平呢？灵岩呢？"

仁安暗暗好笑，不好说是游的尼山，只得沉吟一下，方才答道：

"昨天游了天平回来，时候已晚，便在城外戒幢寺访问方丈静山，和他下了半夜的棋，只睡得一眠，便已天明。我因笔墨事忙，清早进城，这篇《义猪赞》早已脱稿，既是前途催促得紧，我和你回去一取便了。"

"仁老，听说前途选了吉日，要替猪猡上寿。仁老到那天，去不去呢？"

"替猪猡上寿，可称千古奇闻。到那天去参观参观，未为不可。"

于是仁安和秋心且走且谈，谈的便是这篇《义猪赞》。

第五章　恩深义重的猪猡

嘻嘻！呱呱！人声鼎沸惊且嗬！

城门失火，池鱼将奈何？

前无出路，后有横波；

豕兮豕兮，殆斯人之救命弥陀？

豕不渡河，豕竟渡河；

人兮豕兮，截流而过。

吁嗟乎！豕面而人心者，一而已矣；

人首而豕鸣者，实繁且多。

豕兮豕兮，

吾将媲尔于康王之泥马，先主之的庐，

千秋万世，永永俎豆而讴歌。

这篇便是雅社巨子杨仁安所撰的《义猪赞》，他在路上背给沈秋心听。秋心听了，赞不绝口。仁安赞的是义猪，秋心赞的是撰《义猪赞》的杨仁安。但是走了几步路，秋心忽又说道：

"仁老，你这两句'豕面而人心者，一而已矣；人首而豕鸣者，实繁且多'，未免把猪猡抬得太高了，试问吾辈人类，置身何地？"

"秋心，你太拘了。'说诗者不以文害辞，不以辞害志。'我的意思，并非重猪轻人，只不过借以警世罢了。至于我们雅社分子，极东南人才之选，个个束身自好，你又何必介意呢？"

"有你仁老以身作则，雅社的声名当然蒸蒸日上。但是，外面轻薄之徒把雅社唤作鸦社，只为雅鸦相通，便把我们当作乌鸦看待，你想可恼不可恼呢？"秋心愤愤地说。

"岂有此理？这真叫作人首而……"仁安说到这里，忽又缩住了，重换论调，"且住，我杨仁安存心忠厚，何必效他们轻薄口吻呢？轻薄由他轻薄，忠厚吾自为之，呼我为乌者应之为乌，呼我为鸦者应之为鸦，这才是儒者大度雍容的气象。秋心，你可理会得？"

"仁老的胸襟，端的与众不同，没怪人家称你好好先生……咦，你不是王福吗？又来催取这篇文章了？"秋心停着脚步，和一个迎面而来的土老儿讲话。

"沈先生，我正是来取这篇文章的。我们主人催得慌，猪爷生日不远了。"王福说。

"作文章的便是这位杨先生。"秋心指着仁安向王福说，"你要文章，跟他去取便是了。"

"你便是杨先生吗？刮刮叫？"王福翘着大拇指说，"我们主人常说苏州城里品行好、学问好，只有你先生一人，佩服得了不得。三月廿四日猪爷生日，定要请你杨先生去吃杯寿酒。"

"去不去容再商议，这篇文章早已作好，你随我去取便是了。"仁安说。

"仁老，我不奉陪了，再会再会。"秋心说罢，自往雅社去办事。

王福随仁安去取这篇《义猪赞》，不需铺叙。但是，这义猪的来历，当然补叙明白，否则第一章讲的猫出殡还没有揭破闷葫芦，现在又加着猪猡做生日，葫芦中又有葫芦，没的叫人家见了纳闷。原来这只猪猡和寻常猪猡不同，在它身上，救活了一人性命，绵延了两姓宗祧，挣扎了三百万家私。遂使受恩的人感激涕零，力图报答，生我者父母，活我者猪猡，才有这三月廿四日猪爷生日的盛举。受恩人住在苏州附近的横泾镇上，大家唤他顾福生，只为家况清贫，入赘在张锦泉家中做女婿。他有一个老母顾老太太，也搬来张宅同居。福生一身充当顾、张两姓的继续人，顾老太太老年多病，张锦泉又是半身不遂，两姓的希望，都在福生一人身上，他的担负多么重大啊。福生在苏州一家米店里做伙友，所入无多，好在张锦泉略有田产，他的女儿翠宝并不靠着福生赚下的钱生活。福生自觉惭愧，定要在商业场中发展，图个自立的根基。叵耐灰色态度的星君，紧紧追随在福生的后面，不肯相舍，不到一年，这家米店便倒闭了。福生赋闲在家，足有一年之久，好容易托人打干，另进了一家米店做伙友。这家米店规模虽小，营业却是不恶，年年都有盈余。福生以为这只饭碗便不会打碎了，谁料进店不到一个月，灰色星君又在暗地里播弄，给他饭碗上受个重大打击。那一夜月黑星稀，有几个绿林豪客闯门而入，福生见势不妙，正待去打电话报告盗警，冷不备枪声砰地发响，一颗弹子擦耳而过。亏得福生的耳朵没有刘皇叔这般大，只擦破些表皮，·没有打个洞穿。但是，经过一吓，目瞪口呆，动弹不得，吃他们把双手扎住了，驱至墙隅，还把手枪对准着他的心窝，只需稍稍抗拒，枪弹立发，福生福生，便要祸生不测了。待到盗众抢劫完毕，呼啸而去，福生兀是倚在墙隅，身子瑟瑟地抖动。这一惊非同小可，米店里受了重大损失，不久便停止营业。福生回去害了一场大病，卧床两个月，才能起身。经此两番挫折，福生自怨自艾，镇日价长吁短叹。张锦泉见这光景，便唤着女儿坐在床前，细细地和她商议道：

"翠宝，我替你入赘这个女婿，自信老眼无花，不曾误了你的终身大事。福生这孩子，迟早总有个出头日子，他又是诚实，又是干练，一切嗜好都没有，确是商界中出色人才，只恨时机未至，连遭着两番挫折。我的意思，少年遭些挫折是不妨的，增些阅历，便可磨炼精神，将来定有起家立业的希望。但是，忧忧郁郁，把身子弄坏，那便不妙了。张顾两姓的宗祧，都仗着他一身担负。你婆婆年老多病，我又是个瘫痪的人，你结婚三年，尚没有生过一男半女，万一女婿忧出病来，张、顾两姓的希望，不是都落了空吗？"

"爹爹，女儿也为着这桩事愁闷。"翠宝皱着眉说，"他的人品是很靠得住的，他的命运却不佳。克勤克俭地做生意，只是天不照应，连遭了两番挫折。失业倒也罢了，这一回吓出病来，两个月卧床不起，把女儿急得什么似的，东去烧香，西去许愿。现在病虽好了，只是心境不佳，镇日价唉声叹气，女儿百般解劝也没效验。"

"翠宝这里坐，我有话和你商议。"锦泉拍着床沿，叫女儿坐着，"女婿的身病医好了，心病却没有医好。自古道：'心病只需心药医。'论他的才干，尽可自做老板，在商业场中干一番事业。依人作嫁，本来不是长久之计。你好好地安慰他，叫他不用愁闷，我有市房四所、良田二百亩，可把一部分卖去了，做他的经商资本。他有了资本，长袖善舞，便会轰轰烈烈地做起事业来，免得老坐在家里，愁眉不展。"

　　翠宝本有这条心，只不敢向父亲启口，现在听得锦泉这般说，当然满怀欢喜，便去向丈夫说知。福生感激涕零，不消说得。过了两个月，锦泉早已变卖田产，凑集八千块钱，郑重交给女婿，到苏州去经营商业。福生出身米业，轻车就熟，当然仍去经营米业生涯。翠宝再三叮咛，无非嘱他万事谨慎；顾老太太也嘱咐儿子，叫他稳健经商，不要负了丈人峰一片美意。横泾镇离着苏城不过十多里光景，福生动身时，预备把八千块钱存入钱庄，随时支取，然后慢慢地租赁房屋，置备家伙，贩进粮食，以便可以择吉开张。翠宝为着丈夫两次捅霉头，这一回不要重蹈了故辙，福生动身的一天，她忙碌得了不得。起个清早，向镇上庙宇里烧香许愿，回来又在祖宗灶神前点着香烛，跪倒在地，默默通诚了一会子。这一天，正是三月二十四日，天气和暖，春光明媚，历本上长行到底，又是大好的日子。福生出门以后，家中三个人都自言自语：

　　"福生这一回总该交运了。"张锦泉躺在床上说，"我虽不懂得柳庄相法，但看福生这般相貌、这般才干，他不发迹，谁发迹呢？我把一半家产都交付了他，我的眼光总是不错的。"

　　"福生，福生，这一回不要又捅了霉头啊。"顾老太太坐在房里说，"难得这位亲家一力提拔，把偌大的资本交付在你手里。要是又遭磨折，那可没望了。上一回遇盗，几乎把我吓个半死。我这病体，在世没有多日，眼见你起家立业，我心里宽畅，还可以带病延年。要是又有风波，我不病死，也要急死了。"

　　"祖宗亡人，你们要保佑他才好。"翠宝向着祖宗的神龛，自言自语，"他是很有志气的，这一回出门，他向我说的，再遭挫折，便无颜回到家中。祖宗亡人，你们要吃子孙的羹饭，万不要叫他再遭挫折。"

　　过了一天，这三个人正盼望福生可有信来。午饭以后，忽听得门儿敲得怪响。翠宝开门看时，却见福生神色仓皇地回来，向着翠宝连唤着"好险好险"。

"你为什么这般模样?"翠宝问。

"好险好险,要不是恩公相救,早已人财两失,只好和你在三更梦里相逢。"

"哎呀!你又遭什么不测吗?"翠宝很惊讶地说。

"少停和你细说,现在忙着接恩公那救命的恩公,正在船上呢。"

翠宝听说,觉得突如其来,问他谁是恩公,又不肯直说,只连连地催着快去迎接。翠宝没奈何,只得整理衣裙,陪着丈夫到河埠去迎接恩公。福生又很郑重地嘱咐妻子,须得小心在意,扶着恩公上岸,别叫恩公见着你怕。翠宝摸不着头路,想到丈夫的性命全仗这位恩公搭救,丈夫的恩公便是自己的恩公,纵然不明白恩公是男是女、是村是俏,但这恭敬之心起于不知不觉,当然掬着一片至诚去欢迎这位救人性命、全人骨肉的恩公。好在河埠离着不远,走得没几步路,便到河边;但见一只小船,停泊在那里,舱门闭着,瞧不出舱中有人没人。福生叫翠宝在岸上站着,自己下船去相请恩公。翠宝恭恭敬敬地立在岸上,预备见了恩公,须得上前万福,亲亲热热地唤一声救命恩人,待到迎入家中,再行下个全礼,多磕几个响头。那时福生已入舱中,隔了一会子,忽听得里面杀猪也似的喊将起来。翠宝这一惊非同小可,正待动问情由,却见丈夫走到船头上,连连招手,唤她相助:

"快来!快来!帮着我相请恩公上岸。"

翠宝怎敢怠慢,急匆匆走下石踏步。未上船头,眼光先注射到船舱里面,不看犹可,看了时不觉大惊小怪起来:

"哎呀!这不是一只猪猡吗?哪里有什么恩人?"

"别小觑了它,它便是我救命恩人哩。"福生说。

"你害了失心疯吗?"翠宝愤愤地说。

"我没有发疯,它确是我的救命恩人。"福生答。

摇船的舟子见这光景,知道翠宝未悉情由,忙道:

"奶奶不用疑心，这只猪猡确曾救了你丈夫性命。顾先生特地唤了我的船，把猪猡载到乡间来喂养，船到这里，猪猡不肯上岸，依着我的意思，只需扯着它的耳朵，扯出船舱，怕它不跟着我上岸吗？但是顾先生怕它受惊，怕它吃苦，一定要好好地请它上岸。方才顾先生进了船舱，向猪猡作了几个揖，伸手扶它上岸，它只死赖在舱里，一阵乱哼。"

"你可听明白吗？"福生向翠宝说，"它是我的救命恩人，须不是我说谎。昨夜要没有它，我再有命活吗？我死以后，休说老母不得活，便是我岳父得了这惊耗，丧却女婿，失却资本，只怕也有性命之忧。剩下你一人，当然也无生趣，那么全家都不得活了。这位恩公救我一命，也是救我顾、张两姓全家的性命。它的恩德如天，你怎么不上船来欢迎呢？"

经这一说，翠宝便不敢小觑这猪猡。下了船，和福生同入舱中，拍着猪猡的屁股，轻轻地说道：

"恩公去吧。"

猪是冥顽的东西，翠宝用着拍马屁的手段拍那猪屁，真叫作"俏眉眼做给瞎子看"。拍了几拍，只是漠然不觉。

"我和你捧了恩公上岸吧。"福生向翠宝说。

翠宝很觉为难，猪是很肮脏的，怎可以抱入怀里？但是转念一想，它是我们顾、张两姓的救命恩公。为看恩公分上，翠宝便不敢憎厌它龌龊。当下福生捧着恩公上半截，翠宝捧着恩公下半截，正待举起，那猪猡却下死劲地乱哼乱摔，慌得福生夫妇连忙放手，同声安慰：

"恩公恩公，不用惊慌，我们请你上岸咧。"

夫妇俩掬着一片诚心，安慰猪猡，但是猪猡的肚子里，或者以为人类不是好东西，捉它上岸，绝非善意，因此拼死地挣扎。舟子在旁，只是好笑。

"你笑什么？"福生问。

"顾先生，照你这般地向猪猡客气，便是挨到明天，猪猡依旧在船里，不会上岸。还是用着我的法子，无论它肯不肯，你们各扯着它的一只耳朵，我们在后面连连地赶，怕它不跑上岸吗？你怕惊了它，这也不妨，待到上岸以后，你尽可办了筵席，替它压惊的。"

除却舟子的计划，更无别法，不用强权，猪猡是不肯上岸的。福生既不肯拉着猪耳朵，只得和翠宝各捧着猪的一只前腿，舟子帮同掇臀捧屁，好容易把猪猡抬上河埠。猪猡兀自拼命地乱哼，夫妇俩一壁走，一壁安慰：

"恩公，不妨事的，休得惊慌。"福生说。

"猪爷放心吧，绝不叫你吃苦，你是我们的恩人咧。"翠宝说。

邻舍人家见了，谁也猜不出闹的是什么一回事，乡下人都是一窝蜂的，张锦泉的屋子里，挤着许多男男女女。锦泉忙唤翠宝询问，翠宝却说：

"爹爹，我也不明白，但知道这头猪是我们的大恩人。现在他忙着把猪安放在一间房里，待他安放完毕，我便要向他询问其中的情节咧。"

外面一阵啰唣，都唤福生出来宣布猪猡救人的历史。顾老太太扶病出房，也要向儿子询问底细，只苦着锦泉不能下床，忙向女儿说道：

"你也出去吧，向女婿问个仔细，再来告我。"

待到翠宝出房，福生已在堂中向众人宣布昨夜的经过：

"我这番出外营业，岳父把家产给我做资本，我两番失败，这一回生死关系，要是又遭了失败，怎么对得住他老人家？我到了苏州，先在师兄家里耽搁一宵。一者，探询近日米店状况；二者，托他助我置办生财家伙，以便早日开张。他住在山塘，后面临河，门前借给人家开杂货店。他和我相见后，款待殷勤，留我饮酒，灯下畅谈，直至夜深才罢。留我住在沿河的一间房里，只为多饮了几杯酒，扶头便睡，已入黑甜乡里。忽被噼噼啪啪的声浪打醒，但听得大哭小

152

喊，人声杂乱，知道不妙，急忙忙披衣起床，赤脚穿了鞋子，从枕底摸出一包钞票塞入怀里，准备觅路逃走。才出得房门，叫一声我命休矣。原来前面早烧得一片通红，火焰如蛇舌般撩动，不是金刚不坏身，怎能够从火里逃生？前门逃不出，只得从后面石踏步下去，唤一只小船，渡到下塘，便可以避险就夷。谁料叫破喉咙，不见船只到来，又不识水性，怎能够泅到彼岸？那时轰轰烈烈的火竟向后面烧来，要不向水里跳，转眼便葬身火穴。正在九死一生的当儿，却见河边浮来一件黑魆魆的东西，就火光中审视，却是一只猪猡，原来隔壁便是猪行，这只猪猡从行里逃出。我便狂喊道：'猪爷，猪爷，你肯带我过河吗？'猪猡却停在石踏步旁边，动都不动，我便伏在猪爷身上，连唤着：'猪爷猪爷，救我一命。'猪爷仿佛通灵似的，拼命地向下塘游去，果然得达彼岸，脱离险地，救了我性命，又保全我八千块钱的钞票，这不是莫大之恩吗？"

众人听着，连唤着好一只救人救彻的义猪，众人赞美的当儿，忽起着一片哭声。大家愕然，急看那哭者是谁？

第六章　顾顾顾婆婆婆

救人一命，胜造七级浮屠。

我的猪爷，我的猪佛，我的猪祖宗，我的猪弥陀。

你救了我儿子，救了我老身，

救了我亲家，救了我媳妇；

你救了一命、二命、三命、四命，

胜似造了四七廿八级浮屠。

我的猪爷，我的猪佛，我的猪祖宗，我的猪弥陀。

休说山高，你的恩比山还高咧，呜呜呜！

休说海深，你的恩比海还深咧，呜呜呜！

一阵呜呜呜，顾老太哭得不可开交，一壁哭，一壁噙着涕泪，奔往猪爷住的一间屋子里，纳头便拜，拜谢那位胜造二十八级浮屠的猪爷、猪佛、猪祖宗、猪弥陀。福生又继续宣布他的经过：

"我既然脱离危地，当夜便在旅馆里住宿。猪爷是我的救命恩公，我不忍把它抛撇，便带往旅馆里过夜。旅馆章程是留人不留猪的，竭力拒绝。毕竟财可通神，我许他们依照头等房间，加倍纳费，另给茶房特别的酬劳，才准我领着猪爷胡乱过了半夜。到了明天，探望我的师兄，才知道昨夜起火，是门前杂货店里泼翻了洋油，以致不可扑灭。我师兄从睡梦中惊醒，赶快带着家眷匆促逃生，比及到了外面，猛想起后面还有客人住宿，待要返身入内，无奈火势正盛，望而却步。那夜焚去了两家，一是师兄住宅，二是隔壁猪行，可怜百十头猪猡，都成了烧烤。幸而两家都保着火险，没有什么重大损失。师兄只道我葬身火穴，却不料有这位猪爷援救出险，相见以后，悲喜交集。后来我把资本存在银行，唤了船只，先把救命的猪爷载回家里。好在猪行主人那边，我已交纳了猪爷的身价，由着我领回去供养。我把猪爷安顿以后，明天还得上城经营我的商业。诸位高邻，这般的大恩人，叫我一辈子报答不尽，猪爷、猪爷，简直是我的重生父母、再世爹娘！"

那时众人一片声地称赞那大恩大德的猪猡。似这般忠肝义胆，人类里面尚且一时找不到，万万想不到畜生队里，有这出类拔萃的义猪！

"我们都去瞧那救人性命的义猪啊！"

"这只义猪，和寻常的猪猡不同，一定懂得人的言语，识得人的意思。"

众人七张八嘴，一窝蜂般地拥到后面房间里去瞻仰这只义猪。但是见了义猪，不免失望。唤它一声，理都不理；唤它两声，睬都不睬。恭维它义重如山，头都不举；颂扬它恩深如海，眼都不抬。众人又发生了疑惑：

"这只义猪，和那些蠢众生有什么分别呢？"

"看它这蠢模蠢样，不信昨夜会得救人出险。"

"你们不用多疑，这便是猪爷的好处。"顾老太太指着猪猡向着众人说，"我曾见那些胸襟促狭的人，偶然给了人家一些儿好处，便把大善士的招牌挂在面部上，似乎人家受了他的恩，一辈子报答不尽。而且逢人告诉，卖弄他的仗义疏财，不是说'某人不遇见我，哪得有这般快活日子'，定是说'某人要没有我资助，不知怎样地堕落了，休想轰轰烈烈做起这份人家来'。诸位，世上这般卖恩的人，不知有多少。做官的不过把地皮少刮一下，便要百姓们替他建立德政碑。做绅士的不过略破悭囊，便要人家替他登报颂扬：'某善士慨助大洋一元。'要是登了小号的字，他见了兀是不快活呢。唉！这般的善士，可以算得真善士吗？猪爷救了我们顾、张两姓的性命，全不露在面子上，仿佛没有这么一回事一般。它的胸襟，和世上那些假善士不同，这便是猪爷的好处，你们怎么不明白其中的道理呢？"

众人听了，也有相信的，也有怀疑的，纷纷散去，不在话下。但是这只猪猡，果然是通灵的吗？不但阅者怀疑，便是作者也不敢遽下断语。说它通灵，为什么到了乡间，依旧蠢如常豕？说它不通灵，为什么那夜竟会驮了福生直达彼岸？且说福生从此以后，一路走那红运，灰色态度的星君不再在背后跟随。苏州新开米店，既然利市三倍，一年年地扩大起来。自来财多胆壮，有了资本，便放胆去经营别种商业，做一业兴一业，十年中间，挣了数百万家私。横泾镇上，首屈一指的豪富便是这位顾福生先生。那时张锦泉、顾老太太都已先后作古；翠宝好大福气，大家都唤她一声顾太太，再也没有人提起她的小名了。从前祸不单行，今日福竟双至，有了银子，又有了儿子，顾、张两姓都有了继续人，饮水思源，当然要感激这位大恩公。那时的义猪，肥头胖脑，身如牛大，受了十年喂养，脂肪异常发达。猪房里雇用两名仆人，伺候猪爷的饮食寒暖。满了一个月，便要把猪过磅。重了几磅，仆人有赏；轻了几磅，仆人有罚。

因此仆人对于猪爷，百般保护，不敢怠慢。这天又是三月二十四日，猪爷到了乡间，恰恰十周年纪念。福生便准备替猪爷祝寿，印了金字柬贴，上面的字样这般书写：

月之二十四日，为
恩公猪爷庆祝十周年纪念，恭候
光降　　　顾福生拜订

替猪猡祝寿，是破天荒的奇事。备了请柬，请人家吃寿酒，便是请人家向猪猡祝寿。要是有些骨气的人，不免嗬的一声，把请柬扯作了纸条儿。但是目今时世，古板的人少，圆通的人多，听得一声请，五脏神便愿随鞭镫。有得吃，落得吃，旁的都不管，吃了再说。所以每逢开筵请客，无论有交情没交情，总是"座上客常满，樽中酒不空"。酒阑席散，绞过手巾，吃便吃在肚里了，但是主人面长面短，兀是记忆不真。过了几天，路上相逢，宾也不认得主，主也不认得宾。似这般的请酒，每年正不知有多少。做主人的当然有一种作用，不是宣传，便是嘱托，这其间还有许多肮脏龌龊不堪言状的事。要是宾客们都讲着骨气，那么乌龟请客，便没有人去赴宴了。毕竟社会上马马虎虎，越是乌龟请客，到的宾客越多呢！近世词典中，几乎找不出"骨气"两个字了。顾福生向猪祝寿，光明正大，并没有什么肮脏龌龊的作用；人家得了他的请柬，个个乐于赴宴，管什么猪生日、狗生日，且去扰了一顿再说。福生又备着特别加丰的润资，广征四方文豪作品，以便描写猪猡美德，播诸千秋。这一天，顾宅的厅堂上挂满了猪先生的寿屏，骈四俪六，典丽矞皇，也亏着这许多斗方名士、骈文大家，无论什么枯窘的题目到手，总会写得有声有色、如火如荼。所有猪的典故，被他们搜罗净尽。寿屏以外，又有诗词歌赋，各体咸备。上下称呼，尤其可笑，对于这只猪猡，竟称为猪翁猪丈，署款自称为"沐恩晚生"和"沐恩教弟"。他们直接拍猪猡的猪屁，间接便是拍福生的马屁。只为福生对于猪猡，尚且"恩公长、恩公短"地百般恭维。人家对于猪猡，万万存不得鄙薄的意思，鄙薄猪猡，便是鄙薄了这位大财主，所以老老实实，竟写着"沐恩晚生""沐恩教弟"，横竖猪猡是不识字的，写给人看，不是写给猪看，只要福生欢喜便是了。许多文人里面，毕竟杨仁安有骨气，他的一篇《义猪赞》，措词得体，后面只添着几行跋语：

"福生先生，今之有道君子也。微时，偶遭回禄，几葬火穴，赖刚鬣公渡登彼岸，乃免于难。众口啧啧称颂，以为天佑善人，其理不诬。脱险以后，先生名日彰，德日著，富而好礼，远近称之。越十年，先生不忘其本，涓吉为刚鬣公称觞上寿，征文于余，因为《义猪赞》以讽世云。吴县杨仁安拜撰并书。"

他只称一声刚鬣公，并不称什么猪翁猪丈，雅社社长的骨气毕竟不弱啊。顾福生知道仁安的文章是很有价值的，好容易托人介绍，才能够求得到手，赶快装裱成轴，挂在堂中，以供众览。

这一天，顾宅赴宴的人异常热闹。古语说的："穷居闹市无交好，富在深山有远亲。"道破世情，古今同慨。内河轮船载满了许多船客，陆续上岸；也有乘着长途汽车来的，水路陆路，胜友如云。福生派着招待员分途迎迓，横溪旅馆包着三十个大房间，预备来宾住宿，其中最优等的房间，当然供给这位特殊来宾杨仁安先生暂驻文旌了。

顾太太一心感念着菩萨，她想到十年前逢庙烧香，求菩萨保佑我丈夫，不要再遭了挫折。后来丈夫住在朋友家里，陡遇火灾，仗着猪爷相救，渡登彼岸。这一定是菩萨有灵，点化猪爷前来相救。要不然，为什么十年以来，猪爷除却吃饭睡觉以外，没有什么灵性呢？她既这么想，因此横泾镇上烧香念佛的太太们要推她做领袖，每年庵观寺院里面，顾太太布施的金钱着实不少。今天猪猡纪念日，自有许多信佛的太太奶奶们，都来向猪猡祝寿。她们的意思，以为不是向猪猡祝寿，却是向菩萨祝寿。这只猪猡是受了菩萨的点化，才来救人的。猪是菩萨的替身，我们向猪猡叩头，便是向菩萨叩头啊。

杨仁安在大厅上踱来踱去，负着手，读那四壁所挂的作品。每读一句，便把头儿连打着圈，似乎很惬意的光景。直把几位酸气息醋滋味的斯文朋友喜得心花乱放。自来念书人最善奉承，有了作品，无论好歹，自己的屎总不觉得臭。顾福生是门外汉，不管好歹，一切都裱着张挂起来。著作人对于自己的作品格外关心，但愿有人称赏他们的大著，便叫作"一字之褒，荣于华衮"。偏偏人家见了，读不到一句半句，便皱皱眉，摇摇头，不屑再读。著作人见了，精神上何等痛苦啊！仁安的文名是人人钦佩的，仁安肯站定了身躯，读那壁上作品，而且读一句赞一句，没有一首不是连连称赏。众人见了，面皮上都添着光彩，说他"秉性谦和"，说他"爱才如命"。谁知仁安心中，只把那些大著作家当作丈二诗人看待。他默默地念道：

"不是诗人丈二长，如何放屁在高墙？"

"猪爷来了！猪爷来了！"众人一片声地唤着。

但见四个家丁抬着藤榻，这位刚鬣公挂着红绸，插着金花，身披一件苹果绿闪光缎面子骆驼绒夹里的大氅，把一只放大尺寸的藤榻，满满地被它占着，不留丝毫空缝。只为十年饲养，养得它硕大无朋。居移气，养移体，从前它只吃些腐渣泔脚，现在猪的老胃改造了，顾宅给它吃的都是上好食物，除却猪肉不给它吃，其他牛、羊、鸡、鸭，哪一样不孝敬它呢？累它吃高了这张莲蓬嘴，牛肉要吃新鲜的菜牛，羊肉要吃东洞庭山的湖羊，鸡肉要吃又嫩又白的童子鸡，鸭肉要吃苏州陆稿荐的酱鸭。受了这般的肥甘供养，它的躯干，一天天地发达；它的能力，却一天天地减少。从前初来时，猪尚能在房中盘旋打转；现在呢，变作了面团团的富家翁，咫尺需人扶助，颔下和腹下的肉，垂垂有一尺多长，倘要行动，非得四人把它扛抬不可。而且福生又把它保护得太周到了，遇着天寒，把俄罗斯绒毯披在它身上，还不算数，又在炉子里生起火来。因此这只猪猡异常怕寒，把从前御冷的本能完全消失了。暮春三月，不披着大氅，便要瑟瑟地抖个不住。今天猪猡受贺，福生特地唤着成衣匠赶制新衣，这件大氅，是猪猡第一次上身，簇簇生新，锋头很健。四名家丁把猪猡抬入中堂，猪猡便大模大样地躺在藤榻里面，猛听得一阵"猪爷猪爷"的呼声，夹着扑通扑通的磕头声响。猪猡面前黑压压地跪倒了许多人，猪猡不会还礼，自有福生在旁边答拜。众人祝寿完毕，仁安上前，只向猪猡作了一个深深的揖，回转身来，却向福生下个全礼，算是贵人而贱畜的意思。众人见了，觉得仁安的举止，毕竟与众不同，同猪虽仗义，终是异类，仁安崇尚气节，当然不肯向猪猡屈膝了。

寿头寿头，名不虚传，只为猪猡的头颅，有寿字纹在额上，所以寿头便是猪头的代名词。今天寿头做寿，可称妙语双关。众人又纷纷地向那富翁式的猪猡上祝词：

"寿翁，我祝你寿高彭祖。"

"寿翁，我祝你寿比南山。"

"顾顾顾。"寿头发出这般的呼声。

"莫非寿头又通灵了吗？顾是主人翁的贵姓，它连唤着顾字，其中定有道理。"众人纷纷地猜测。

"婆婆婆。"寿头又改变那般的声调。

"唤了顾顾顾，又唤婆婆婆，这是什么意思呢？"

"我可知道了，顾顾顾、婆婆婆，猪爷一定想念着顾姓的老婆婆了。从前顾老太太在世的日子，每日清晨，便到猪爷面前去磕几个响头。今天猪爷的寿诞，却不见了顾老太太，因此唤着'顾顾顾，婆婆婆'。"

众人正在胡猜乱测，有两个侍奉猪爷的仆人知道不妙，只为这呼声不是从猪口里发出来的，却是后宰门放出的连珠炮响。赶快揭开它的大氅，早已淋淋漓漓，撒了一大堆烂污，把这件很华美的大鼗，添上了几朵挺大的黄菊花。好在顾宅人多手众，忙把猪猡抬到浴室里面，洗去了肮脏，又在猪毛上洒些香水精，搽些史丹康，另换了一件葱绿巴黎缎面子佛兰绒夹里的旗袍，重把它扶上藤榻。好在猪猡经仆人伺候惯了，饭来开口，衣来伸手，一些儿不惊慌；不比从前上岸时，动不动便乱哼乱叫起来。四名家丁又把藤榻抬入后堂，受那女宾的祝贺，但见许多女宾环绕着一个茅山道人，都在那里连唤着"奇怪奇怪"。

第七章　葫芦里卖什么药？

> 贫道背着一个大葫芦。
> 这里面有十洲三岛，
> 这里面有方丈蓬壶。
> 这里面有十万八千座清虚宫阙，
> 这里面有十万八千座庄严浮屠。
> 今天经过贵地，但见祥云密密，瑞霭重重，
> 罩住了府上的门阁。
> 因此上登门募化，广结善缘；
> 好把你们的吉祥姓氏，
> 奏达上界仙都。

一个很奇怪的老道人，背着一个尺许长的朱漆葫芦，仗着一柄三尺多长的宝剑，口中这般地念念有词，是不是念动真言，这却要老道人自己明白了。但是，顾太太听了，觉得此人仙风道骨，一定很有来历。他的说话，句句都藏着仙机，怎敢怠慢？便恭恭敬敬地唤一声法师：

"法师姓甚名谁？打从什么仙山下来的？"

"你问贫道的姓名，贫道自己也不晓得，你只看我的葫芦便是

了。你问贫道的来历，贫道自己也不晓得，你到苏州去问那菩提庵里的送子观音便是了。"

顾太太听了奇怪，连忙转到老道人背后，看他背上的葫芦。葫芦上也没有什么字样，只见上半截葫芦画着一个圈，下半截葫芦也画着一个圈。除却这个符号，别无标记。待要动问，那老道人一阵呵呵大笑：

"你不用问我姓张姓李，我只问你肯布施不肯布施？"

顾太太对于布施是很慷慨的，便请老道人取出缘簿，以便写捐。那老道人放下宝剑，便把背上的葫芦解下，揭开葫芦盖，拾起宝剑，直向葫芦里插。说也稀奇，三尺多长的宝剑插入尺许长的葫芦里面，既不曾刺破了葫芦底，也不曾把剑柄露出葫芦口外，轻轻地装上葫芦盖，依旧负在背后。然后从怀里取出捐簿，送给顾太太写捐。那时许多女宾一片声地唤起奇怪来。

家丁们把猪猡抬入内室，正逢妇女们连声道怪。那老道人见了猪猡，忽然整一整道袍，打了一个问讯：

"道友，久别了。你在红尘世界，救了一位天富星，功德无量。老张一定恕你前罪，许你重列仙班。"

"法师，你怎么唤它道友？它是什么仙人下凡？"顾太太很惊慌地问着。

"它不是仙人，它只是我朋友老张胯下的坐骑罢了。"老道人说，"那天，它忽发着兽性，把老张颠下驴背来，老张发怒，罚它下凡，投了猪身。幸亏它一灵不昧，把天富星援救出险，将来自有重列仙班的希望。"

"照这般说，你竟是仙人下凡了。信女顾门张氏，不知仙人降临，罪该万死。"顾太太跪在地上，向那道人乞求恕罪。

"你休问我是仙人不是仙人，我只问你肯布施多少？"

顾太太拜罢起身，便和女眷们商议应该写捐多少。

"太太，他既是仙人下凡，须得多捐一些。"

"太太，不知他住在什么庙宇？便要捐款，也该问明了住址才好。"

老道人见她们交头接耳，不觉呵呵大笑起来：

"你们道我滑头吗？只需开了缘簿，并不向你们要钱。到了那时，你们自会很愿意地送到庙里来，并且还要懊悔着写得太少咧。"

"仙人，你要我们捐多少？"顾太太问。

"只需这般。"老道人且说且竖着三个指头。

顾太太便叫人在缘簿上写着"顾门张氏助洋三千元整"，把缘簿交还道人。那老道人倒也稀奇，临走时谢都不谢一声，只向猪猡告别，道一句"道友再会"，转身便走。众人留他暂住，理都不理，但见他长袖飘飘，头也不回地去了。

那时女宾们忙着向猪猡祝寿，有了老道人先入之言，益发见得这只猪猡有些仙气，连磕着几个响头还不算数，还凑近了猪的身躯嗅嗅摸摸，做出很亲热的模样。原来心理作用最能移转世人的感觉。从前苏州妙严墓上发生了一桩笑话。有人散播谣言，说什么妙严墓前有个池潭，其中的水便是观世音净瓶里的水，可以医治百病。一时轰动了城内城外的人，纷纷拎着洋瓶茶壶，到池潭里去舀取仙水。其实这池潭里的水，再要秽浊也没有，本是死水，又加着附近小户人家天天到池边去洗马桶，水的内容便可想而知了。无奈人民惑于无根之言，把臭腐当作神奇，气吁吁地舀了回去，给病人喝在嘴里。病人也受着谣言的催眠术，说仙水毕竟是仙水，这其间很有些檀香气息。可见心理上起了作用，味觉嗅觉也都会跟着心理变迁，这魔力伟大不伟大呢？现在许多女眷预存了一种成见，任凭猪狗臭，也要当作麝兰香，何况猪猡的身上又洒着香水精、搽着史丹康呢？有几个迷信较深的，竟手挽着它的头颈，和猪猡脸儿相偎。也是刚鬣公交着好运，享受着这般艳福，敢怕它的老祖宗猪八戒见了，也要垂涎三尺咧。

祝寿完毕，大开宴会。男宾有福生招待，女宾有顾太太陪伴，杨仁安坐着首席，主人翁亲自敬酒。席间大家都研究这奇怪的老道人，不肯自道姓名，只说看了葫芦便知分晓，葫芦上下又只有两个圈儿，这道人毕竟是谁呢？仁安默然不语，只取了一支象牙筷儿，蘸些杯中的酒，画了一个小圈，又画一个大圈。旁边一位斯文朋友见了，算他神经敏捷，忽地叫将起来道：

"这不是篆文的吕字吗？方才的老道人，一定是吕祖师无疑了。"

只这一句道破，大家宛如梦醒，便想到吕祖师的朋友老张，是八仙中张果老无疑。今天的寿头，原来是张果老胯下的驴子，怪不得十年以前会得救人出险啊。大家都是这般议论，这位主人翁顾福生当然十分相信，自恨凡夫肉眼，不识仙人，放着这位祖师爷爷走了，没向他讨取一粒葫芦里的仙丹，事后思量，老大懊悔。顾太太在里面也得着消息，便到大厅上来见福生，自夸逢庙烧香的效验果然感动了上界真仙，会得登门募化；懊悔方才的缘簿写得太少了，仙人伸着三个指头，合该捐助三万元，才是道理。众人七张八嘴的当儿，只有坐在首席的杨仁安含笑不语。

福生对于仁安是很崇拜的，见他不作声，其中定有原因。于是抱着就正有道的态度，恭恭敬敬地问道：

"仁老，你看这道人是不是祖师下凡？"

"未必，未必。"仁安连摇着头，"祖师是上界的真仙，不见得轻易下凡吧。近来世风不古，人心叵测，难保没有投机分子知道府上广结善缘，不惜布施，扮了这般不尴不尬的人物，前来诈欺取财。可惜三千金轻易布施，中了他的诡计。"

"仁老，这三千金并没有交给他，只写上了缘簿。他要是诈欺取财，为什么不取了款子去？再者，他手中这柄宝剑委实不可思议，三尺多长的宝剑，插入尺许长的葫芦里，上不露剑柄，下不露剑梢，不是仙人会有这般的神通吗？"

"杨先生，他确是祖师下凡咧。"顾太太说，"但看他的面貌何等清秀，额下长须，根根清疏，一举一动很有些仙气。要不是祖师，他怎么会得知道猪爷的来历呢?"

"那么这道人端的有些不可思议了。"仁安搔着头说,"但是,我辈念书人读圣贤书,所学何事? 所有怪力乱神,都在不语之列,天下断无神仙,千万不可轻信,吾劝贤夫妇还是镇静一些儿的好。"

福生夫妇听了,兀是疑窦未破,忙遣人去追寻方才的道人回来。隔了一会子,回来报告,四处追寻,已不见道人的踪迹。酒阑席散以后,仁安取着呢帽,正待戴上,忽地连唤着奇怪:

"奇怪奇怪,这是什么东西呢?"

众人的目光都向着仁安的呢帽注射,但见帽里面有一张黄纸,上面朱书着八句四言诗:

> 可笑腐儒,徒读死书。不信仙人,不拜义猪。见闻浅陋,学识粗疏。世无神仙,今竟何如?
>
> 洞宾道人戏笔。

仁安读了这八句诗,很有些不好意思。福生知道是仙人之笔,便讨来供奉在堂上,夫妇俩向着仙笔磕头不迭。横泾镇上都知道顾宅来了仙人,远近喧传,不在话下。福生替猪猡祝寿,接连三天,总是鼓乐喧天,宾朋满座。福生又央求仁安题一方堂额,要写着"来仙堂"三个字,作为后日的纪念。仁安沉吟片晌道:

"福生先生,要不是那天亲见呢帽里的仙笔,我对于仙人是始终怀疑的。这'来仙堂'三个字,便不敢轻易下笔。现在不必说了,我已受着仙人的呵斥,还有什么话说呢?"

顾太太记着道人的嘱咐,待到猪猡寿事完毕以后,便忙忙上城来烧香。她预先探明菩提庵的地址,随带着两名仆妇,清早便来拈香。悟因师太忙着招待,参拜观音已毕,偶然抬头,忽见佛龛上面挂着一个朱漆大葫芦,葫芦上下都画着一个圈,分明便是那天吕祖师背上的葫芦。顾太太怎不惊慌,便唤着悟因,动问缘由。

"师太，这葫芦是哪里来的？"

"好太太，你为什么盘问这葫芦？"悟因问。

"这葫芦好像我曾见过的，因此动问。"顾太太指着葫芦说。

"好太太，你可是住在横泾镇上，贵姓可是顾吗？"

"这也奇怪，我没有告诉你，你怎会知晓的？"

于是悟因陪着顾太太到客堂里去奉茶，老佛婆和小尼姑又忙着摆茶盆，不待细表。悟因便把葫芦的来历告诉顾太太知晓。

"顾太太，这桩事说起也奇怪。三天以前，贫尼正在佛前做功课，忽然来了一位仙风道骨的老道人，见了贫尼，便在怀里取出一本缘簿，交付贫尼手里。贫尼好生奇怪，彼此都是出家人，都是靠着施主度日的，怎么道士写捐写到尼庵里来呢？他见贫尼沉吟模样，已知道贫尼的心事，便道：'你不用奇怪，贫道是不向你写捐的，是替你募捐的。'说时，便指着缘簿上第一号，便是你太太捐助的三千金。贫尼问他钱在哪里，他说：'过了三天，这位顾太太自会上门送钱来的。'贫尼说：'怎么道人肯替我们尼姑募捐？'他说：'儒、释、道三教，本是一贯的。道人当然可以替尼姑募捐。'贫尼说：'你也有庙宇的，为什么不替自己庙宇写捐，却替这不相干的菩提庵募化呢？'他听了一阵呵呵大笑，笑罢却说：'贫道用不着金钱，贫道要用金钱时，只把指头动动，遍地都是黄金，不比你们做尼姑的，敲破了木鱼，才有人肯上门布施呢。'贫尼听他说这大话，只道他有神经病的，便不去理他。谁知他却很殷勤地把缘簿交给了贫尼，又从背上卸下一个大葫芦，吩咐贫尼挂在佛龛上面，过了三天，自有人来盘问这个葫芦，那便是菩提庵的大施主来了。说罢，转身便走，一眨眼已不见了。贫尼将信将疑，便藏着缘簿，把葫芦挂在神龛上面，天天有烧香的人，却没有人问起这个葫芦。今天你太太来烧香，偏偏盘问着这个葫芦，因此贫尼知道你太太一定是横泾镇上的顾太太了。"

"顾太太，你瞧缘簿在这里。"妙根托着缘簿，揭开第一页，给顾太太过目。

顾太太好生欢喜，连说："不错不错。"悟因问起情由，顾太太便把那吕祖师那天登门募化的事，细细地说了一遍。

"阿弥陀佛，原来是祖师下凡。"悟因说，"若不是顾太太今天说起，贫尼尚在梦中……不错，不错，贫尼想着了。怪不得他说指头动动，遍地都是黄金。常听得人说，吕祖师会得点石成金，他要金钱，真个不用募化，指头动动便够了。多谢他一片美意，知道小庵里经费缺少，没有田产，他竟肯替贫尼出力，代募金钱……这句话讲错了，贫尼有什么功德，可以劳动祖师下凡？一定是顾太太积功德，感动了真仙，才肯下凡一走。"

"师太，这是菩萨有灵，央托吕祖师到来化缘的。"

"顾太太这句话很有道理，上界的神仙和观世音都是一家人。观世音不肯下凡，托着吕祖师向红尘一走，也是有的。早知他是吕祖师，怎肯放他便走，总得向他乞取几粒仙丹。贫尼便不想长生不老，行行方便也是好的。"

"他不是留着一个葫芦在这里吗？"顾太太说，"有仙丹没有仙丹，看了葫芦，便知分晓。"

"顾太太，你毕竟福至心灵。祖师给了我这个葫芦，我只依着他挂上了佛龛，一向不曾开着看，不知里面有没有仙丹。"

"师父，提起葫芦，我可想着了。"小尼姑妙根说，"那天的葫芦是徒弟挂上佛龛的。挂的时候，觉得葫芦里嘀哩咕噜，似乎藏着东西，敢怕便是仙丹吧。"

"太太，葫芦里的仙丹可肯给我一粒？"随来的佣妇说。

"太太，我也要一粒。"又一个佣妇说。

顾太太把佣妇们呵斥了几句，便央告悟因，要把葫芦取下检视。悟因便引着顾太太到佛前磕下几个头，喃喃祷告了一下子，然后吩咐妙根，把佛龛上的葫芦取下。妙根戤着梯子，把葫芦取得到手，赶快摇这几下，依旧有嘀哩咕噜的声响。一壁下梯，一壁欢呼：

"顾太太，仙丹依旧在里面呢。"

于是众人的眼光都向着葫芦注射。悟因接着葫芦，揭开葫芦盖，探手进去，一摸便是金光灿烂的两粒仙丹。别人见了还可，只这两个佣妇，眼皮上火灼灼，恨不得劈手抢来，纳入嘴里，吞入腹中，立刻脱胎换骨，飘飘地飞上仙山，做那一辈子的闲散仙人，免得帮人家做工，忙忙碌碌一刻不得休息。

"这两粒仙丹大概是留给顾太太的了。里面可还有什么东西？"悟因且摸且说。

"好师太，里面再有仙丹，舍给我们吧。"两个佣妇都是这般说。

悟因并不理会，却从葫芦里摸出一张黄纸，写着朱字，却是十句四言诗：

> 顾姓伉俪，名列仙乡。降生人世，福寿无量。仙丹两粒，其各敬藏。平日勿服，服之有殃。待到临终，尔其试尝。脱胎换骨，抛去皮囊。足蹈彩云，垂风飞翔。十洲三岛，任尔徜徉。优哉游哉，地久天长！

顾太太瞧这仙笔，只认得一个顾字，便央托悟因参详。

"顾太太，你的福分真不小咧！"悟因指着这张纸说，"你们夫妇都是上界的仙人下凡，将来百年以后，当然要重列仙班。但是，到了那时，只怕走错了路，被那黄泉路上的恶鬼引入酆都，就不免重入轮回，再堕人世。祖师特地各给你们一粒仙丹，预备临终时含在口里，便可以脱胎换骨，抛去这个臭皮囊。霎时节金童玉女驾着彩云来迎，你们百年夫妇踏上云头，乘风飞去，遍游十洲三岛，从此地久天长，永做上界仙人，再也不会重谪红尘，这是多么大的福分啊！"

"师太，仙人真个这般说吗？"顾太太含笑动问。

"有什么不真，仙笔现在这里，顾太太不信，带回去给人看。"

悟因把黄纸授给顾太太。

两个佣妇向葫芦里张望一下子，见里面空空如也，不再有什么东西，彼此都是唉声叹气，自言自语道：

"有钱人，活也好，死也好。活时，有吃有穿，偌大财产，一辈子享用不尽；死了，又有金童玉女接到仙山上去做仙人。"一个佣妇说。

"我们苦命人，休得胡思乱想吧。想富十年穷，想做仙人做不到，黄泉路上做饿鬼，太太有太太的福命，前世敲破了木鱼，我们怎么够得上呢？"又一个佣妇说。

"两位妈妈不用多讲吧。"悟因笑着说，"这两粒仙丹，不但是你们见了眼红，便是贫尼也恨不得抢来便吃。只怨自己根基浅，便把仙丹吞在肚里，也要翻肠搅肚地痛。你们太太是上界仙人下凡，休说你们比不上她，贫尼苦修了半世，真个把木鱼敲破了，也没有福分吃这仙丹。"

顾太太今天的欢喜，比着欢喜佛还得千倍万倍的欢喜。分明包裹在欢喜空气里面，觉得两腿轻松，似乎已踏在彩云上面，耳朵里仿佛仙乐悠扬，眼睛里好像金童玉女已立在面前。悟因请她到客堂里坐，她却一直地向外走，亏得悟因挽着她的手，才没有走错。到了里面，悟因叫她请坐，她也不瞧瞧座位，便即坐下，几乎坐了一个空，亏得佣妇扶住她，才没有跌。缘簿上的三千元不成问题，她已预写着银行支票，很情愿地交给悟因。这个红葫芦，自有妙根上梯，重挂在佛龛上，不待细表。顾太太把仙丹藏好了，又把黄纸折叠好了，待要交给佣妇，又怕佣妇的手不干净，便藏在自己怀里，酬谢了悟因十块钱的香金，然后带着佣妇乘车回去。

呵呵，这葫芦里果是仙丹吗？

葫芦里的仙丹，休说阅者不信，便是站在旁边瞧热闹的一个江北婆子，见了也不信，只是连连地撇着嘴。那婆子手携着一个六岁小孩子，在这里呆看了良久。小孩子口没遮拦，忽地指着葫芦嚷起来：

"妈妈，我要在葫芦里撒尿咧。"

江北婆子连唤着我的乖乖，忙携着孩子，转身便跑。

第八章　穿破丈夫七条裙
不识夫心真不真

老天垂垂地张着黑幕！

黑幕，黑幕，这里面不知有多龌龊！

虚伪的舞台上，混了一天；

到这时揭破假面具，又要吐露心腹。

太阳不忍见了，沉没在地平线下，又到一处去张目。

只留着一钩残月，照遍人间残恶！

那时节三月下旬，残月从云端里出，照见禅室里面，杨仁安和悟因又在那里并坐饮酒，妙根又在旁边斟酒侍候。唯有心似枯木死灰的老佛婆早已深入睡乡，领受她的黑甜美趣。禅室里情话喁喁，她一概都没有听得。

"你这般足智多谋，越想越叫人快活。"悟因迷花着眼睛说。

"我不是向你说过的吗?"仁安捧着酒杯说，"世界上的金钱赚不完，只要有心计去寻。现在我只小施计谋，顾太太的三千金很情愿地送上大门。但是陆皮匠那边也须小心破费。这个吕洞宾，亏他扮得很像啊。"

"你谢了他多少?"悟因问。

"给了他十块钱，他已欢喜不了。"

"师父，李公馆里的柔姨太太这几天连日来烧香。听她的口音，对于菩萨似乎有些怀疑，只为她尚没有喜信。"

"这不干菩萨的事，多分她家的老头儿不会努力工作吧。请一个代表，管叫便有效验。"仁安笑着说。

"你又要不怀着好意了。"悟因瞅着仁安一眼，含着几分醋意。

"好师太，你喝酒不要喝醋吧。"仁安敬了悟因一杯酒。

酒罢，吃过了饭，仁安取出一叠金叶，交给悟因。

"要它做什么？"悟因问。

"这是好东西咧。"仁安指着金叶说，"那天的三千块钱，全仗着一张金叶做代价。老实向你说，葫芦里的两粒丹药，你道是什么东西？说破了也好笑。我把纸烟灰和香灰调些水，搓了半天，只是搓不结实，为着里面缺乏了黏性。自古道：'馋唾不是药，处处用得着。'我便调些涎沫，又加些鼻涕，居然搓得结实了，约有樱桃般大小，外面敷了一层金叶，那便漂亮了。金玉其外，败絮其内，天下事只需讲究一个表面，庙宇里的泥塑木雕也靠着装上一层的金，才能够受人信奉，受人拜祷。"

"要是被他们瞧破了怎么样？"悟因问。

"哈哈，我的玩意儿，再也不会被人家瞧破的。要是瞧破，我便不成其为杨仁安了。这两粒西贝仙丹，须待他们临终时放入口内，到了那时，他们已失去了感觉，还辨得出真假吗？说一句刻薄话，休说给他们吃些鼻涕唾沫不妨碍，便是把金叶敷着干粪，他们也只是含在口中，不会向人家诉苦。"

"端的好计划，诸葛亮、刘伯温都够不上你。"悟因饧着醉眼说。

"这一叠金叶都交给了你。现在有了这个葫芦，轰动的人益发多了。葫芦里的仙丹，你可以依着我的方法，慢慢儿制造。乘着夜间秘密，放在葫芦里，好歹也可以骗些钱钞。"仁安把金叶交给悟因，瞧了瞧壁上的钟。

"师太，休打断了你的佛前功课，你自到长明灯下，敲木鱼去吧。"

"冤家的，休得作难。春宵一刻值千金，谁高兴去枯坐蒲团？"

"你是佛门子弟，不该起这邪念，玷污了三宝地，不怕菩萨动怒，把你罚入十八层地狱吗？"

"休说十八层地狱，到了这时，便是三十六层地狱也不管了。冤家的，我入地狱，你也该入地狱，横竖地狱中有伴，怕什么呢？"

杜牧之《阿房宫赋》有几行警句，叫作"歌台暖响，春光融融；舞殿冷袖，风雨凄凄。一日之内，一宫之间，而气候不齐"。这几句真个描摹入微，形容尽致。现在悟因的禅室里，果然春光融融了。但是妙根的房里怎么样呢？"风雨凄凄"四个字，可用得着了。记得《西厢记》中红娘唱云："他并头，效绸缪，倒凤颠鸾百事有；我独在窗儿外，几曾敢轻咳嗽，立苍苔只把绣鞋儿冰透。"这便是从《阿房宫赋》脱化而来的。效绸缪的便是春光融融，立苍苔的便是风雨凄凄。讲到妙根小师太，虽没有立在苍苔上，但是衾寒枕薄，叫她一个人度这可怜宵，怎能睡得安稳呢？乐者自乐，苦者自苦，妙根还不算苦，比她更苦的尚有人呢。

"阿罕！阿罕！"一个卧床的妇人连声咳嗽。咳的时候，额上的青筋根根岔起。

"太太，你又咳呛起来吗？"旁边一个老妈子说。

"阿金娘，我咳得厉害。给我一杯……阿罕！阿罕！"

那妇人倚在枕上，接受了阿金娘的茶杯。喝了一口，呛犹不止，这只颤巍巍的胳膊几乎把杯中的茶都泼翻在床上。阿金娘赶把茶杯接了，待到太太咳呛止了，才把茶杯授给她。喝了几口，才觉得稍稍平复。

"太太，我看你面有血色，比从前好了一些，大约这几帖药很有效验。"

"怕是升火吧。阿金娘，我这身体是不久的了。便是不死，也只带疾延年，不如爽爽快快一死的好。"

"太太休得这般说，你的后福正不浅咧。锦官渐渐大了，读书很聪明，将来强爷胜祖，好得了不得咧！就是老爷待你也很好，你病轻一些，他便面有喜色；你病重了一些，他便长吁短叹。今天他又到乩坛里替你求仙方去了。听说济公临坛，常在半夜三更。他拼着一夜不睡，定要候着了济公活佛才休。要是济公不肯赐仙方，他便肯借寿十年给你。太太，这般的好丈夫，踏破铁鞋也无觅处。不比我们阿金的爷，动不动便和我相骂，一言不合，乌眼鸡似的斗起来。太太，你怕烦吗？我不向你絮絮叨叨了，你安睡吧。"

当当当的一阵钟响，连敲了十下。那妇人生怕锦官一个人睡不着，便吩咐奶妈子阿金娘自去安息。待到奶妈子出房，那妇人觉得有些头晕眼花，又呛了一阵，吐去腻痰，到被窝里睡，翻来覆去，总是睡不着。心事重重，再也压不下去，只在方寸里盘旋打转。

"仁安的城府是很深的。我和他结婚十年，他这城府里的秘钥竟没法可以开辟，才信那俗语说的'穿破丈夫七条裙，不识夫心真不真'这几句话。他常向我说的：'我的爱情，是纯一而专挚的，又抱着不纳妾、不狎邪的主义。我这全副爱情，不灌注着你，灌注着谁呢？'这几句话我很怀疑，要是爱情不变，为什么他待我的情形一天冷淡一天呢？……我又想着他几句话了：'你别嫌我冷淡啊。感情愈深，却愈见得冷淡。结合在精神，不在形迹，君子之交淡如水，这种感情才是真感情。从前冀缺夫妇，相待如宾，这才算得好夫妻的模范咧。'他这一篇议论，也有正当的理由，但是，无论如何，我总觉得他言不由衷。还有一层，也是使我怀疑的，他对着我往往静默寡言，但是当了人，他又向我百般殷勤，问暖问寒，问饥问饱，可算是体贴周至。夫妇的爱情不是做给人看的，他这假惺惺做什么呢？……他又向我说的：'我为什么当着人便向你这般殷勤呢？只为你我相敬如宾，彼此相见以心，你一定谅解我的。冷淡不是真冷淡，却是略形迹而注重精神。旁人不知道的，不免起了误会，只道我们爱情上起了裂痕，所以当着人便亲热一些，可以解释人家的误会。'他这理由，似乎很充分的，但是，无论如何，我总觉得他言不由衷。……他今夜去扶乩，当着阿金娘又说得天花乱坠，他竟肯借给我十年的寿？仁安，仁安，只怕又是假惺惺吧？但愿你是假惺惺，要是真个

172

借给我寿，我怎么当得起呢？我的肺疾已深，便是不死，也只是个多病之躯，有什么用？你的身体却是擎天之柱，非同小可。……济公活佛！我叶氏在这里默默祝告，要是我丈夫杨仁安真个前来借寿，你活佛万万不可轻许。我叶氏是个多病之人，逢时逢节，总是呻吟在床。活佛有灵，还是把我的残年移给了丈夫吧。'三世修来死在夫手里。'但愿我早死一天的好。……我死了，锦官怎么样呢？这孩子读书还聪明，只是性喜说谎，未免美中不足。我死了，但愿在后母手里好好地教育他，将来才有出息呢。……这孩子爱说谎话像了谁呢？我是实心眼的人，开口见喉咙，不会撒谎，这孩子怕是像了他老子吧。照这么说，仁安的蜜语甜言多分靠不住的了。今夜去扶乩，怕不是去扶乩吧？不是去扶乩，他到哪里去呢？敢是有了外遇吗？不是，不是，他在雅社做社长，不娶妾，不狎妓，信誓旦旦，断无寒盟的道理，我别多疑吧。……明天遣人到乩坛里去探听探听是真是假，便可水落石出。且住，这个使不得，无论仁安待我是真是假，我只信以为真便了。我是待死的人，还恋恋这有限夫妻做甚？……哎呀，喉咙里堵塞起来了，阿罕阿罕……"

这一阵咳呛可不得了，约莫呛了半点钟，方才平复。黏黏腻腻地吐出许多痰，觉得带些血腥。勉强撑着身子，就那床前的灯光，瞧一瞧痰盂里面是痰是血，不觉冷了半截。原来痰液中间夹着七纵八横的血丝！叶氏自知病势有增无减，万念都灰，似晕非晕地倒在床上。这时候正是月落星横、欲曙未曙的当儿，叶氏胡思乱想了大半夜，朦胧睡去。

那位托词向济公活佛坛下乞求仙丹的杨仁安先生，正在这时鸳鸯并颈，好梦初回，和悟因喁喁私话：

"你那痨病鬼的婆娘，现在怎么样了？"

"早晚总是阎罗大王的点心，问她做甚？"

"有了她，我们总是不方便。"

"好师太，不用心急。她这口残喘，能延几时？只不过挨挨时刻

173

罢了。"

"到了什么时候，我和你双赴东洋，结为正式夫妇？"

"现在积蓄还不满万金，便是东渡，也只有三年五年的用度。我的意思，总得努力挣扎几万块钱，然后悄悄地同你一走。有了数万金，我便把半生虚名牺牲了，也还值得。现在时机未到，这个假面具还不能揭破呢。"

"这几万块钱，一时怕难到手吧。"

"有了线索也不难，过了几天，你亲到横泾去走一遭。顾太太分明是一只大胖猪，在她身上，多少总得再博个三五千块。李姨太太那边，又是一条生财的捷径，你须口甜心辣，大大地敲她一下竹杠。"

"这竹杠怎样敲法？"

"又要借重这个葫芦了。"

镗、镗、镗，佛殿上的钟声敲得怪响。被窝里的悟因不免慌张起来。

"天明了，佛婆在佛殿上撞钟了。唉！前世作孽，今生罚我做光头，很温暖的被窝，到这时不得再恋。冤家的，你也起来吧。"

清早撞钟，一共一百零八下。在那撞钟声中，一对可怜虫穿衣起床。洗面以后，仁安只吃得一杯牛肉汁、四个蜜枣，匆匆地便出后门，又是妙根开他出去。仁安出门时，佛殿上的早钟还没有撞毕呢。

"老爷回来了，可曾求得了仙方没有？太太昨夜又是大咳大呛，今天痰盂里倒出许多血丝来，昏昏沉沉，抬头不起，面上也无血色，敢怕病势不轻咧！"

"阿金娘，这便怎么样？我昨夜在坛里挨到深夜，才见济公活佛到来，乩坛上判的，说她寿限已尽，没法挽回。我见了心似刀刺，只得跪倒坛前，且哭且拜，才见乩坛上判着：'念你苦求，姑给你几味药，只好暂延残喘，不能起死回生。'照此看来，太太这条性命，实在有些可虑了。哎呀！万一有些三长两短，叫我……"话没说完，仁安把袖子掩着面，做出哽哽咽咽的模样。

霎时间眼泪似潮水一般地涌将出来，点点滴滴，把衣襟都打湿了。诸君，这眼泪不是仁安的眼泪，却是阿金娘的眼泪。乡下人的心坎是不设城府的。她见仁安以袖障面，料想仁安一定哭得涕泗滂沱。其实仁安的眼里，再也不会挤出一点半点的水来，这是著者可以替他写得保险单的。仁安听得阿金娘有凄恫凄恫的声音，才知道假眼泪赚出了真眼泪，努力地把衣袖擦着眼皮，定要使那眼皮上起着赤化色彩，一壁擦一壁说：

"你快去赎药吧。对了病人，不宜愁眉苦脸，我怕她生疑，只得擦干了泪，再入房中。"仁安说时，从衣袋取出一张西贝仙方，交给阿金娘。他隔日先预备好了，随意开了几味药，哪管对症不对症，只算乩坛上抄下的仙方。

阿金娘接着仙方，眼泪兀自未干，出门赎药，在道上自言自语：

"老爷毕竟是念书人，懂得道理。听得太太病重，立时伤心起来，还恐怕病人听得哭声，掩着袖只是呜呜咽咽。似这般的夫妻才是好夫妻。不比阿金的爷，是个冒失鬼，翻转脸不认得人，一年里面，不知要吵闹多少场！"

仁安见阿金娘出门，立把假面具揭去，捏着嘴不禁好笑，笑那乡下婆娘，受了我的催眠，竟会哭将起来。可见脑筋简单的人，只有这一副面目。智识的阶级愈高，面目的变换愈多，凭你慧眼，谁也瞧不出我杨仁安的真面目。我的真面目只不瞒悟因师徒，她们都是出家人，和我有了暧昧，当然守口如瓶。我的真相除却师徒俩，便是妻子面前，也得注意一些儿才好。

"不要面皮！不要面皮！你在这里扮假哭！"十龄孩子锦官一壁说，一壁伸起指头，刮着自己的面皮刮个不休，嘲笑他的生身老子杨仁安。

仁安猛吃着一惊，不道自己的假面目却被十龄小儿窥破，赶快沉着脸儿，把儿子一顿训斥：

"你不去读书，却在这里胡言乱语。你的年纪，叫小也不小了，妈妈害病，你兀自嘻嘻哈哈，一些不担着心事，真正可恨。"

仁安赶他上学，锦官强着不肯走。仁安便在衣袋里摸出一大把铜圆，打发锦官走了。自己想想，不禁好笑，却又不敢笑出来。

"老爷快进去，太太唤你咧。"小丫头阿金从房里出来，向仁安说。

"太太醒了吗？我只道她一夜失眠，到了早晨，才微微地入梦。端怕惊了她，不敢进房来。"

"太太醒了多时，听得老爷的声音，才叫我来相请。"

于是仁安蹑着脚步，慢慢地进那病人的房。

第九章　撞破秘密的黄狗

三个臭皮匠，凑成一个诸葛亮；
一个臭皮匠，扮成一个吕纯阳。
有了葫芦，便是吕纯阳；
没有了葫芦，便是臭皮匠。
做了一天的吕纯阳，
胜似做了十天的臭皮匠。

皮匠陆阿毛交着小小的财运，扮了一天吕纯阳，赚得十块大洋，这是很秘密的。杨仁安再三叮嘱，不许他在外面泄露风声，要是不守秘密，立刻追还他十块大洋，还得送往官厅，办他一个左道惑众的罪名。阿毛当着仁安诺诺答应，但是回到自己家里喃喃私语：

"这十块钱，便可塞住我的嘴吗？瞧得我阿毛太轻了。十块钱只抵得我十天的工作，值得什么？他一写捐便写着三千块钱，只把区区十块钱给我做谢意，天下有这般的廉价吕纯阳吗？"

阿毛那时老大不愿意，但是他也很有心计，暂时且守着秘密，待到十块钱用完了，秘密的效力便同时消灭，随时可向仁安那边去需索。他的心中，至少须把三千块钱给他一半，那么他真个肯做一辈子的闭口葫芦。要是仁安不信，他便肯把上鞋帮的麻线缝着嘴唇。现在他如何肯罢休呢？他是仁安的邻居，对于仁安素来也很信仰的，但是现在却怀疑了。

"杨先生是有名的忠厚长者，那天在我家里秘密商议，我细细相他的面，竟不似平日的杨先生了！鬼头鬼脑，贼模贼样，说话时两只乌珠滴溜溜地打转，面皮上的肉会得扑地扑地零碎跳动。唉！杨先生，我只道你是正人君子，原来你是这么一个东西。我和你同住在一条巷里，你的面貌我看得面熟了，似那天和我密议时的一副面孔，我却是第一次看见咧。但是过了几天，见你在我门前经过，你又是满面春风，不失为忠厚长者、正人君子了。"

阿毛对于仁安既发生了疑虑，当然随时引起了注意，当面不向仁安盘问，专在背后侦探仁安。有几种可疑之点，不由阿毛不注意：第一，向顾宅募捐，为什么约他们到菩提庵交款？第二，吕纯阳的踪迹，为什么要问菩提庵的送子观音才能知晓？阿毛自己不便出面，却叫他老婆平氏到菩提庵去探访。这一天，顾太太进庵烧香，瞧见了神龛上的葫芦，说是吕纯阳替观世音募捐，顾太太十分相信，慨助三千元，换得葫芦里两颗仙丹，于是远近喧传送子观音的神龛上挂着一个仙人的葫芦，进庵烧香的益发纷纷不绝。据说这个葫芦里每天有两粒仙丹在内，但须有缘的人方才求得到手；要是没缘，任凭起了清早，赶烧头香，待到取下葫芦，摇这几摇，悄没声息，那便没望了。平氏探听得明明白白，回来告诉阿毛，说起葫芦，几乎直不起腰来。阿毛恍然醒悟道：

"原来杨先生和悟因师太通同一气，专在外面敛钱惑众，这个葫芦却成了他们的聚宝盆。早知如此，我不会把这好东西留在家里，为什么贱价卖给他，只值三十个铜圆呢？"

阿毛说这话，其间也有一种小小历史。谈起这个葫芦，本来是一个卖药老人的东西，那老人靠着卖药度日，一天到晚，所得几何？后来贫病相连，卧倒在床，做不得买卖，便把装药草的葫芦押给阿毛，只换得二十枚铜圆，言明病愈以后便来赎取。谁知那老人竟一病不起，这葫芦便搁在阿毛家里，尘封土埋，也没有人来理会。偏是那一天葫芦交了好运，阿毛的六岁小孩唤作小毛子的抱着葫芦，在门前玩耍。小孩子懂得什么？耍了一会子，觉得厌烦了，揭去葫芦盖，当作便壶，把小东西放入葫芦里，滴溜溜地撒起尿来。恰逢仁安经过，向葫芦注视了一会子，便向阿毛要买这个葫芦，肯出三十枚铜圆做代价。阿毛赚了十枚铜圆，有什么不愿意，便把葫芦洗干净了，交给仁安。从此以后，仁安便和阿毛熟识起来。阿毛虽是个臭皮匠，颌下的须髯却生得很长。仁安便利用这葫芦和长须，和阿毛秘密商议，定下乔扮吕祖师的计划。先叫阿毛把须髯好好儿整理，赠送阿毛一柄象牙小梳子，叫他天天梳理，梳得根根清澈；又用着热水洗濯，把曲线改作了直线。只为女子注重曲线美，不但肌肉要表示曲线美，便是头上的短发也得用着曲线夹，在火里烧热了，把头发烫成水浪纹一般。男子的胡髯却不然了，要是也似水浪一般地卷曲起来，美在哪里？不是曲线美，简直是曲线丑了。阿毛的胡须虽长，但是根根卷曲，生在女子头上是曲线美，生在男子额下却是曲线丑。经了好几天的整理功夫，渐渐地成了直线，才由仁安取来一套道人衣冠、一柄锡制的宝剑。葫芦里预放了水银等药品，宝剑插入，自会溶化，因此三尺长的宝剑插入葫芦，可以上不露剑柄，下不露剑梢。又传授他几句江湖歌诀，以便哄骗乡愚。阿毛到横泾时，雇着小舟，秘密上岸，后来从顾宅出来，一溜烟地下船，便即解缆，所以那天顾太太遣人寻觅吕祖师，早已不知去向了。回来以后，仁安向阿毛索还葫芦和道衣道冠。阿毛以为葫芦的玩意儿就此完毕了，谁料又挂上了送子观音的神龛，轰动了多少人。这个葫芦简直成了聚宝盆，叫阿毛怎不眼热呢？

"葫芦，葫芦，你在卖药的手里，只值二百文；在我阿毛手里，只值三百文。你现在却交着好运了，高高地挂在神龛上面，受着男男女女的跪拜，大家痴心妄想，只道你藏有仙丹，我是知道你内容的，你有什么仙丹呢？你在我家里时，只装着小毛子的一泡尿，敢怕里面的尿臊气还没有干净呢！"

"当家的，你不会把这件事讲给人听吗？"平氏说，"只消你到菩提庵里，把葫芦的来历讲得清清楚楚，包你三天以后，便没有人肯去乞取仙丹。"

"现在且弗声张，你也休得在外面讲起这桩事。"阿毛向浑家连连摇手。

"这算什么？"平氏问。

"你休多问，我自有道理。他靠这葫芦敛钱，我这个葫芦绝不肯廉价给他，好歹总得去敲他的葫芦壳。"

"葫芦壳敲破了，你不见得便有好处。"平氏问。

"你真是蠢妇人。"阿毛指着平氏说，"你久住在苏州，还不懂得这里的风俗。苏州人把田产卖给他人，写着割藤断绝的契据，依旧不曾断绝关系，要是卖主没钱用，往往寻到买主家里去索诈，这便叫作敲菱壳。你想田产卖去，尚可敲菱壳，难道葫芦卖去，便不能去敲葫芦壳吗？况且我又不曾写着割藤断绝的契据。"

"妈妈，葫芦在哪里？我要撒尿咧。"小毛子在旁边叫喊着。

"小毛子休得浑话！"平氏向儿子眨着白眼。

"当家的，那天他在庵里也是这般喊。亏得悟因师太不在殿上，要不然这西洋镜早被小孩子拆破了。"

阿毛既打定着暂守秘密的主见，日间挑着皮匠担常在菩提庵一带打转，却不见仁安在庵里走动。转念一想，自觉好笑：

"我可痴了吗？他要是和尼姑有暧昧，绝不在白昼往来。我要侦探他们的动静，须得黑夜才行。"

一天傍晚，阿毛挑着皮匠担回家，正从菩提庵左近经过，却见做小贩的阿土提着一只广漆刨花篮，在前面行走。阿毛知道阿土是庵里佛婆的儿子，天天上街唤卖甘草、五香豆。今天不做生意，提着这只广漆刨花篮做甚？心里怀疑，便放慢着脚步，跟在他后面。约莫走了十余步，但见阿土停了脚步，把篮儿放在弄堂口，拉去裤腰，在转弯的所在小便。阿毛也停了脚步，只是冷眼相看。那时斜刺里走出一条黄狗，它是以鼻为目的，鼻子一嗅一嗅地嗅到篮儿那边，它便知道里面有好东西放着，狗头一撞一撞地待要撞开这个篮盖。阿土听得撞篮的声响，回头一看，慌得连连地呵斥这条狗。在这当儿，撒尿撒了一半，欲罢不能，怎好半途中止？狗便利用这机会，拼命地撞那篮盖，竟被它把篮儿撞翻了。阿土这一惊非同小可，也不及待小便完毕，赶将过来，向黄狗猛踢一脚，黄狗汪的一声，远远地跑了。阿土不暇追赶，便去整理篮里的东西，一盆一盆地捧出来整理：这是烧鸭，那是白斩鸡；这是骨牌块的南腿，那是薄切片的香肚。虽没有被黄狗衔去，但是乱作一团，需待整理。阿土蹲在地上整理菜肴。阿毛瞧在眼里，瞧得见，吃不着，惹得舌底馋涎几乎涌出嘴唇，心里诧异："阿土把这四样佳肴送到哪里去呢？"却见阿土整理了一会子，提着篮便向弄堂里走。阿毛知道这条弄堂里面便是菩提庵的后门，怎敢怠慢，走前几步，歇着皮匠担，在弄堂口探头舒脑。却见阿土正在那里敲动菩提庵的后门，隔了一会子，有一个小尼姑开出门来，接受这只篮儿。阿毛早已瞧个八九分，挑上皮匠担，一路回家，默默自语：

"果然不出我料，菩提庵的光头不是个好人，要不是藏着汉子，为什么买着荤菜进门，不走前门走后门？鬼鬼祟祟，便是无私也有弊。论不定杨仁安便在里面，明天起个大清早，再到那边去窥探，一定可以窥破奸情。到了那时去敲他的葫芦壳，怕他不捧出白花花的银洋塞我的嘴？"

东方才吐露着一线月光，阿毛便从床上爬将起来，唤醒了平氏，洗过脸，便向街坊上跑。

"出担还早咧。起着大清早，到哪里去？"平氏问。

"不用多问，闭上了门，你去伴着小毛子睡吧。得了好消息，回来告诉你。"

阿毛出门时，街上静悄悄没有行人，一口气奔向菩提庵左近。但见前门后门兀是牢牢地闭着，知道时候过早，仁安还没有出来，便蹲伏在弄堂口，时时探着半个头颅，察看动静。隔了一会子，镗镗镗的钟声又在里面敲动。"鼓钟于宫，声闻于外。"附近一带的人家懵腾睡梦，被那一下下的晓钟撞醒。谁也都说菩提庵的悟因煞是可敬，又在那里做早晨功课了。谁知撞钟的不是悟因，却是老佛婆。悟因的好梦也被那晨钟敲醒，不得不唤着仁安下床。这一夜的仁安，在家里只推托着到城隍庙去祈梦，只为叶氏的病体益发沉重了，一息奄奄，早晚便有变故，要是仁安不出门，须得在家里陪伴病人，便是夜间也不得安眠。他便撒一个谎，说要到城隍庙里去祷告，准备睡在大殿上祈梦。好在上回借寿，没有人窥破他的真情，叶氏兀是垂泪相劝，叫仁安不要行这下策，自古道："死生有命。"自己一死，无关大局，仁安是杨姓的擎天一柱，万万不能为着妇人身上，缩短这宝贵生命。仁安兀自干擦着眼泪，表示他无限伤心，其实只是暗暗好笑，笑那叶氏受愚，至死不悟。他既然施着诡计得了胜利，何妨再来一个，趁着叶氏病在垂危的当儿，又说到城隍庙祈梦去，吩咐家人："要是太太在夜间有了变故，你们不要举哀，也不要到城隍庙里来报信，且待我明早回来后再说。毕竟太太的大限有没有挽救，尚在不可知之数。拼着向城隍尊神哭诉，或者诚可通神，城隍被我感动了，便是太太有了变故，到了来朝，也会死而复苏。"家人们当然相信，依着主人的吩咐，不在话下。仁安出了大门，一溜烟便钻入菩提庵里，去寻他的情人悟因。他定下的计较何等巧妙，与其陪着垂死的人坐待天明，不如抱着尼姑，领受那温柔乡的滋味。而且家人不到城隍庙里去报信，便是叶氏死了，也不能破露自己的诡计。"遇快乐时该快乐，得欢娱处且欢娱。"钟声没有敲动时，他兀是和悟因交颈而眠。一听得蒲牢怒吼，急匆匆推枕起床，一篇祈梦回去的文章，仁安早胸有成竹，指望回家的时候，叶氏恰已病故了，便省却在床前送终，有多少麻烦。仁安穿衣完毕，洗了脸，照例喝一杯牛肉汁，吃几个蜜枣，由妙根送他出门。临出门的当儿，照例东张西望，看那弄堂里可有行人。唉！行人是没有，只多着两只眼睛，在弄堂转角的所在瞧个清切。阿毛这欢喜可不得了。

"又不出我所料，他果然在庵里住宿。唉！人面兽心的杨仁安，我听得你老婆危在旦夕，你倒逍遥自在，在这里陶情作乐。"阿毛自言自语，却把这身子闪在菩提庵的照墙后面，免得被仁安撞见。

仁安出了弄堂，摸摸帽儿，整整襟儿，规行矩步，岸然道貌。阿毛却悄悄地跟在后面，不露声响。约莫走了两三条巷，那时已进了城关，但见仁安在前面益发走得慢了，仰着头儿，似乎在那里自言自语。阿毛起着好奇心，索性跟上几步，听他说些什么。

"天哪！"仁安仰着头儿看青天，"我杨仁安一生正直，从来没有干过亏心的事，为什么上天降罚，使我们恩爱夫妻不免生离死别？"

"一个人还在那里捣鬼，笑死了人咧。"阿毛捂着嘴不敢笑将起来，兀自潜跟在后面，听他再说些什么。

"为着她的病症，累得我心思想尽了。延医服药，只是无效。我又在济公活佛座前上了一本疏，情愿借给她十年阳寿，济公又不答应。昨夜我急得慌了，便在城隍庙祈梦，这个梦很凶险啊！"

"不要脸的东西，你昨天进的是菩提庵，不是城隍庙。"阿毛在肚里痛骂，依旧不作声，跟在后面。

"纱帽圆领的城隍尊师果然在我梦中出现。神座前面放着一张七弦古琴，城隍正在那里操琴作乐，猛听得砰的一声，好好的琴弦断作两截。我在梦中惊醒，吓出一声冷汗。哎呀！这不是好兆啊！琴弦中断，不是断弦的预兆吗？看来她的病症有凶无吉了。"

"杨先生，你和谁讲话？"阿毛追上几步，向仁安动问。

仁安见是阿毛，并不惊慌，为什么呢？他进了城关，便隐隐听得有人跟在他背后。他想："横竖已进了城关，并不是才从弄堂里出来，何必回转头儿，露出慌张的态度呢？"他既放心托胆，不怕人窥破行径，要假便假到底，做出满腔心事的模样，仰着头儿唤苍天，俯着头儿道心事，一路自言自语。苏州人说的，叫作像煞有介事，若不是阿毛窥破他的行踪，只怕任凭什么人，也要说杨仁安是一个笃于伉俪的多情种子呢。

　　"阿毛，你早。"仁安瞧了阿毛一眼，愁眉苦脸地说，"你可知我内人的病势很重吗？昨夜没奈何到城隍庙里去祈梦，问问毕竟是凶是吉。"

　　"杨先生，城隍庙可曾迁移？在城内还是在城外？"阿毛含笑动问。

　　"阿毛，你太没趣了，人家满腹苦痛，急得了不得，你兀自和我打扯。便是打扯，也要看时候，威灵显赫的城隍庙，哪有迁移的道理？"

　　"城隍庙既没有迁移，杨先生怎么走到这里来呢？"

　　"哎呀！我真个走错了道路啊！"仁安向两下望了望，假作恍恍惚惚的模样，"阿毛，亏你点醒了我。方才出了城隍庙，精神恍惚，不知不觉地走到这里来，实在是神经上受的戟刺太深了。再会吧，我要赶紧回去瞧病咧。"

　　"杨先生，慢走一步，你昨天端的住在哪里？"阿毛追上去问。

　　"咦！你又不是聋子，我已说过，昨夜到城隍庙里去祈梦，你怎么不省得？"仁安愤愤地说。

　　"大殿上可有被褥？可有酒吃？可有人伴着你眠？"阿毛凑着仁安耳朵，连连盘问。

　　"这是什么话！人家急得没有法子想，才想出这一条计策。大殿上冷清清地只把拜垫代床，既没有人陪，也没有被褥和酒肴。"

　　"杨先生，只怕不是吧。开了天窗说亮话，你昨夜睡的是尼庵里

183

的禅床，陪的便是悟因师太，吃的是美酒佳肴。这四色下酒的菜我都知道，一是白斩鸡，二是烧鸭，三是骨牌块的南腿，四是切薄片的香肚。杨先生，这般祈梦，再要写意也没有。"这几句话，好比又快又利的霜刃，直刺着仁安的心坎。任凭他态度镇静，也不免仓皇失色，只得拉着阿毛到没人的所在秘密讲话。

第十章　无中生有的悼亡文字

> 诈伪世界，无非骗而已矣！
>
> 戴一副假面具，
>
> 居然谈忠谈孝，谈仁谈义；
>
> 一般可以告诸鬼神，质诸天地。
>
> 只少个爱克司光，
>
> 把你的面目，照一个彻底！

臭皮匠倒有爱克司光，把一个岸然道貌的杨仁安说得置身无地。仁安情急计生，便拉着阿毛到那僻静的所在秘密谈话。谈些什么话，著者也只得暂守秘密。在先阿毛的面色很不善，谈了一会子，仁安从皮夹里取出些东西授给阿毛，面色便渐渐和平了。又谈了一会子，声势汹汹的阿毛竟变作满面笑容的阿毛了。临走时，兀自唤着杨先生：

"杨先生，你快回去吧。太太的病吉人自有天相，不枉你挨着深夜，到城隍庙里去祈梦呢。"

叶氏的病毕竟怎么样呢？这一夜的凄凉况味，煞是可怜。娘家既没有人来看视，只有阿金娘和她的女儿阿金在那里守夜。锦儿见叶氏病重，完全不关痛痒，吃饱了晚饭，依旧嘻天哈地玩耍了一会子，玩得倦了，上床便睡。叶氏已三天不进饮食，气息奄奄，只在床蓐上挨延时刻。她害的是肺病，危在顷刻，神志还没有模糊。阿金娘摸她的手脚，渐渐地冷如青石，心中很担着忧虑，防她不能挨到天明。庭中一阵一阵的风，刮得树枝砰砰地响；房间里一盏电灯可也作怪，渐渐地光力薄弱。四月里天气，夜间兀自冷清清的，树巅怪鸟作声，叫得人毛发都竖。阿金本是胆小如鼷的，傍着娘坐，不敢稍离半步，仿佛离了半步便要被野鬼捉去似的。床上的叶氏瞑目待死，约莫半夜时分，忽然眼皮略开，有声没气地说道：

"我要去了，现在什么时候了？"

"太太，去不得。"阿金娘且哭且说，"现在时候还早，且待老爷回来了你去。"

"他到哪里去呢？"叶氏轻声地问。

"老爷见太太病重急得了不得，到城隍庙祈梦去了。"

叶氏听得这般说，重又合着眼，到了下半夜，肝气发动，呼吸短促，几次说着："我要去了。"慌得阿金娘且哭且喊，连说"太太去不得"。阿金娘哭，阿金也跟着哭。阿金娘哭的是主母平日待她很好，却不料服侍她一场，今夜在这里送终；阿金哭的是房里冷清清，充满了鬼气，好不害怕。

"妈妈吓煞我了。"

"娘在这里，有什么吓？你可晓得老爷一个人今夜睡在城隍庙的大殿上，两旁都是奇形怪状的鬼卒，这才用得着害怕咧。"

阿金娘和她女儿坐待天明，兀自希望未绝，但愿主人在城隍庙求得好梦，真个太太命不该绝，待到天明，定有转机的希望。越是盼望天明，天又作怪，却迟迟不吐曙光。床上的叶氏喉间碌碌地起那痰声，气息越迫促了。

"他回来了吗？"叶氏轻轻地问。

"太太，待到天明，老爷一定回来的。"

"我挨着这口气，要见他一面。"

"不到一点钟，老爷便回来了。"

叶氏微点着头儿，好容易挨到天明，兀是强挨着这一丝残喘，阿金娘唤一声侥幸：

"谢天谢地，太太大概有救了，料想老爷在城隍庙里头都磕破了，因此挨到天明，没有变端。"

于是阿金娘吩咐女儿到外面开了大门，候在门前，专候仁安回家。候了良久，才见仁安垂头丧气，远远地走来。

"老爷来了。太太的病不好咧！"阿金迎上前说。

仁安也不回答，苦眉苦脸，径入大门。阿金娘听得主人回来，忙从房里走出，便问主人所得的梦是凶是吉。仁安便把方才在路上捏造的鬼话当着阿金娘再版一次，不过说话的态度换了，手擦着眼睛，呜呜咽咽，断断续续，说得音节悲凉，声调哀楚。这是他的拿手好戏，他幼年在书房里读书，先生许他读功第一。他读韩昌黎的《祭十二郎文》，会得装着哭调，真个一句一泪、一字一血。现在报告那祈梦的谎话，便仿着幼年时读《祭十二郎文》的腔调，报告没有完毕，赚得阿金娘俯着身躯哭个不止。

"阿金娘，你去预备面汤吧，我还没有洗面咧。"仁安掩着面说。

阿金娘自去烧水，仁安入房。房里面静悄悄，除却垂死的叶氏，再无别个。

"要死便死，这般奄奄一息，不死不活，真叫活人受累。"仁安立在叶氏床前，喃喃讷讷地说。

可怜的叶氏，忍死须臾，要待丈夫回来，叮嘱几句最后的要言。她的目光已散了，瞧不出床头立的是谁，但是听觉还没有全失。这喃喃讷讷，分明是丈夫的声音。

"你可是回来了吗？"叶氏轻轻地问。

"回来便怎样？惹厌的妇人，我娶了你这痨病鬼，累也受得够了。要死便死，用不着向我絮聒！老实向你说了吧，我已另有了恋爱的人，这几年来待你的情形都是假惺惺，我本不恋你，你恋我做甚？"仁安一壁说，一壁隔着被头，在叶氏的胸前乱拍。

可怜的叶氏，和仁安做了十余年的夫妇，一向没有看见丈夫的

186

真面目，直到临死的当儿，才听得仁安说这轰雷掣电的无情话。又加着仁安在她胸前乱拍，摇摇欲息的灯光怎禁得狂风吹动？霎时间痰往上涌，两眼一眨，早已"呜呼哀哉，伏维尚飨"了。待到叶氏气绝，仁安忽然放声大恸，扑地倒在地上。

阿金娘正准备着面汤，给主人洗面，听得房中砰膨一声，赶去看时，见主人哭倒在地上，主母死去在床上。这一惊非同小可，不及照顾死者，便去搀扶生者。仁安偏又装腔作势，仿佛晕去一般，竭力扶他，只是扶不起。阿金娘只得哭喊着女儿来帮助，比及阿金赶来，母女俩给仁安揉胸脯、掐嘴唇，仁安方才做那悠悠苏醒的样子，扶得起身，喊着叶氏的小名，又是放声大哭：

"蕊珠，蕊珠，你怎么舍了我去呢？我比你大着两岁，我只道死在你前，谁料天不见怜，叫我见这痛心的事，活在世上，有什么趣味？还不如早点死的干净。蕊珠，蕊珠，你在黄泉路上候着我，和你相见的日子不远咧。"仁安且哭且喊，分明又套着《祭十二郎文》上的"自今以后，我其无意于人世矣"和那"死而有知，其几何离"的几句老调。

"老爷，不要哭吧，哭得我心如刀割。太太这一死，要算有福分了。'三世修来死在夫手里。'有你老爷这般真心地痛哭，端的难见难闻。哎呀！阿金爷这狠心人啊！我要是死了，只怕擦着生姜，也辣不出你的眼泪咧。"阿金娘揾着涕泪劝主人，忽然动着身世之感，不禁大哭起来。

叶氏身死没有多日，杨仁安多情多义的名誉早已轰动了一时。苏沪一带的大小报纸，以及种种关系文艺的刊物，另列一栏，专载仁安的悼亡文字。这一篇《亡室叶蕊珠女士的小传》哀感顽艳，博得多数人赞叹。此外尚有《悼蕊吟》百首，每首都有小注，专记些叶氏生前的闺房韵事。又有《病榻忆语》三卷，比着《影梅庵忆语》还得凄艳百倍，所用的词藻不是血定是泪。不知者见之，只道仁安撰稿时，以泪和墨，一壁写，一壁痛哭，才撰得出这般的血泪文字。谁知仁安凭空结撰，在悟因的禅室里喝饱了酒，提起三寸毛锥子，落纸飕飕，撒这个大谎。本来三寸毛锥子是古往今来的说谎大祖师，没的说成有的，黑的说成白的；只需摇摇笔杆儿，便可以说得天花乱坠，不由人家不信。除却不识字的村夫当然不会扯谎，文字越是精通，扯的谎越是有声有色。世上尽有言行合一的人，生平不说谎话，比及提起这支笔来，凭你怎样地忠实记录，多少总带几分扯谎的色彩，何况仁安又是说谎话的惯家呢。后来扯谎愈扯愈起劲了，亏他捏造一篇人鬼交通式的《蕊珠降鸾记》，说什么蕊珠的前生本是蕊宫的绿衣仙子，只因偶动凡念，遂致谪降人间，现在尘缘已满，不日可以重列仙班，这番降临鸾坛，仗着济公活佛的无上法力，来和仁安话别。仁安在坛下焚化一首诗，鸾坛上便依韵奉和，互相酬唱，联翩不已。还有许多未免有情的谈话，有问必答，和生前竟没有两样。于是各种文艺刊物上又发生了许多好材料，只为旧式的读书人名曰读孔孟书，其实对于孔子、孟子的信仰，远不及信仰济公活佛的深。他们见了这般的著作，当然容易传诵，互相抄录，读个烂熟，比着幼时读那四书五经尤其兴高采烈。便是思想稍新、素性不信扶鸾的青年男女，见了这篇《蕊珠降鸾记》说得活灵活现、入理入情，文字的魔力渐渐移转读者的心理，知道仁安是异口同钦的忠厚长者，生平不会扯谎的，他的记载句句都是实录，大约人鬼交通，科学上有可能性。仁安笃于伉俪，凭着精神上的要求，竟被他打通了这条人鬼交通的捷径，竟会使那已离尘世的叶蕊珠和他幽明唱和，这是人鬼交通的初步；将来神而明之，或者人鬼觌面谈话，不必借重鸾坛，也未可知。总而言之，杨仁安这篇文字，对于科学上有绝大的贡献，人人怀疑的人鬼交通术，分明得了一个凿凿可信的铁证。一辈靠着扶鸾生活的益发说得嘴响，把仁安所撰的《蕊珠降鸾记》印成单本，逢人分派，宛比替济公活佛广发传单，这效力却也不小。四方善士到济公坛下来问吉凶的益发络绎不绝。只有悟因师太得知内幕，见仁安搦着笔杆儿撰那连篇的鬼话，不禁笑得咯咯的，且笑且说：

"冤家的，你这一支笔实在巧妙得了不得。明明没有这么一回事，经你笔尖儿几动，说得像煞有介事。若不是我得知你的内幕，只怕看了你的文字，也要被你瞒过咧。"

"我那爱人，"仁安搂着悟因说，"实向你说，我这一支笔，委实有不可思议的魔力。从前老父在日，见了我的少年作品，便说：'这小子抱负非凡，将来一定是庙堂之器。'我在背后捂着嘴好笑，这一篇口是心非的著作居然把老父骗过了。说什么庙堂之器，到了今日，我只在这里做那庵堂之器咧。"

"你连夜在庵堂里住，外面可有人议论？"悟因问。

"爱人，你放心，这臭皮匠虽然撞破了我的秘密，但是我随时给他些好处，业已软化了。他受了我金钱，便是鱼吞着钩子上的香饵。暂时忍耐，日后总有法子摆布他。至于我们家里的阿金娘尤其上了我的大当，前几夜我住在家里，每到半夜三更，我便装模装样地放声大哭，闹得她不得安眠。她便劝我：'保重身体，暂时住在朋友家里，免得见了灵柩触目伤心，夜夜放声悲恸。'这几句话中了我的心坎，巴不得是这般，却又装模装样，定要伴着灵柩同睡。后来我的亲戚个个这般劝我，总算我强从了他们的劝告，夜夜来伴你师太同眠。"

"亏你做得出，待我到了来朝，把你的底细说给大众知晓，看你可能够再把笔墨骗人！"悟因含笑说。

"爱人尽说不妨。"仁安连嗅着悟因的面，"要是别人，我怕他道破秘密；唯有你师太，我不怕。我为什么不偷人家的妇女，却偷庵堂里的尼姑？只为尼姑头上有了几个香疤，便是守口如瓶的符号，任凭打煞她，也不肯说这真情。你果然有这胆量，当着大众揭破我的秘密，我的半生名誉便牺牲在你身上也是情愿。"

"你既然怕人家泄露秘密，明天的玩意儿只怕干不得。要是闹翻，便怎么样？"

"爱人放心，这雌儿不上我的钩便罢，要是上了钩，保叫她声张不得。今夜只好和你同床各被，以便准备些实力，到明早努力工作。"

"冤家的，我并不想在她身上发一注大财，你定的计划快快取消了吧。今夕何夕，怎好拆鸳鸯睡在两条被儿哩？"

"爱人，你这句话讲错了。不发一注大财，将来怎好和你同渡东洋，双飞双宿？牺牲着一夜欢娱，便可以享受一辈子的快乐，有什么不值得呢？趁着明天老佛婆到杭州去了，庵堂里都是自己人，这个机会，万万不可错过。"

悟因没奈何，只得从了仁安的计划，又吩咐小尼姑妙根把葫芦里的仙丹装好了。葫芦里的仙丹，便是钓钩上的香饵，毕竟吞饵的是什么鱼呢？唉，这条可怜的鱼，在那同一时间，正和一个老妈子在自己房里秘密谈话咧。

"王妈，我上你的当咧。"柔痕说，"你说送子观音灵验，灵在哪里？昨天老头子向我说的一句话，几乎把我气个半死。我气在肚里，只得装着笑脸和老头儿贺喜。唉！这个光头真不是个人，她说得天花乱坠、活灵活现，原来是靠不住的。我恨不得提起木鱼槌，把光头打个破烂，才出我胸头这一口气。"

"柔姨太太，你没头没脑说些什么话？"王妈问。

"说起来真气死人。昨夜老头儿来说的，曼云三个月信水不到，有了喜信咧。"柔痕恨恨地说。

"哎呀！真个有这般的事？敢是送子观音送错了主顾吗？"

"我足足地气了一夜，今天独自出门，悄悄地唤一乘黄包车，赶往菩提庵，和那光头交涉。在先我本要打她几下嘴巴，谁料光头见了我，又是一番花言巧语，我又不好和她翻脸。毕竟她的说话可靠不可靠，到了明天再去试验一下子，乌龟扒门槛——且看此一番。"

"悟因师太怎样向你说的？"

"你凑过耳朵来，我告诉你。她说：'你不用慌，曼云便算有孕，说不定她是真有孕，还是装假肚；便算真有孕了，说不定她肚里装着的是老头儿的亲骨血，还是外面来的野种；便算是老头儿的亲骨血，说不定她是大产，还是流产；便算是大产，说不定她产下的是男是女；便算是产下的是男，说不定这孩子落地时是死是活。层层叠叠的挫折，真叫作夜长梦多。你为什么听得她怀孕，便慌作了一团？这里的菩萨非比等闲之辈，绝不会把你的儿子送给了旁人，你且暂待一下子，自有好方法，叫你在这一月里便得了喜信。'我听了半信半疑，因此不敢难为她。"

"师太的说话，很有道理。曼云的喜信，不见得是真喜信，姨太太你拭着眼瞧便了。只是师太有什么方法叫你在这一个月里便怀孕？"

"她见我半信半疑，便指着佛龛上挂着的葫芦，向我说：'这个葫芦是很奇怪的，吕祖师把来留在这里，该有仙缘的，只需起个清早，向着葫芦祷告，空葫芦里便会倒出一粒仙丹，救济世人的困难。你果真心来求子，明天清早，不带佣妇，便来佛前祷告，贫尼拼着半夜不睡，先替你虔诵《早生贵子咒》五百遍，管叫一粒金光闪闪的仙丹会得从空葫芦里倒将出来。"

"柔姨太太，这真是难逢难遇的好机会。菩提庵里的神仙葫芦，外面早讲得沸沸扬扬，都说葫芦里的仙丹有奇奇怪怪的功效。可惜我不能跟你同去，要是跟你同去，虽然吃不着仙丹，见见仙丹也是好的。"

经着王妈这么一说，柔痕便不再骂光头，早早地安睡，准备来朝去吞那杨仁安安排下的香饵。王妈睡在床上，暗暗好笑，笑得合不拢嘴来。

第十一章 入网的鱼

菩提庵里的观音，毕竟是什么观音？

不是送子观音，却是鱼篮观音。

少停，少停，

便有一尾活泼泼的鲜鱼跳入篮里，供献观音。

也不是供献观音，只送给我老杨开心。

可怜的观音啊！你只做了老杨的工具，

说什么大慈大悲，活现活灵？

清早起身的杨仁安躲在悟因禅房里，禁不住野心勃勃。他把石观音当作钓竿，大葫芦当作钓钩，葫芦里的仙丹当作钓钩上的香饵，专待活泼泼的鲜鱼到来，便可以尽量地供他一顿大嚼。才听得佛殿上晨钟撞罢，便打发妙根在庵门口等候，看鱼儿可来上钩。

"师父，快来，李姨太太又来烧香了。"妙根急急地进来报告。

"她单身来的吗?"仁安抢着问。

"单身来的。她进了门，便把黄包车夫打发走了，现在佛殿上等候师父咧。"妙根答。

"爱人，我传授你的捕鱼秘诀，千万莫忘了。"仁安涎着脸说。

悟因并不理会，走出了禅房，忽又折回，凑着仁安耳朵，喃喃讷讷，不知说的什么。仁安忽又掉起书袋来：

"爱人不须忧虑。'鱼，我所欲也；熊掌，亦我所欲也。二者不可得兼，舍鱼而取熊掌者也。'她是鱼，你是熊掌，不见得尝了鲜鱼，便抛却你这熊掌，你放心走吧。"

柔痕依着昨天悟因的叮嘱，佛前求仙丹，须得避着生人的眼。今天不带佣妇，在老头儿那边撒一个谎，只说自己害了咳呛的病，特地起个清早，到大仙殿去求仙方，天未明，便起身，梳洗完毕，也不吃点心。她以为空心肚里吃仙丹，才见得功效。一出了门，便唤街车出阊门，直到菩提庵，生怕走漏了风声，便把车夫打发了，独自进门来吃一粒仙丹，其实是来吞这香饵。她见了这尊送子观音，其实是杨仁安猎艳的工具，未曾下拜，已来那里默默通诚：

"菩萨，菩萨，你须记清楚者！前来烧香的是柔痕不是曼云，你念着香火因缘，送子须送给柔痕，不该送给曼云。你有千只眼，难道认不清人？你有千只手，难道指不出人？菩萨，菩萨，你须看得清楚，指得正确，在你的座下乞求子息的叫作柔痕，今年二十一岁，尚没有怀个身孕。"

"李姨太太很早啊。你这般诚心求佛，葫芦里一粒仙丹管叫落在你嘴里。"悟因一壁说，一壁替柔痕焚香点烛。

"师太，吃了葫芦里仙丹，真个会得怀孕吗？"柔痕问。

"这神仙葫芦是吕祖师留下的，要是求得出仙丹，吃了一定怀孕的。姨太太不须怀疑，就此拜佛吧。"

柔痕听了悟因的话，便跪伏在杨仁安的工具——送子观音底下，磕了不计其数的头，然后仰起头来，看那高高在上的葫芦里面有没有仙丹。

"鱼儿快要吞钩了。"杨仁安躲在大殿后面偷看那条大鱼。

小尼姑妙根照例升梯，取下葫芦，摇了几摇，仙丹滴溜溜地作声。走下梯子，便来道喜：

"李姨太太，恭喜你，仙丹在里面咧。"

悟因揭开葫芦盖，倒出一粒黄澄澄的仙丹，直把柔痕喜得心花怒放，忙问怎样吃法。悟因不慌不忙，托着仙丹，把柔痕引入一间静室里面，布置整齐，一尘不染，居中挂一幅白衣观音像，宝相庄严，令人起敬。向外一张炕床，两旁屏条都是蓝地上写着金字《心经》全部，下署"吴门杨仁安薰沐敬书"；书法秀媚，到底不懈。柔痕暗想："仁安是我们老头儿的诗友，老头儿时时称赞他的品学兼优，是吴中数一数二的正人君子。大约悟因师太钦仰他的品学，才求他写这《心经》全部。"柔痕看那屏条时，悟因已唤妙根去取一杯开水放在桌上，把一粒仙丹很郑重地交给柔痕道：

"李姨太太，你莫小觑了这粒仙丹。命里没有仙丹缘的，任凭磕破了头，空葫芦只是空葫芦。今天你求得仙丹，一者，是你姨太太的福命不小；二者，贫尼挨着深宵，在佛前念了五百遍《早生贵子咒》，念得口苦舌干，才蒙活佛垂怜，葫芦里倒得出宝贝来。你吃这粒仙丹，须得避着生人耳目，便是贫尼师徒俩也要回避退出。待到开水稍温了，姨太太便把仙丹含在嘴里，喝一口开水，囫囵吞下，躺在炕床上闭目养神，包叫肚皮里有了佛种，回去便容易得胎。但是，姨太太在里面万万声张不得，一经声张，只怕不能有福，反而受祸，切记切记。贫尼和你拽上了门、套上了锁，外面烧香人多，见这重门锁着，便不会闯入里面来，以便姨太太静悄悄安心服药，早生贵子。"

砰的一声，门儿拽上了；啪的一声，锁儿加上了。柔痕很感激悟因心细，布置周到，她本是瞒着人到这里来求子的，锁上了门，正遂了她的心愿，免得被人家瞧见，走漏了风声。那时一杯热腾腾的开水，渐渐地飘散了蒸气；一粒黄澄澄的仙丹，金光照耀着眼睛。约莫静待了五分钟，摸摸杯儿，水已温了，便依着悟因的嘱咛，把仙丹噙在舌上，喝一口水，骨碌碌地咽入肚里，然后躺在炕床上，微微地合着眼，预备养神。谁料只隔得一会子，肚里觉得轰轰地热，直达丹田，柔痕寻思这仙丹果有灵验，吃下肚便见功效；再隔一会子，炕床上睡不稳了，休说养神，竟发起她的浪性来。柔痕出身烟花，自从李芍溪替她脱了籍，虽然锦衣玉食，宠可专房，但是芍溪老了，不能满足她生理上的欲望，宵深人静，不免起着勃勃的野心，为着种种阻碍，侥幸没有干出丑事。一者，芍溪的家法还严，没有闲杂人来往；二者，曼云是个不苟言笑的人，芍溪常赞她有大家风度，近朱者赤，近墨者黑，柔痕也只得敛迹几分，不放出轻狂态度。今天吃了这一粒仙丹，不知怎样地把从前种种青楼风流史一一地涌上心来，宛比解甲归田的军阀，忽听鼓鼙声急，便不免雄心勃勃，又须拍一个"剑及履及，枕戈待命"的十万急电，准备亲临战线，杀一个落花流水。柔痕在那时旁的都不想了，只想着从前身充战将的时代，常常和生力军鏖战，一切猛力相扑的情形如在目前，不杀个人仰马翻，一定不肯罢休。自从离了这四战之区，和老头儿同住，偏守一隅，缩短了许多战线，一个月里，战事难得发生；便是发生，芍溪又是个战场落伍者，不过小小接触罢了。俗语说的"英雄无用武之地"，现在换一个字，竟是"英雌无用武之地"。阅者试想，这位能征惯战的女将军，怎不起着刘皇叔"髀肉生矣"的感叹吗？这粒仙丹竟是发生战衅的导火线。柔痕便变作了烈性女子，"烈性"两个字有个别解，便是性的部分，竟火烧也似的热烈起来。一时坐不稳，立不住，竟在这间静室里面走起浪步来，盘旋打转，足有十多回。但是性的部分越走越是热烈，管叫这位女将军如何按捺得下呢？拉拉这门儿，又是方才被悟因锁住了，觉得口中奇渴，便把桌上放的这杯开水喝尽了，也只是杯水救那车薪的火，有什么用？哈哈，在那急不暇择的时代，休说来一个男子，便是跑进一条雄狗，柔痕也会和它投递战书，战一个你死我活。但是静室里面，除却上面挂的一轴白衣观音，再也没有旁的人影儿。柔痕瞟着似醉非醉的眼，暗暗地思想："最好画轴上的观音幻化一个男子身，走将下来，那便遂了我的心愿。"只见这轴观音，忽地渐渐上伸，仿佛背后有人拽着绳子似的。柔痕好生奇怪，没多时刻，这画轴竟不见了，露出两扇小窗，窗上粘着一条红纸，上写着"欲求子息，请入窗来"。柔痕惝恍迷离，也不知是真是幻，不由得跨上炕床，推这小窗。不推犹可，推开看时，里面竟是一间很清洁的卧室。不暇细看，只看见一张铁床上面坐着一个中年男子，好像有些面熟，只不记得在何处相见。那男子向着柔痕微微一笑，不住地把手相招。柔痕身不由主，竟钻入小窗，一纵身便向下跳，心急步忙，只向那张铁床那边奔去。仁安暗唤一声侥幸，好大的鲜鱼，竟跳入网里来了，迎步上前抱个满怀。以后的事情，佛云："不可说，不可说。"

旧小说叙述战事，遇着急性的将军，往往和对方混战了一场，直到战罢，才问一句你这厮姓甚名谁。现在这位女将军，也是混战了一场，直到偃旗息鼓以后，才问起仁安的姓名来：

"宝贝，你是个聪敏人，何妨猜这一猜？"仁安搂着这条鱼说。

"我方才吃了葫芦里的药，糊糊涂涂，恍恍惚惚，浑身发烧，没做理会，忽然观音画像背后露出这一个洞天来，以后的事，我都不记得了。多分你不是个好人，串通了庵里的尼姑，把春药当作仙丹，装就这个圈套来害人，你不直说，我便到外面去叫喊。"柔痕说时，待要挣扎起身，禁不起仁安轻轻地一扯，却又玉燕投怀似的倒在仁安身旁。

仁安慢慢地把自己姓名告诉了柔痕，明知她已入了自己的圈套，便不怕她在外面声张，又卖弄自己怎样才高学广、怎样足智多谋，喃喃不绝讲了许多话。柔痕听了，笑也不是，气也不是，恨也不是，把手遮了面呜呜咽咽地说道：

"原来你们都是狼心狗肺的人。算我倒霉，入了你们的圈套。我是个清白身体，受这玷辱，死不干休。我回去也见不得家主的面，这个风声传出去，有什么面目见人？你们害得我好苦啊！"

"宝贝，亏你哭得出，我们的事再要秘密也没有，怎会给外人知晓？快快不要哭。"仁安一壁说，一壁搔着柔痕的胳肢窝，引得柔痕笑将出来。

"李姨太太，你怎么这般好笑？青天白日，躲在贫尼的房里干这勾当，不怕菩萨动怒？"悟因蹑步进房，且笑且说。

"你这贱尼姑！我误信你是苦心修行的正经师太，原来你是个人面兽心。你这捏木鱼槌的手，却会拉皮条；你这念佛的嘴，却会花言巧语，破坏人家的名节。你把菩提庵当作台基，观音菩萨做私门头的招牌；你葫芦里却会藏着春药，你禅房里却会躲着汉子。亏你不羞，还有面目来见我。"

"李姨太太，你不该责备贫尼。须知今天的事，贫尼在你姨太太分上，费去了多少心思。只为你急于求子，自古道：'巧妇不能为无米之炊。'这里的菩萨虽灵，但是姨太太肚子宛比一只锅子，里面空洞洞粒米全无，怎能烧得出一锅香喷喷的饭来？贫尼上念着菩萨送

196

子的慈心，下念着姨太太求子的宏愿，这位杨老爷从来不肯轻易替人家下种，贫尼为着姨太太分上，特地向杨老爷再三募化，求他舍给一些宝贵种子，成就了姨太太的心愿。有了这宝贵种子在肚里，那么送子观音便好着力了，管叫十月怀胎，生下一位眉清目秀的少爷，便不怕曼云夺你的宠。”

柔痕骂那悟因时，本是假惺惺作态，现在听得这般说，当然怒容全无，只有嬉笑。她嫁了苟溪久不生育，究竟谁不会生育，没个见证。宛比锁和钥匙，究竟坏在锁上，还是坏在钥匙上？这一会儿宛比唤铜匠另配了钥匙，多少总有些效验，便不再向悟因作态，穿衣起床，整一整鬓发，反而向悟因道谢。但是恐怕仁安不能保守秘密，不免叮嘱了一番，重又叮嘱。

“姨太太但请放心，这位杨老爷是很有名望的人，绝不会泄露风声，破坏自己的名誉。若说贫尼师徒俩，益发不会传将出去，没的惹祸招殃，叫人家来封这尼庵。这番杨老爷瞧着菩萨分上，舍给你宝贵种子。你有了身孕，万万不要忘记了菩萨，忘记了杨老爷，忘记了贫尼。”

悟因的卧室本和外面的静室相通，只是挂着一幅白衣观音像，把两扇窗遮蔽了，外面便瞧不出痕迹，这也是仁安想出的方法，万一有人闯入禅房，他便可以钻窗而出，到隔壁静室里坐。好在这幅观音像装着滑盘，会得自由升降，不须卷上落下。柔痕穿衣完毕，依旧打从窗洞里钻出，悟因已吩咐妙根开了锁，柔痕依旧衣裙整齐地出来，板板六十四，谁也瞧不出她是从战地上来的。临走时，妙根早替她唤了街车，悟因送出山门，合十了手，说一声“姨太太慢请”。

“柔姨太太回来了。”王妈在公馆门前含笑相迎。

“回来了，老爷可在里面吗？”柔痕问。

“老爷没有出门，向我问了几次。只为你清早出去，久不回来，他老人家有些不放心。”

"今天大仙殿里烧香的人多，待了好一会儿才有空蒲团，因此就耽延了时刻。"

王妈和悟因本是通同一气的，听了柔痕的话，暗暗好笑，笑她还要骗人，说什么在大仙殿求仙方，只是在菩提庵播那菩提种子罢了。柔痕回到自己房里，把头发整理一下，只为方才在尼庵里找不到镜奁，单把小皮篋里的牙梳略略整理，依旧有些鬓发蓬松，须得头光面滑，才不使老头儿见了生疑。梳妆完毕，芍溪早已含笑进房，在沙发上坐定了。

"柔痕，你求仙方不妨打发人去，清早出门，冒了风寒怎么办？"

"老爷，旁的事可以打发佣妇去，唯有到大仙殿叩求仙方，非得亲自登门不可。要是打发佣妇去，存心便不诚了，仙人见了便恼怒，怎肯赐给我好仙方呢？"

"哦，我却记起一桩事了，菩提庵里的葫芦真好奇怪！"

提起葫芦，柔痕心头的惊浪忽地汹涌起来。这是贼人心虚，只道芍溪已知晓了她的踪迹，便不敢回答，只偷眼看老头儿的颜色，却见他态度如常，毫无怒意。柔痕胸头的惊浪遂渐渐地落下，懒洋洋地说道：

"什么葫芦？我可不知晓。"

"你不知吗？这葫芦真来得奇怪。据说纯阳祖师游戏人间，把它挂在菩提庵的佛龛上面，这其间藏着仙丹，轰动了多少男女，你怎么不知晓？"

"老爷，你为什么不去求求仙丹呢？求得仙丹到手，便可以一辈子鹤发童颜，长生不老。"

"现在人心叵测，大约又是一种投机性质，这仙丹只怕靠不住吧。我深信的只有济公活佛，在鸾坛上谈谈因果、论论仙机，这才不失雅人深致呢。"

"济公活佛果然灵验吗？"柔痕问。

"怎说不灵？本地的绅士没有一个不信仰济公的，他老人家一到了坛，总是诙谐百出，谈笑风生，入坛的弟子都赐着法号。"

"老爷的法号叫什么？"

"他对于我却是另眼相看，给我一个法号，叫作龟龄。他在鸾坛上指示我三生因果，说我前一生是宋朝的杨龟山，再前一世是唐代的陆龟蒙。"

"杨龟山可是杨老令公？陆龟蒙又是什么人？"柔痕问。

"呵呵，你胡说了，我写给你看。"芍溪把指头蘸着杯中的茶，在桌上写着"龟山""龟蒙"四个字。

"哎呀，这便是乌龟的龟啊！敢是济公和你开玩笑吗？"

"你又胡说了，杨龟山是宋朝的大儒，陆龟蒙是唐代的诗人，我向来对于这两位先生是极端佩服的。曾有两方小印，一方叫作'私淑龟山'，一方叫作'景仰龟蒙'。可见我佩服两位先生的热心了。其实古人很多，我为什么只崇拜这两位先生，连我自己也不明白。毕竟济公灵验，说我便是两位先生的后身，这话真不错啊。从前我的朋友易实甫也在鸾坛上经仙人指示，说他是张灵的后身，果然不错，一生落拓，和张灵差不多。总算我的根器比他好，竟是唐贤宋儒的后身，我欢喜得了不得。准备选着一方鸡血冻的石章，请名手刊成小印，用着'二龟后身'四个字。你道好不好？"

柔痕尚没有回答，忽地王妈进房禀告外面有客来了，芍溪便离座出去会客，柔痕却是暗暗地好笑：

"老头儿爱做乌龟，我已在你背上扯起一道石帆来了。"

第十二章　过了她的红裙瘾

扶鸾之技，
看得如日月经天，江河纬地。
济公坛下，拜倒了许多优秀分子。
优秀分子尚如此，

何况蚩蚩者氓，目不识字？

这几年来的济公活佛真个是天之骄子，到处降坛，指示玄机。那时苏州城中的官长大半都是入坛弟子，逢着旧历朔望，常到坛里去拈香。一经官长提倡，那许多交结官场的绅士亦步亦趋，都到坛里去凑热闹。那不可捉摸的济公——只可说是诬世惑民的一种工具，居然交了好运，先后收得许多入坛弟子。前清遗老也有，善堂董事也有，学校校长也有，朝也赐一个道号，暮也赐一个道号。好好的苏州，变成了一种济公化。加着杨仁安有了这一篇人鬼交通的著作，人家都道忠厚先生的文字一定是忠实描写的，所以济公的灵验益发轰动远近。有一位杜若洲先生，三年以前曾和仁安同在中学校里办过事的。他对于扶鸾，本来抱着怀疑性质；自从读了仁安这篇著作，不由他不信，说一句："仁安不我欺也。"他果然也到坛里去走动走动。扶鸾本是一种心理作用，绝对不信的见了，无论怎么样总不能打动心坎。若洲既感受了仁安的文字魔力，精神上已起了裂痕，种种迷信自会乘隙而入。走动了不多几次，居然也取得道号，沾染上济公化了。这次上门来访芍溪的，便是杜若洲先生。宾主坐定以后，旁的不谈，只谈些鸾坛灵迹。

"若洲先生，你是新入坛的济公弟子，每逢坛期，你总第一个赶到，你的信仰心是很坚的。"

"芍翁，这济公实在灵验，不由小弟不信。这几天降坛的都是历史上的有名人物，往往千古疑团，至今打破。有这位济公做介绍，无论圣贤仙佛，哪一位不肯降坛？"

"若洲先生，这几天鸾坛里面可有什么奇闻逸事？"

"奇闻逸事正多咧，可惜写这一幅字的朱先生当时不知道扶鸾，不能够订正经书上的残缺。"若洲说时，手指着花厅上挂的一幅朱晦庵先生墨迹。

"这话怎么讲？"芍溪很奇怪地问着。

"芍翁，说也奇怪，那一天，孟夫子降坛，我们学界中人见是亚圣降坛，个个肃然起敬。那盘上写道：'拙著《孟子》七篇，料想在坛诸君童年时都曾读过。我说的孟献子有友五人，只举出乐正裘、牧仲两人姓名。这是我暮年记忆力不佳，这五个人明明都在口边，但是想来想去，只记得这两人，以致后世读者对于这有其人而无其名的三个人，未免抱着缺憾。后来我身死以后，在冥间和孟献子邂逅相遇，我便问他这三个人姓甚名谁，孟献子不慌不忙，把三个人的姓名明明白白地说了，我才豁然醒悟，但是没法补入拙著《孟子》里面。现在趁着济公介绍，和诸君相见，这三个人姓名待我报告了吧。孟献子的五友，便是乐正裘、牧仲、阳皮、孺喜、少正丑。诸君，须得牢牢记者！阳皮便是阳肤的同族，孺喜便是孺悲的祖先，少正丑便是少正卯的祖父。'我们见了孟夫子降坛的鸾词，二千余年所怀的疑窦一旦打破。可惜朱晦庵注《孟子》时，不曾扶鸾请神，否则便可把三人的姓名注在下面，弥缝这个缺憾，也可省得二千余年的读者见了纳闷。"

"这些事实在奇怪，我也记起一桩事来了。"芍溪仰着头说，"有一天，东汉时代的严子陵先生降坛，据说他和汉光武帝是同胞兄弟，光武帝冒姓刘氏，假借名义，才得重兴汉室。他又搜出许多证据，证明光武帝确是他的同胞。这个消息一经传出，治历史学的得了一个破天荒的发明，很有人提议把《后汉书》改正一下子，以存信史。若不是仗着济公的佛力，这位山高水长的严子陵先生怎会亲降鸾坛，道破这个秘密呢？若洲先生，我们入坛弟子的福分真不小，有这鸾坛做那人鬼交通的无线电，自有源源不绝的重大发明。将来重刊《孟子》，便可把你说的这段故事刊在上面，把'其三人则予忘之矣'这一句删掉了，添上阳皮、孺喜、少正丑三个人姓名，也不枉孟夫子亲临鸾坛谆谆相告的美意。"

"芍翁，你的主张真不错啊。我方才在坛里时也曾提议过的。有一位经学名家鲍仲俊先生绝端赞成。他曾把经籍中的许多疑难问题在鸾坛上解决；把古代大儒郑康成、毛苌诸位先生都曾请到，有问必答，经籍上得了多少发明。他准备将来出一部巨著，根据鸾坛上的经训，竭力宣传，垂诸久远咧。"

"这一期的《鸾坛旬刊》可曾出版？"苟溪问。

"苟翁，我们坛里又有一番刷新的气象了。延请雅社巨子杨仁安主持社刊，拟把旬刊改作三日刊。仁安是长于文学的，有他主持，当然放一异彩。"

"那是好极了。仁安不但文学擅长，他的品行也是极好的。他新丧夫人，这一百首悼亡诗作得真好啊。记得有一天我在坛里和他相遇，看他意气萧索，不愧奉倩伤神。他曾向我说一句话，他是生平不二色的，这番断弦以后，永不再娶，做那一辈子的义夫。我听了敬佩得很。我也是个赋悼亡的，只因嗣续尚虚，不免纳两个姬妾相伴。现在相形之下，足见仁安的伉俪情深，令人异常惭愧。"

"苟翁休得这般说。'不孝有三，无后为大。'你的纳妾自是天经地义，颠扑不破。但是仁安的品行却也可敬。我读过旁人悼亡文字也不知有多少，大约总是浮光掠影地说几句，并非从性情中流出。唯有仁安的文字，句句是泪，字字是血。说也稀奇，拙荆读了他的文字，竟哭得涕泗滂沱。我道：'这不干你事，为什么浪抛着许多眼泪？'她说：'我自己也不明白，读未终篇，便觉得心如刀割。我很羡慕这位叶蕊珠女士死得值得，但愿你也替我作一篇哀感动人的文字，我便今天就死也瞑目。'苟翁，你想仁安的文字可以博得妇女们这般伤感，文字的效力大不大呢？料想他撰述这篇文字时，一壁痛哭，一壁挥毫，泪痕墨汁混合在一起，才撰得出这篇血泪文字来。所以人家说的不二色都是不可信的，唯有仁安生平不作诳语，我知道他说的不二色，一定从肺腑中流出来的。"

"着啊！仁安的不二色，绝非欺人之谈。我李苟溪可以替他担保，他除却叶蕊珠女士，断然没有第二个情人。"

"你这只乌龟没有张开眼睛吗？自己的小老婆给人家占了便宜，

兀自口口声声，保举他不二色。"喃喃自语的便是柔痕，她见老头子出去会客，便悄悄地去探听。她躲在屏门后探头偷瞧那来宾，见是一个五十多岁的干瘪老头儿，心里早生了厌恶，准备返身入内。忽听得提起杨仁安来，不由钉住了脚，听个明白。听到这里，又好气又好笑，便返身入内，喃喃地道这几句。

柔痕回到自己房里，便躺在沙发上，回想方才在菩提庵的一幕戏，方寸思潮，煞时汹涌：

"我万万想不到今天烧香，烧出这一桩好事来。杨仁安是很有心计的人，他套着一副假面具，博得人人都称赞他是诚实君子。今天承他的情，给我下了种子，但是下种以后，端的会发芽不会发芽，现在还没有把握。唉！发芽也好，不发芽也好，但求曼云怀孕，只博个空欢喜，那便遂了我的心愿了。悟因师太不愧是一位好师太，她竟大开方便之门，给我预备这一个制造羹饭种子的技师。方才已领教过了，他的艺术强过老头儿百倍，论不定我这一方春气蓬勃的园地上，已微微地发生了羹饭种子的萌芽。要是一个月后依旧不生影响，还得第二次请求这位技师，给我很努力地种植一下，直到有了效验才休。曼云，曼云，你别快活，休说你肚子里不见得真个怀胎；便是怀胎，我也有法子叫你一场白起劲，变作雀儿砻糠空欢喜咧。"

"柔姨太太，老爷唤你咧。"来的仿佛是一个小丫头，在房门外叫唤。

"老爷唤我做甚?"柔痕匆忙地问着。

"快去快去，老爷添了小少爷咧。"

柔痕暗暗欢喜："这杨仁安的艺术真高，只这一下子，已给我制造了羹饭种子，那么我的太太便做成了。"柔痕恍恍惚惚，仿佛自己真是个生了儿子，业已满月，举行汤饼的筵席。瞧一瞧自己身上，穿得花花绿绿，最快活的便是系着一条大红缎子金绣凤穿牡丹的裙子。这条红裙在习惯上取缔极严，凡有喜庆等事，须得正室夫人才能穿着在身；要是姬妾，那便不能了。柔痕平日见了人家穿红裙的太太奶奶们好不羡慕，几乎害了一种红裙癖。今朝天大的喜事，果然过了她的红裙瘾。当下婢做夫人，摆出大家举止，要那小丫头把她扶出堂前，但见贺客盈门，欢声雷动。老头儿李芍溪长袍短裤，打扮一新，叫柔痕和他并肩坐了，受那家人们的拜贺。第一个便是曼云，依旧是姨太太打扮，穿一条惨淡无华的绿裙，低垂粉颈，走到红毡单上，唤一声："老爷太太在上，贱妾曼云叩头贺喜。"说罢纳头便拜，服服帖帖地磕了三个头。芍溪还欠着身子唤一声请起，柔痕却是大马金刀地坐着，动都不动，哼都不哼。曼云拜罢，又有仆妇丫鬟纷纷上来叩首。柔痕这欢喜实在难以形容，忽然想着新生的小孩尚没有见过面，忙唤奶妈把小孩抱来相见。不多时那奶妈捧着绣褓里面粉搓玉琢的孩子，送给柔痕。柔痕抱在怀里，停睛细视，不觉暗唤一声惭愧，原来那小孩宛然杨仁安的雏形，只少着嘴唇上一撮短髭。那时芍溪也把小孩注视了一遍，忽地大喊起来：

"这个小孩不是我的亲骨血，哪里来的野种？"

柔痕听说，好生惊慌，忽然手足颤动，便抱不住这个小孩，偶一失手，小孩落地，但见小眼睛一眨，竟然跌死了。柔痕不禁放声大哭。

"柔姨太太梦魇了。"在旁边叫唤的便是王妈。

柔痕经这叫唤，才知道自己依旧躺在沙发上，忙拉着王妈，谈那方才的梦：

"王妈，亏你把我唤醒了。我方才一场幻梦，几乎把胆都惊破了。好好地生了儿子，生得肥头胖耳，异常可爱。谁知偶一失手，把那宝贝心肝跌坏了，不由我放声大哭。现在梦醒以后，兀自心头扑扑地跳。"

"柔姨太太，你没有怀过孕，怎会生出儿子来？倒是曼姨太太有些希望，近来她懒尝茶饭，喜吃酸梅，这喜信可确实了。"

柔痕忙拉着王妈，附耳商议：

204

"王妈，你不提这事倒也罢了；提起这事，使我这颗心七上八落，没个停止。你想曼云生了儿子，她便是正室夫人了。我梦里穿的一条凤穿牡丹的大红缎裙，便要穿在她身上；我梦里和老头儿并坐的一张椅子，便要让给她坐。唉！王妈，我是个心高气傲的人，怎肯低头屈膝，和梦里的曼云一般，服服帖帖在红毡单上叩头呢？你是我的心腹人，总得替我想一条妙计才好。"

"柔姨太太你不用慌，方才我打从曼云房间那边经过，知道她睡在床上，还没有醒。趁这机会，我和你悄悄进她的卧房，人不知鬼不觉，我揿住她的头，你伸手在她肚子上重重地捶着几拳，怕她不损动了胎气变作流产吗？"

柔痕听了这计较，异常赞成，更不迟延，便跟着王妈出房，一路蹑手蹑脚，径入曼云卧房。房里静悄悄没有旁人，绣幕低垂，但听得微微的鼻息声音，赶快揭开帐门，却见曼云仰卧在床上，并没有盖着被儿。王妈手快，拉一条被儿盖着曼云的面，一屁股坐在被上，做着手势，叫柔痕伸拳打她的肚子。柔痕咬一咬银牙，扬起拳头，恶狠狠地捶着肚子。那时曼云待要在床上叫喊挣扎，只恨被王妈紧紧地坐在头上，休想喊得出、挣得起。柔痕把良心横了，待要重捶几拳，结果她的性命，却听得有人跟跄进房，喝着："贱婢怎敢下这毒手！"回头看时，却是老头儿。芍溪一脚踢来，正踢在她臀上，跌了一个狗吃屎，急唤一声"老爷饶我"。

"妹妹醒来，怎么青天白日在那里说梦话？"

柔痕听得有人叫唤，抹了抹眼睛，却是曼云在旁边叫唤。瞧了瞧自己，兀自躺在这张沙发上，才知做的是梦。后来又和王妈在梦中说梦，依旧是梦。登堂受贺是梦，入房堕胎也是梦。做了双料的梦，直到现在，方才梦醒。还恐眼前的曼云依旧是梦中的人，又抹抹眼睛，见那窗外日光正明，两个痴蜂嗡嗡地钻那玻璃。妆台上的时钟正连打了十二下，恰是正午时分。种种景象和那梦里不同，才强扮着笑容，起身让坐。然而一寸芳心，兀自受那梦浪的簸动，不曾停止。

"姐姐，你来了多少时候？可笑我精神疲乏，白昼在这里睡，姐姐进房，我竟没有知晓。"

"方才听得老爷说你精神不爽快，伤风咳呛，特起了大清早到大仙殿去乞求仙方，但是大仙殿的仙方有灵有不灵。记得上月我也曾咳呛过的，倒亏了科发药房的白松糖浆，吃了三五次，咳呛便平复了。当时只吃得一瓶，还有一瓶不曾开封，特地送给妹妹用。温水调服，每天三五次，便可止咳，总比仙方有效。"曼云说时，便把一瓶白松糖浆很诚恳地授给柔痕。

柔痕接受糖浆时，天良一动，想到："我方才在梦里要谋害她，不料她在我身上却是百般体贴。"便不觉面上烘烘地热，有些惭愧模样。转念一想："她只为会做人情，博得老头儿常常称赞她器量宽宏，赞她举止端庄。其实她和《红楼梦》里的薛宝钗差不多，做些假意儿钓名沽誉，以便早早扶为正室。我心高气傲，和林妹妹相仿，倘不早作计较，将来失宠以后，便要重演苦绛珠魂归离恨天的一幕悲剧。她越是向我亲热，我越是恨她。谁要吃什么白松糖浆黑松糖浆？待她走后，我把这劳什子丢掉了，免得放在眼前怄我的气。"柔痕心头这般想，表面却也惺惺作态。

"姐姐，多谢你处处想得周到，真和同胞姐妹一般。便是同胞姐妹也没有你这般殷勤。"

"这算得什么？横竖搁在房里不用，送给妹妹也是行了一个方便。妹妹，我方才进房，几乎把我吓个一跳，你喃喃地唤着老爷救我。妹妹，你究竟做的什么梦？"

柔痕心头一愣，方才的梦怎好向曼云宣布？沉吟片时，含笑回答：

"这梦儿很奇怪，恍恍惚惚在堤岸上行走，偶然失足，跌入水里，探头看时，却见姐姐和老爷都站在堤岸上闲眺。我向你求救，你睬都不来睬我，那时我便大喊着老爷救命。"

"亏得是个梦，要是真个你落了水，我睬都不来睬你，这般心肠狠辣，还是个人吗？"

"仰乎！仰乎！"一只铁棒打樱桃的小猫在房门外向着曼云叫唤。

"小桃小姐来寻我了，咪咪，这里来。"曼云把小猫抱在怀里，"它是素小姐的心肝儿。素小姐虽去读书，一心仍抛不掉它，再三嘱咐我照料，恨不得抱了小桃小姐同去上课。"

柔痕伸手去抚摩小桃小姐背上的毛，但见它圆睁了眼，高耸着背，嘴里呜呜作声。

"可也作怪。"柔痕说，"小桃小姐见了我做这模样。"

"妹妹，它见了面生人都是这般的。你虽不是面生人，但和小桃小姐不太接近，它便害怕起来了。咪咪，不用怕，和你回房去。妹妹再会。"

曼云抱着小桃小姐和柔痕作别。曼云去后，柔痕恨恨地说：

"小猫也这般势利，真叫人气死咧。"

第十三章　臭皮匠想富十年穷

金钱，金钱，天下许多罪恶，借汝之名以行！

父子交恶，兄弟相争；

同室启衅，四海构兵。

金钱，金钱，依旧在世上流行；

但是，金钱底下的冤鬼，天阴雨黑，啾啾唧唧地悲鸣！

悲鸣，悲鸣，

早知一钱带不去，何苦为汝而丧生？

金钱底下的孝子，正不知有多少为着它四方奔走，为着它一世辛勤；为着它夜不安枕，食不甘味；为着它赴汤蹈火，疲精劳神。现在有人提倡非孝，恨不得把那百行之旨的一个孝字完全打倒了。

唉！毋论孝字打不倒，便是打倒，也只是打倒的"人伦孝"，却不能把"金钱孝"一股脑儿都打倒了。臭皮匠陆阿毛也是金钱底下的一个孝子，自从那天窥破了杨仁安的秘密，拉他在无人处说话，在先声势汹汹，定要把他的秘密对众公开。仁安是个随机应变的人，明知到这地步，央求他也无效，恫吓他也无效；除是请出他的尊大人来，断不能使他屈服，便在皮夹里拣出一纸十元钞票，向着阿毛手里一塞，又许他以后还有源源不绝的馈赠。阿毛见了他老子，当然有天性的关系，这孝心便油然而生了。后来对于金钱的代名词，无非唤一声孔兄、墨哥。其实金钱的势力绝非兄长可比，唤它一声兄、一声哥，还不如唤它一声爷，而且不是寻常的爷，简直是至尊无上极端专制的严父。世上尽有向着生身老子努力寻仇的儿子，世上断然没有向着活命老子金钱眨个白眼的儿子。阿毛得了金钱以后，当然满口子的杨先生是好人，杨先生是正人君子。不但不肯揭破他的秘密，而且禁止平氏在外面说长道短。有一天，平氏在家里偶不注意，提起仁安妍识尼姑的事，阿毛便恶狠狠地在皮匠担里取出麻线和锥子，定要缝住平氏这张说长道短的嘴。阿毛的意思，以为得人钱财，与人消灾，平氏不肯守秘密，传给仁安知晓，怎肯再拿出钱来？得罪仁安事小，得罪了生命老子——金钱，那便我的乖乖，真不得了咧！阿毛为着孝养他的老子，便是浑家也肯牺牲了，大有从前曾子蒸梨出妻的模样。亏得平氏连连讨饶，要不然，他定要把上鞋子的木楦头塞住平氏的嘴，再把锥子在平氏嘴唇上打着眼，取着麻线，拈着猪鬃，左一针右一针，把她的嘴巴缝个点水不漏，看她再会说长道短不成！

阿毛的皮匠担好多天没有上肩了。他有了仁安的补助费，挑这皮匠担做甚？仁安又常常来走动，总在黄昏时候，来一次总有十元八元的补助。阿毛兀自贪心不足，以为零碎补助不如给他一笔趸款，足够下半世的享用，便不再向仁安要钱，岂非直接爽快？仁安对于他的要求也不拒绝，言明愿出两千块钱，但须阿毛出一张笔据，写明授受了这笔款项，永不再向仁安敲诈，倘有反复，天诛地灭。阿毛不会写字，这笔据可由仁安代办，只需签上阿毛两个字便够了。阿毛连自己的名字都不会写，仁安便教他逐日练习起来。这两个字笔画虽然简单，但是臭皮匠学习写字，总觉得异常困难，好容易写得有些像了，仁安兀自不放心，今夜取了一张白纸，教阿毛在纸尾签上这两个字，摇摇头儿，说不行不行；明夜又取了一张白纸，教阿毛重签个名字，摇摇头儿，又说不行不行。一连三五夜，都是这般。那一夜，阿毛见了仁安，再也忍耐不住，便絮絮叨叨地发话：

"杨先生，你别和我开玩笑吧，我是皮匠出身，只会拿硬锥子，不会拿软锥子；只会拿没毛的锥子，不会拿有毛的锥子。你教我写字，真叫作'牵牛下井'。要不是为着金钱分上，为什么六十岁学起打拳来呢？只需白纸上有了两个黑字便够了，你怎么总是摇着头儿，连说不行不行？分明借此拖延，不舍得给我两千块钱。我的字要是一辈子写不好，你便一辈子不给我钱吗？呵！杨先生，你要赖去这笔钱，开了天窗说亮话，不用装腔作势，在我阿毛身上用心思。"

"阿毛，你何用这般着急？"仁安含笑说，"自古道：'大丈夫一言既出，驷马难追。'我既许了你，绝不图赖。但是这张笔据，人家替你代写了，你也得清清楚楚，签上你的名字，才有个交代。你的字实在太不堪了，歪歪扯扯，糊糊涂涂，成什么模样？"

"这真笑话奇谈了。"阿毛愤愤地说，"臭皮匠写的字，当然不成模样。要是写了好字，我也不挑皮匠担了，尽可以大摇大摆，装作乡绅模样，当着人讲些仁义道德，背着人做些奸盗邪淫。"

"呵呵，当着和尚骂贼秃了。"仁安老着脸说，"也罢，你既这般心急，也只得将就一下子。但是，两千块钱我没有携带在身边，这纸笔据我早给你预备好了，你今天签了名字，明天给你钱，可好吗？"

阿毛听了，异常快活。他想："仁安真是个蜡烛。和他客气，他便有意延宕；骂了他几句，他便肯拿出钱来。但是这纸笔据不知怎

209

样写的，我不识字，休得上了他的当。"

"杨先生，请你把笔据读给我听。"

仁安便从怀里掏出一个信封，从信封里抽出一纸信笺，读给阿毛听道：

今收到杨仁安先生名下大洋二千元整，彼此言明：阿毛不得再向杨先生要钱，不得在外面破坏杨先生的名誉。收到此款以后，阿毛倘在外面披露杨先生阴私者，听凭由杨先生告发官厅，追还此款，赔偿名誉损失。恐后无凭，立此存照，某年某日立。

阿毛点了点头儿，承认写得不错。仁安便叫他签了名字，作为正式的笔据。阿毛便把美孚灯旋得亮亮的，磨得墨浓，揿得笔饱，运动他这只缝鞋子的手腕，勉强签着"阿毛"两个字，忙道：

"可以将就过去吗？"

"可以将就过去。"仁安折着这张纸，装入信封，待要塞入怀里，被阿毛劈手抢去，恨恨地说道：

"杨先生，你又要在我面前掉花枪了！两千块钱没有交给我，这纸笔据怎好落在你手里？"

"阿毛，你太厉害了。"仁安笑着说，"我杨仁安自称门槛很精，却不料你的门槛比我更精。钱没有交给你，果然不能接受你的笔据。但是放在你那边，我很有些不放心。"

"杨先生，这话怎讲？"

"阿毛，我告诉你，这纸笔据放在你身边，虽然只有一宵之隔，但是万一给人家瞧见了，很有些不方便。只为上面写着不得披露我的阴私，人家见了，岂不生疑？定要向你根究，姓杨的有什么阴私。你说破了，我怎肯和你干休？你不说破，人家益发疑惑。"

"这真笑话奇谈了。"阿毛说，"你的秘密，我自然一辈子不告诉人知晓。便是这婆娘——"指着平氏，"我也不许她多嘴，倘在人前人后提起你在庵堂里的事，我便要取麻线缝她的嘴。杨先生，放心吧，得人钱财，与人消灾。我怎肯把这纸笔据给人家看呢？"

"杨先生，我真个险些儿被他缝起嘴来。我才说得一句，他便恶狠狠地取着锥儿，要在我的嘴唇上打眼咧。"平氏说。

"我也知道阿毛不会把笔据送给人看，只怕偶不经意，被人家瞧在眼里，生出许多枝节。好在外面有个封套，为着秘密起见，须得严密加封，才能放心咧。"

阿毛听得仁安这般说，真个把封口糊了，然后议定一面交银，一面交笔据。交纳的地点须得秘密，在阿毛家里也不好，在仁安家里也不好，怕有熟人撞见，走漏风声，须不是耍。胥门塘上有个歇凉亭子，地方清净，行人往来是很少的，明天晌午时分，双方在这里交付。横竖钞票便于携带，远一些地方做交易也不妨的。商议妥帖，仁安才悄悄地出门。阿毛并不相送，只为仁安到这里总是鬼鬼祟祟，不给外面人知晓的，预戒阿毛不用声张，不用相送。仁安出门以后，阿毛上了门，吃罢了晚饭，回到房里，小毛子睡着了，夫妇俩再也睡不着，却在枕边窃窃私议：

"我明天得了二千块钱，做什么臭皮匠？好拣个热闹场中，开一爿鞋子店，便可大模大样做老板了。"

"你是老板，我便是老板娘娘。我身上的衣服七穿八洞，须得穿一套新衣服，才像个老板娘娘。"

"我做梦也想不到会发财。你看我只轻轻地写着阿毛两个字，明天便有两千块钱到手，真叫作一字值千金咧。"

"将来小毛子大了，再也不要叫他做皮匠。还是读书的好，同是一只手，拿着没毛的锥子，不如拿着有毛的锥子。"

"我听说杨先生写得一笔好字，人家请他写了一副对，大大小小至多不过二三十个字，却要送他十块八块的钱。将来小毛子大了，要是也写得一笔好字，那便好了。"

"你的本领远比杨先生高几倍咧。杨先生写二三十个字，只有十块钱到手；你拢总写得两个字，便博得两千块钱到手。我劝你也不须开什么鞋子店，尽可以到上海去卖字咧。"

"你倒会取笑，老实向你说了吧，我有两千块钱到手，自去做老板，还恋恋你这黄脸婆子做甚？你带了小毛子，依旧做你的洗衣裳婆子；我不愁没人陪伴，有了老板，自有老板娘娘。"

"天杀的，放些什么狗臭屁？老娘嫁了你这臭皮匠，苦了大半世。你挑皮匠担，老娘替人家洗衣裳，揎搓揎搓，几乎把手上的苦皮都擦去。热天还好，到了大冷天气，在冷水里洗衣裳，冻得两只手和红萝卜一般。老娘吃了千千万万的苦，只指望替你撑起这份人家，吃一碗开眉的饭。谁料你发了财，把老娘撇在一边，天杀的，你本来不是个好东西。'滚的不稳，稳的不滚。'你年轻时，偷偷摸摸，抛着家鸡，专在外面寻野鸭子吃。只道你年纪老了，断绝了这条野心；谁料你偷食猫儿心不改，有了几个臭铜钱，便又不怀着好意。天杀的，你抛去了我，你和谁去做伴？"

"伴我的人，总比你年轻着一二十岁，走到人前也不讨厌。"

"天杀的，你到尿甏旁边去照照自己面庞，有了这一大把年纪，谁会看上了你？"

"我的年纪老了，我的洋钱却没有老。外面妇人哪一个不贪财？见我手头有了些油水，自然情情愿愿地肯嫁我。这是嫁我的银钱，不是嫁我的年纪。拭着眼瞧吧，过了几天，便有一个脸儿白白净净、身儿袅袅婷婷、打扮得花花绿绿和我一块儿坐在鞋子店里，便是我的老板娘娘。"

平氏听到这里，再也忍耐不住，没口子地天杀的长、天杀的短骂个不停。

"你骂也是这般，不骂也是这般。今夜和你一床眠，到了明天，各走各的路。你嫁我时，也是偷偷摸摸成就的，并不是明媒正娶，只和路柳墙花一般，有什么抛撇不得？"

平氏怒冲冲地把这一腔烈火透达了囟门，便在床上和阿毛厮扭起来。这张床铺不是特别的舞台，只不过几块板搁在长凳上罢了。嘎嘎咯咯的一会子，接着便是拍挞声响，小毛子在床上睡得正甜，想不到他妈会起着酸性作用，竟把这张床铺扭坍了。小孩子受不起痛苦，哇地哭将起来。平氏也不管儿子痛哭，竟把阿毛揿倒在地，捋他嘴上的毛。阿毛没口子地叫道：

"你不用动怒，我和你开开玩笑，当什么真？"

"天杀的，你敢把我抛撇吗？你敢和那白白净净、袅袅婷婷、花花绿绿的坐在一起吗？"平氏且问且捋他嘴上的毛。

"不敢了，好奶奶，放着手。"

"谁是你的老板娘娘？"

"你便是我的老板娘娘。"

"你再敢起着野心吗？"

"一辈子不起野心。倘起野心，罚我吃官司，坐长监，一辈子不见天日。"

阿毛连连讨饶，平氏才放着手，扶起小毛子，哭声兀是不绝。搁床的板凳已折断了脚，阿毛忙个不了，从皮匠担里取出锥子，在凳脚上打了几个眼，钉上了几只钉鞋的钉，依旧不牢，又紧紧地绕了几道麻线，才能够勉强将就。胡闹了大半夜，重又上床安卧，平氏的一口气还没有平，絮絮叨叨，直到天明才休。阿毛有事在心，怎敢贪睡，一骨碌爬将起来，洗面以后，照一照镜子，见颔下的须髯捋去了小半，心头好不气恼，暗暗地自念：

"这泼妇端的可恶，今天取得了这笔款，便向上海一溜，撇她在家里，看她怎么样？"

平氏见阿毛沉着脸儿，知道他兀自动着隔夜的气。阿毛临走时，平氏问他什么时候回来，阿毛睬都不睬，负气便向街坊上跑，暗暗地佩服仁安的计划真不错。

"他约我在城外交款，这法子是很好的，要是在杨宅付款，给人家见了，不免说长道短。要是趁着黑夜到我们家里来付款，又碍着这泼辣货在旁。她见了钱，眼睛里便放出火来，一定被她抢去，由她收管，那么吊桶落在井里，有多少不方便。现在约了一个清净地方，一面交钱，一面交笔据，没有旁的人瞧见，这桩事再要秘密也没有。"

很冷静的歇凉亭子，一天到晚难得有人来打坐，一面临河，河边只停着一只芦席盖的小船，静悄悄的，不知道里面有人没有。一面都是麦田，四月里天气，麦浪一起一伏，另有一种乡村的风景。阿毛上半天便赶到亭子里，坐在石凳上面，袖子里摸出几块大饼，一壁慢慢咀嚼，一壁瞧望着塘岸上的行人可有仁安在里面。但见走过的都是赶市回来的乡农，两只空篮叠在一起，挑在扁担头上，口唱着四句头吴歌：

> 做天难做四月里的天，蚕要温和麦要寒。卖小菜的哥
> 哥要落雨，采桑娘子要晴干。

阿毛暗暗点头："做天有做天的为难，做阿毛也有做阿毛的为难。有了这二千块钱的横财，黄脸婆子便和我斗起醋劲来，鞋子店还没有开，老板娘娘还没有娶，颔下的吕祖师胡须早被她扯去了一大把。将来仁安再要我扮吕祖师，那便扮不成了。我本和她开开玩笑，她竟下这毒手，似这般的泼辣货，怎配做老板娘娘？"想到这里，很决断要和平氏脱离关系。又听得经过的村农另唱着四句山歌：

> 命里穷来只是穷，拾着了黄金会变铜。一两黄金要有
> 四两福，臭皮匠想富十年穷。

阿毛听了，不由得心头一跳，怎么当着和尚骂起贼秃来？停睛看时，却是一个卖柴回来的汉子，扁担头上盘着捆柴的绳，一路唱

一路向那绿荫深处而去。阿毛想道：

"这卖柴的倒也奇怪，千不唱，万不唱，唱这刺心的话。敢是他知道我的详情吗？休得胡思乱想吧。今天的事再要秘密也没有，怎会给人家知晓呢？他唱的臭皮匠，是另一个命苦的臭皮匠；若说我阿毛，财神菩萨正跟着我走，眼睛一眨，便是鞋子店老板，说什么想富十年穷呢？"

阿毛守候在歇凉亭子里，不越雷池一步。约莫呆坐了两三点钟，渐渐地赤日居中，已是晌午时分，却不见仁安到来。自古道，等人心急。阿毛这时再也坐不定了，便在亭子里团团打转，竟和热锅上的蚂蚁无异。打了一会子的转，见远远地有一位先生，把折扇遮着日光，大摇大摆地走来。走路的模样很像是仁安，只是折扇障着，认不清切。他又遵着仁安的叮嘱，不敢大声叫喊，不过踮起着脚尖儿仔细停睛。待到走近，暗暗地唤一声侥幸。

"财神菩萨来了，不枉我在歇凉亭子里守候了多时。"

阿毛忙不迭地向仁安招手。仁安点头，径入歇凉亭子，轻轻地问道：

"阿毛，你预备的笔据可曾带来没有？"

"随带在身，怎会忘记！"阿毛说时，从怀里掏出这封好的一纸笔据。

"你便交给了我吧。"仁安说。

"咦，杨先生。"阿毛很诧异地说，"你又翻我的门槛了，说明一面交银，一面交笔据。银没有取出，怎能取我的笔据？"

仁安笑了一笑，便从怀里掏出一个方方的纸包，轻轻地说道：

"款子齐了，待我点给你看。——且慢，待我小解以后，再给你款子。"

仁安说罢，重把纸包怀好，慢慢地走到堤边去小解。阿毛见了，并不怀疑。谁料那只停泊的小船里面钻出几个大汉，跳上岸头，直奔歇凉亭，喝道：

"大胆的贼匪，你敢在光天化日之下勒索金钱吗？"

阿毛愣了一愣，正待回答，却不料就中一个汉子劈手把他的字据抢去，拆开看了一遍，喝道：

"恶贯满盈的陆阿毛，你原来专在外面干那绑票的勾当。今天可被我们捉住了，老实向你说，我们都是便衣侦探，候了你多时了。"

这当儿，方才唱山歌的卖柴汉子也从树林里折回，便把扁担头上的绳索捆柴也似的把阿毛捆起来。阿毛喊起撞天的冤枉。

第十四章　她是一只偷油老鼠

　　万丈魔潭的面积不过方寸，

　　面积虽小，却是个害人的陷阱。

　　这其间有磨牙的鳄鱼，

　　嚼得人骨如碎粉；

　　这其间有伸爪的蛟龙，

　　杀得人不留遗蕴。

　　还有其他，其他的种种恶魔，

　　百怪千奇，穷凶极猛。

　　可怜一失足，

　　便成了方寸陷阱中的试验品！

失足的是谁？便是臭皮匠陆阿毛，他自夸会翻门槛，却翻不过杨仁安的方寸陷阱。歇凉亭左右早密布着便衣侦探，一经被捕，有口难分。过了一天，苏州报纸上面便有皮刀党勒诈案披露：

　　皮匠陆阿毛，年已知命，平日尚能安分度日。近忽利令智昏，遍投恐吓书信于城中绅富，勒索巨款，信末署名"阿毛"二字，信封绘一割皮之刀，以为标记。城中绅富某

216

某等先后接到此类恐吓书信，曾经报告警区，从事侦缉在案。日前城中文学家杨君仁安，亦接得同式恐吓信一封，信中略言："因有急需，告借大洋五千元，约于某日某时，在胥门塘歇凉亭中交款，倘有错误，当于夜半以割皮之刀取君头颅。"云云。杨君一介寒儒，以卖文为生活，得此恐吓信，一笑置之。厥后又来一信，措词更形严厉，下署"皮刀党阿毛"字样，杨君不能无恐，持往警区报告。警官见有"胥门塘交款"字样，因嘱杨君姑往胥门塘接洽，一面密布便衣侦探于歇凉亭之前后左右，果在亭中将该犯擒获，且在该犯手中搜出另一恐吓信，系预备向城中某医生勒索者，人证俱获，铁案难移。闻该犯到案，犹自称冤枉，坚不承认。当由问官命该犯书写阿毛两字，果与恐吓信中所署名字笔迹相符，该犯至是不得不俯首认罪云。

那天报纸上的时评标题，便是《皮刀党》，是对于陆阿毛而发的：

> 近来匪党盛行，阁里殊感困苦，最近又有皮刀党发现。为之首者，为一臭皮匠陆阿毛。夫皮匠可以组织皮刀党，则木匠、铜匠、铁匠，何不可组织锯子党、锉刀党、铁锤党乎？工人组党，须行于正当之轨道，若借此以遂其敲诈，则为患社会，曷有纪极？惩一警百，不可为此辈宽矣。

这个时评很有正襟而谈的态度。又有一张报纸上的批评很带些滑稽论调，标题叫作《臭皮匠与文学家》，是以调侃为前提的：

> 臭皮匠和文学家，同是劳工，同是靠着一个三寸长的锥子做生活的，可以叫作有锥阶级。近日报载臭皮匠敲诈

文学家，便是捏着没毛锥子的先生向那捏着有毛锥子的先生敲诈，一开口便是五千块钱，可称狮子大开口。可怜捏着有毛锥子的先生们，做了一世劳工，也不见得有五千块钱的储蓄。臭皮匠，臭皮匠，你太不识相了，酸菜甏里怎会寻得出藏金来呢？

无论是庄论是谐谈，都是隔靴搔痒，谁也不知道里面的真相。其实仁安要陷害阿毛，蓄心已久，天天把空白的信纸教他签着阿毛两个字，总说写得不好；谁知仁安取去后，却在上面添写许多向人索诈的话，套了信封向城中绅富人家去投递。信虽不是阿毛写的，字却是阿毛签的。可笑阿毛蠢如鹿豕，已跌入仁安的方寸陷阱里面，只落得捉将官里去，再也不能申辩。在那讯问的当儿，阿毛曾攀出仁安曾和他通同一气，借着葫芦向人家诈欺取财。但是堂上的问官和仁安友谊很深，更兼仁安性情忠厚、学问优长的名誉已成为社会公论，阿毛这般招供，问官怎肯相信，认定是阿毛索诈不遂，有意诬攀。平氏听得阿毛被捕，毫不惊慌，反而说一句"天有眼睛"。只为那夜阿毛向她开玩笑，她却信以为真，她想："横竖这男人没良心，有了金钱，便把老婆抛撇，由他去吃苦，干我甚事？"后来听得阿毛判定了三等有期徒刑，她便搿搿掇掇，收拾细软，随带小毛子，重抱琵琶，另嫁一个年龄比陆阿毛缩短二十岁的臭皮匠。她把皮匠担当作嫁妆，把阿毛历年积蓄的五十多块钱当作老太婆贴汉的费用。事过情迁，再也不把陆阿毛记在心头，口口声声，反而感谢那位审判官，把阿毛定了长年监禁的罪，差不多替自己做了撮合山。要没有他这一支判定人罪的笔，我只好一辈子和那老头儿做夫妻，怎能够嫁一个年轻力壮、心满意足的丈夫呢？她想到这里，便和后夫商议，预备做一双鞋儿孝敬这位审判官。我做鞋帮，叫后夫配上一双鞋底，也不枉这位好官成就了我们的亲事。后夫笑了一笑，连称使不得：一者，没有知道这位好官的脚寸；二者，司法衙门不能轻易闯入，没的惹祸招殃，掀被头，讨屁臭。后来陆阿毛身入囹圄，没人照顾，不到一年，便病死在牢狱里面，做了一个金钱底下的牺牲者。这是后话，表过不提。

杨仁安断弦以后，人家读了他的悼亡篇章，谁也都说他是天生的情种，上门说合的人也不知有多少。仁安总是乱摇着头，表示他愿守独身主义，永不再续鸳弦。人家只道他妻死未葬，尚有余哀，暂且停顿一会子，再去说合。谁料仁安葬妻以后，竟在各报封面登一个哀感顽艳的广告，缠绵往复，发表他不忘故剑的意思；而且谢绝塞修，情真语挚，倘有人再去说合，他便要披发入山，从此不履尘境。人家见了，唯有连连嗟叹，当然不再相嬲。雅社诗人又得了一个好题目，你也作一篇《义夫行》，我也作一首《义夫谣》，直把雅社巨子杨仁安先生说得竟是位柏舟自矢的男性共姜。其实这都是一种反宣传，越是拒绝说婚，越是比着求婚的广告还得灵验十倍。执柯的果然没有人上门了，但是感动了许多待字的闺秀，纷纷和仁安通信。也有执贽愿做女弟子的；也有崇拜他伉俪情深，是数一数二的多情男子，愿把终身相托的；也有寄诗稿来的；也有寄照片来的。这几天的仁安插袋里面常有女界寄来的书札，他便悄悄地到尼庵里，把这一束书札在悟因面前卖弄：

"这是镇江来信，这是嘉兴来信，这是芜湖来信，都把照片附寄在里面。那几封信也有从本城寄来的，也有从外埠寄来的。虽没有照片寄来，但是笔致娟秀，情文并茂，料想寄信人的容颜一定不弱的。好师太，我的艳福可不浅咧。"

"你有这么大的艳福，为什么不拣一个最好的，把来做继室呢？"悟因说。

"你不要口甜心苦吧。那一天我和柔痕重续前缘，你兀自泼翻了一葫芦的醋，絮絮叨叨，和我闹了大半夜；要是真个娶了继室，敢怕你师太不住在这里，要另住一个所在咧。"

"换到什么所在？"悟因问。

"不是迁居醋库巷，定是移住醋坊桥。"仁安笑着说。

"你又要说这俏皮话了。其实我不是吃醋，你和柔痕的事，可一而不可再。往来太勤了，给人家窥破秘密，不但你的名誉扫地，连我也吃官司。再者，你不是铜筋铁骨，究竟有多大的精神？'二八佳人体似酥，腰间悬剑斩凡夫。'女色上面，还是瞧破一些儿才好。"

"好师太，你的苦口良言，我怎敢不领受？从今天起，我便离却这里，回家去休养身体，永远不和异性接近，你道可好？"仁安说时，离座便要告别。

"冤家的，休得这般放刁，坐了和你细谈。"悟因拖着仁安说，"你和我同睡，我毕竟百般怜惜你的身体。上床时，请你吃莲子羹；下床时，又请你吃蜜枣和牛肉汁。我把你的身体看得何等宝贵啊！宛比佛前点的长明灯，夜间点去二两油，明天便加入二两二钱的油，不但补足隔夜的消耗，而且所补浮于所失，所以这一盏长明灯永远不会熄灭。"

"亏你想出这个譬喻，不怕罪过？"仁安且说且笑。

"怕了罪过，也不干这些事了。我们做尼姑的，在尼言尼，只好把眼前的东西相比。况且人的性命本是一盏佛前长明灯，只有点油的人，没有添油的人，叫这盏长明灯怎不熄灭？那一天，你和柔痕重寻旧欢，我瞧在眼里，很替你担忧。柔痕怎懂得怜惜你的身体？她这般骚声浪气，简直和婊子一般无二。后来我不是叫你照照镜子的吗？你的面庞立时减却几分血色。她分明是一只偷油老鼠，只懂得偷油，不省得添油。亏得后来的几天，我天天请你吃鸡汁、牛肉汁，又在半夜请你吃燕窝粥，才把你面上失去的血色恢复回来。偷油的是她，添油的是我。我待你的好处，敢怕比你的死鬼老婆还得体贴十倍咧。你动不动便说我吃醋，却不知道我给你添油。要没有我，这盏长明灯还能够这般光明吗？古语说得好：'到老方知妒妇功。'你到了将来，才见得我待你不错咧。"

"好人，你的话很不错，我也很感激你。但是柔痕那边也须敷衍敷衍，要不然她怎肯按月津贴你香金？我本指望一度春风，便替她传播了种子，将来生个男孩，便可以承受李芍溪的巨万家私。在我只牺牲着长明灯里少许的油，然而老李的巨万家私无形中便姓了杨。这是从前吕不韦以吕易嬴的办法，再要巧妙也没有。我和你预定了双渡东洋的计划，在日本住上十年八年，重回中国。那时候李老头儿料想不在人世了；我传播的种子，料想已承受着李姓的财产了；柔痕料想已堂堂地做那太夫人了。李姓的财产，便是我们的财产，仗着生身老子的名义，向他要几万块钱，他敢不依吗？这都是牺牲着少许的灯油，博得绝大的代价，吕不韦说的'奇货可居'，简直是千古名言。"

"要是生出的孩子到了那时不承认你是生身老子，这便怎么样？"

"旁的东西可以出门不认货，只有这一滴亲骨血，总有几分像爷、几分像娘，无法可以抵赖。他若不承认，我便可以拉他到官厅滴血试验。他怕出丑，当然不敢拒绝我的要求。总而言之，柔痕不受孕便罢；柔痕受孕以后，我便按照我的计划行事，管叫不会失望。现在第一困难之点，柔痕受孕，现在尚没有把握，转是那个曼云的喜信业已证实。据柔痕说，曼云的肚皮一天一天地高了，李老头儿和他的女儿都欢喜得了不得。这倒是一桩可虑的事，曼云生了儿子，我的计划便完全失败了。"

"冤家的，你提着受孕不受孕，我倒担着一桩心事。"悟因瞟着仁安，轻轻地说。

"好人，你有什么心事？"仁安凑近悟因，轻轻地问。

"都是你不好，害得我心头扑扑地跳。"悟因说。

"师父，许公馆里定下的《弥陀经》五百卷，明天便要来取的，可曾预备好吗？"妙根匆匆地进房来问。

"这些小事何用动问？你只依着上次的办法，在黄纸上点着五百个红点子便够了。"悟因一壁说，一壁遣发妙根出房。

"妙根进房，打断了你的谈话，毕竟为什么心跳呢？"仁安问。

221

"三个月不曾见它，叫我怎不着急？"悟因低着头说。

"三个月不曾见什么？我可不明白。"

"你别装痴作呆，假作不知。"

"好人，我真个不知道，你直说了吧。"

"三个月不曾见的，便是经……"说到"经"字，悟因缩住了，不说下去。

"什么经呢？可是许公馆里定下的五百卷《弥陀经》？这也不妨碍，只需吩咐妙根打着五百个红点子便够了。"仁安笑着说。

"你不是个好人，赚了我的话，又和我打趣。"悟因轻轻地打了仁安一下。

"好师太，你有喜信，不用纳闷。师姑养儿子，自有众神着力。"

"冤家的，你闯下了这个祸，还不替我想想法子，反而调笑我。"

"好人，你预备怎么样？"

"冤家的，尼庵中真个养起儿子来，岂不笑倒了盈千累万的人？趁着月份不多，你去赎一帖堕胎药，堕下了这个孽种才好。"

"动都动不得，你肚里装着的便是财神菩萨。"仁安说时，连连摇手。

"不堕胎，难道坐待临盆吗？冤家的，亏你说得出。"悟因愤愤地说。

"好师太，不用着忙，待我细细告诉你知晓。方才我正虑着柔痕没有受孕，不能够生下男孩，做芍溪的继续人。但是，她没有孕，你却有了孕，也是一样的。只需吩咐柔痕装起假肚来，待到你分娩以后，悄悄地趁着深夜，贿通稳婆，和柔痕那边偷天换日，把孩子抱入李公馆，只说是柔痕生的，一样可以承受李姓的财产。将来我和你从东洋回来，我是小财主的生身老子，你便是小财主的生身老娘，李姓的巨万家私还怕不落在我掌中吗？"

"这个法子虽好，但是在庵里分娩总不方便。"悟因说。

"你不妨预定计较，装起病来，只说这里空气不好，到乡间去养病，便可以避人耳目了。再不然，你只说到南海去进香，我另替你觅一个秘密所在，待你生过了儿子，满了一个月，再到这里。只说是从南海烧香回来，但需套着黄布袋，拎着念佛珠，提着香篮，扮着一副正正经经规规矩矩的面孔，外面人又怎会知道呢？"

"你想的两条计较是第二条好，装病是不行的，人家说起来，你庵里现现成成地挂着神仙葫芦，还怕没有仙丹吃，却要到乡间去养病做甚？若说朝山进香，却是我们做尼姑的分内事，我便离庵几个月，人家绝不起疑。但是，离庵以后，这座庵给谁掌管？虽有徒弟妙根可以付托，只不过她的年龄还轻，你到庵里来走动，万万不可贪恋欢娱，弄坏了你的身子。你须听我的忠告，凡是年轻的女子，大概都是偷油老鼠转世投胎，你好好地保守着这盏长明灯，休得到了灯尽油干，懊悔莫及。"

喁喁谈话，不觉更深。这一夜，仁安和悟因上床睡眠，没有什么睡眠以外的事。这叫作专诚睡眠，不作别用。一者，仁安知道悟因有了身孕，希望她生一个小财主，怎敢损动她的胎气？二者，悟因既提倡着添油主义，也只得暂时割爱，叫仁安在后方休养。一宵易过，佛殿上又连撞着晓钟，仁安只翻了一个身，依旧懵腾好睡，并不似前者匆匆起身，大清早便偷出后门。这是什么缘故呢？一者，陆阿毛业已入狱，再也没有人候在弄口敲他竹杠。二者，悟因禅房里新辟了两扇窗，分明是个狡兔之窟；便有人到来，仁安只需钻入隔壁那间静室里面去暂坐，便不怕有人来撞破秘密。好在那间静室平日总是锁着，难得有人来参观；便有人来参观，待到开锁，他又一翻身钻入禅房里去。尹邢避面，便利异常。仁安往往一天到晚在庵里，除却悟因师徒俩，谁也不知他的踪迹。不过今天的仁安却不敢在尼庵里逗留，只为李芍溪设宴请客，仁安也在被邀之列。约莫晌午时分，偷香窃玉的杨仁安已在李芍溪的席上高谈阔论了。

第十五章　济公的一首诗

诗有诗品，文有文品。

有诗而无品，是谓诗匠，而何以成诗中之圣？

有文而无品，是谓文丐，而何以成文中之俊？

汗牛充栋的诗集，大半是诗匠手中的竹片木丁。

汗牛充栋的文集，大半是文丐手中的残羹余渖。

诵其诗，读其文，必先论其品。

品之不存，虽有诗文，曾不足邀我之一瞬。

　　这几句便是雅社巨子杨仁安在李芍溪席上的谈论。今天芍溪请客，便在逸园中池上草堂设宴。这"池上草堂"四字匾额，是南海康有为的手笔，上面署着"宣统八年仲夏"字样在历史上论，宣统三年便已逊位，清室统治从此结束，哪里会有什么宣统八年？但是芍溪的逸园里面竟不受历史系统的束缚。休说宣统八年的匾额不足为奇，并且还有宣统九年的楹联、宣统十年的屏条，署名的都是几个赫赫有名的遗老。他们身在民国，兀自念那鞑靼入主中华的异种皇帝，自称耿耿孤忠，不忘义熙岁月。倘有人请他们挥毫，他们总署着宣统某年的字样；但是，凡有契约关系的文件，他们一样也会署着中华民国某年某月的字样。便是人家迎合他们的意思，署着宣统岁月，他们也不接受，定要改换了才肯罢休。只为契约上写了宣统八年、九年，这纸契约便失了效力。凡是亡清遗老，都是这般把铜圆看得车轮般大，关系金钱的文件，当然署中华民国某年某月；表示气节的书画条幅，当然署着宣统某年某月。要是不信，但看逸园里面的匾额对联，无一不是宣统年号；然而这张逸园的房契，却署着中华民国某年某月。可见得契约上面，寻不出半个遗老了。池上草堂正对着一个很大的荷池，那时菡萏作花，亭亭净植。五月下

224

旬天气，正是池荷含苞待放的时候。荷叶似反张的翠盖，有几只红丝蜻蜓呆立在翠盖上面，等候花开。池旁一带高槐，有许多不厌不倦的音乐家在树顶上奏曲，便是唱了一阵又一阵的知了。宾主尽欢，开怀畅饮，八个人围着一张圆台。芍溪以外，每客杯箸旁都放着一条红签，预定座位。红签上端楷书的，是杨仁安明经、金石声太史、张诗舲孝廉、赵杏园孝廉、王慕雅副贡、鲍仲俊优贡、杜若洲茂才。什么明经、太史、孝廉、副贡，都是前清时代的科举名辞，民国词典上是没有的。今天只为是遗老请客，"瓦片也有翻身日"，不适用的科举名词居然也有适用的日子。杨仁安是芍溪佩服的人物，尊他坐个首席。其他宾客，依着科名为次序。杜若洲年龄最大，须发也有些花白了，谁叫他提考篮时不争气，只博得一名小小的秀才？今天只好屈他坐在两榜先生、一榜先生、半榜先生的下面了。众宾迎合主人，绝口不谈新学，只谈些旧式文艺。仁安挂着敦品励行的牌子，开口立品，闭口立品，论到诗文，套着"先器识而后文艺"的论调，又研究什么诗品文品。听得李芍溪点头拨脑，异常赞成。

"仁安先生的议论，可以大圈而特圈。"芍溪执着筷子，在桌上连打着圈，"士大夫不知立品，文艺便不足观。鄙人敢说一句狂话，辛亥国变以后，除却我们几位遗老，此外更没有文章。"

"诚哉是言也。"金石声太史搔着颈里的一搭顽癣，且搔且说，"自来传世的文章，第一须立品，第二也得借重科名，才能够行之久远。翰苑诸公的文章，无论工拙，总有一种华贵气流露于笔墨以外。不比郊寒岛瘦，脱不了村学究的气息。现在风云变迁，后生小子不知科名为何物，但就兄弟眼光中看来，贞下起元，科举迟早总有恢复的日子。那一天济公降坛，恰值兄弟到来。鸾坛上大书特书道：'此间有玉堂贵客，老衲在这里有礼了。'慌得兄弟答礼不迭。可见天上的仙佛依旧注重科名，一时遭劫，久后总须重光日月，再整乾坤。"

"两榜先生的议论毕竟与众不同。现在请问两位一榜先生尊意如何？请干了一杯酒，发表意见。"芍溪提着酒壶，向张诗舲、赵杏园两位孝廉各敬一杯酒。

"什么一磅先生两磅先生？"躲在屏门后面窥客的柔痕默默自念，"一磅计重十二两，两磅计重二十四两，难道这几个人都上过了磅秤的吗？今年立夏节称人，我的身躯总算是娇小玲珑的，上了磅称，也有八十多磅。他们的身子比我大，却只有一磅两磅的重量。难道他们都是轻骨头吗？难道他们的骨头比我柔痕还轻吗？"

"姨娘你为什么微微地好笑？"和柔痕一起立的李素莲悄悄动问。

"素小姐，你想好笑不好笑？"柔痕轻轻地说，"堂堂男子汉，只有一磅两磅的重量。这一个是两磅先生，那两个是一磅先生。"

"真真奇怪，又不是罐头里的牛肉、热水瓶里的热水，怎么只有一磅两磅的重量呢？"素莲且笑且说。

屏门后面正在那里调笑一磅两磅，但是座上这几位科举先生毫不知觉。张诗舲是个近视眼，上下眼皮只露着一丝的缝，听得主人尊他一声一榜先生，便道：

"不敢，不敢，乱世功名不值钱，兄弟虽然叨居一榜，在那二十年以前，还有人恭而敬之。现在却不然了，乳臭小子完全不知道'且夫''尝思'是何等样文章，起承转合是何等样笔法。他们只会说得几句鬼话，便把眼睛高看着青天，目空一切，怎有我们一榜先生在眼里？'我闻用夏变夷者，未闻变于夷者也。'似这般的时局，还有什么话说呢？"说到这里，长叹了一声，举起酒杯，浇一浇胸中的块垒。

"诗翁别发牢骚，斯文未丧，总有出头的日子。"赵杏园拈着几根黄毛髭须，且拈且说，"兄弟在鸾坛里也曾问过济公，毕竟我辈文人，有没有出头的日子？济公判道：'大乱三十年，待到三十年后，便可天开文运，歌咏承平。'照这么说，文字的厄运也有个限期，并非永远不见天日。"

"唉！"王慕雅副贡忽然发了一声长叹。

"慕翁何事长叹？"芍溪问。

"赵杏翁说的三十年以后会得天开文运，只是'俟河之清，人寿几何'，便算侥幸尚在人间，怎能够提着考篮，再入文场？不瞒诸位说，兄弟在那少年时代，自命不凡，以为博个一榜两榜易如拾芥，谁料潦倒文场，只博个半榜！"说到这里，又是一声长叹。

"姨娘，你听得吗？这大块头唉声叹气，自称只有半磅重，奇怪不奇怪？"屏门后的素莲向柔痕说。

"端的可笑，俗称骨头没有四两重，他有半磅重，总算比着四两还多二两。"柔痕说：

"姨娘不用听吧。似这般疯疯癫癫的话，听了令人生气，还不如到后面看小桃小姐去。"

"素小姐你先进去，我随后便来。"

柔痕为什么不肯跟着素莲去？席上有这一位敦品立行的杨仁安先生，便似吸铁石一般吸住了柔痕的两只脚，不管腿酸，只是不厌不倦地站在屏门背后，由着素莲一个人去看小桃小姐。外面席上谈论正酣，鲍仲俊优贡自称经学专家，尤其研究的便是三礼。他在席上谈论些古代宫室怎样高怎样深，古衣冠怎样长怎样短，引经据典，把一切的丈尺分寸口讲指画，仿佛他曾经住过夏商周三代的宫室，穿过夏商周三代的衣服。同席的听了也有些讨厌，只是不好打断他的谈论。屏门后的柔痕益发听得头疼。

"这阿胡子益发可笑，他敢是做过木匠和成衣匠不成？絮絮叨叨，谈些房屋的经帐、衣服的尺寸。"

在座诸宾，杨仁安不大发话，但是偶尔谈论，却又娓娓不倦，总博得众人点首赞成。尤其是李芍溪、杜若洲两人，对于仁安的谈话五体投地，赞叹不绝：

"仁安先生，士别三日，便当刮目相看。记得三年前，和阁下在学校中同事。彼时阁下的品学早为同辈钦佩，虽非绝类超群，却也算得洁身自好。时光迅速，倏已三年，阁下的品格一天天地高尚，

227

阁下的著作一天天地宏富。古人说的：'蓄道德而能文章。'阁下可以当之无愧。"

"杜老先生谬赞了。"仁安欠身回答，"说也惭愧，文学一层，浩如烟海，似兄弟这般的程度，不过沧海一粟，万万讲不到文章两个字。况且，兄弟的意思，并不希图在文学上成名。《论语》上说的：'行有余力，则以学文。'兄弟只服膺这两句经训。有文无行，宛似无源之水，其流易竭。尽有作起文章来，满纸仁义道德；其实方寸里面，只储着奸盗邪淫。似这般言不顾行的人，只把仁义道德放在笔头上欺世盗名，简直是名教罪人。兄弟这几年来闭户读书，只看些濂、洛、关、闽的学说，处处都从做人的方法着力。曾写着几句格言粘在座右，叫作：'先学做人，后学作文。不会作文，不失为乡党自好者；不会做人，与禽兽何异焉？'每日清晨，先把这几句格言朗诵三遍，然后读书写字。所以这几年来，兄弟在文学上没甚长进，唯道德功夫，比着从前确乎有些心得。"

立在屏门后的柔痕听了这一篇议论，虽不能句句了解，但是仁安卖弄自己有道德，她听了忍俊不禁，早已扑哧地笑将出来。要是外面静悄悄没有喧声，那么一定注意到屏门后面，为什么有妇人的笑声？若论这时，大家正赞叹仁安的议论，这位主人翁李芍溪先生连连地拍掌道：

"仁安先生的议论实在透辟之至。古人说得好：'一为文人，便不足观。'这类的文人，便是把仁义道德放在笔头上的文人，当然不足观了。要似仁安先生才算得是言行合一的人，若洲先生说的'蓄道德，能文章'并非谬赞，确是定评。兄弟对于濂、洛、关、闽四派的学说，也曾用过一番功夫，尤其佩服的便是杨龟山先生。那天鸾坛上判语，说兄弟是龟山先生的后身。兄弟见了这判语，受宠若惊。龟山先生是一代大儒，兄弟怎敢与他相提并论？但是，'身不能至，心向往之'，学得龟山的一部分也是好的。因此兄弟近来便取一个别号唤作龟丘，表示兄弟效法龟山，有志未逮的意思。他是龟山，

228

兄弟只好算个龟丘。'泰山之于丘垤'，毕竟有个大小之别。"

"他是大龟，你是小龟，有你这么地贪做乌龟，没怪我在尼庵里偷汉。"屏门后的柔痕默默自语。

"龟丘两字很高雅的。昔有李龟年，今有李龟丘，将来大集出版，便可唤作《龟丘集》。"仁安说。

"仁安先生这句话，可谓实获我心。将来敝集付刊时，一定要恳求先生赐一序言，以增光宠。"苟溪说。

"小弟人微言轻，怎敢作序？将来大集付刊，只可在篇后作一篇短跋。"仁安欠身回答。

"苟老你为什么不请教济公赐一序言呢？兄弟近来著一部《三礼质疑》，曾经叩求济公赐序。他老人家果然应允了，过了三天，便在鸾坛挥洒一篇序言，顿使拙著增光百倍。"鲍仲俊说。

"时时央求他老人家，于心未安。"苟溪说，"谈到济公，兄弟又记起一桩事来了。昨天济公赐给兄弟一首诗，寥寥二十字，说的是：'祸兮福所伏，福兮祸所倚。失马不足忧，得马安足喜？'兄弟见了这首诗很是突兀，其间含有祸福倚伏、得失循环的意思，不知道济公指的是什么事。待要叩问，鸾坛上又寂然不动。因此满腹怀疑，要请教在座诸公，可有什么妙解？"

"苟翁，恭喜你，将来定有重列朝班的希望。"金石声太史说，"这四句诗，两句是主，两句是宾，只注重在'祸兮福所伏''失马不足忧'两句。看来本朝气运未绝，今上定有第二度的复辟，将来宣召旧臣，破格录用，便在这两句诗上得个预兆。"

"金太史，只怕不是吧。"苟溪摇着头说，"兄弟投簪以后，久无宦情。便算清室重兴，兄弟也只优游林下，不图起用。"

"这个问题，还得请教仁安先生。"杜若洲茂才说。

"小弟的意思也和苟翁相同，济公所指的祸福得失，绝不指着爵禄而言。请问苟翁，近来可有什么得意的事？"仁安说。

"田园息影，有什么得意可言？"苟翁说，"但是，兄弟抱着一桩缺憾的事，年逾知命，子息尚虚。自从拙荆亡过以后，不图续娶，也和仁安先生抱着同一的宗旨。无奈'不孝有三，无后为大'，为着嗣续起见，不得不娶两房姬妾，希望得个梦兰之兆。老年纳宠，自觉惭愧，对于生平不二色的仁安先生，尤其莫名惶恐。"

"不要惶恐，这位不二色的先生已给你效劳过了。"屏门后的柔痕暗暗地在那里好笑。

"芍翁休得这般说。你和小弟的地位不同，小弟已有了一子，当然可以实行生平不二色的主义。芍翁嗣续尚虚，不纳尊宠，便不能继续宗祧。但不知两位如夫人可曾得过喜信没有？"仁安说。

"说到我们身上来了，倒要听个仔细。"屏门后的柔痕这般自忖。

"这两个姬人，进门以后，倒也端庄稳重，善体人意。只是忽忽经年，未征吉梦。直到今春，姬人曼云才有了喜信，这桩事总算差强人意。"芍溪道。

"还有一位如夫人呢？"仁安问。

"另有一个姬人柔痕，今年一十九岁，尚没有怀过孕，她也是切于望子的。"芍溪答。

"怕人家不认识我，替我报什么名？已和人家做了湿相好，你兀自瞒在鼓里。"柔痕暗暗地好笑。

"芍翁你不要见怪。"仁安正色而谈，"济公指示的二十字，大约便指这桩事而言。梦熊者未必梦熊，不梦熊者偏能梦熊。小弟酒后狂想，料想这位唤曼云的如夫人怀孕的未必是男，转是那位唤柔……柔什么？小弟健忘，才听芍翁说起，便忘却了。"

"老杨真会假惺惺，连我的名字都忘却了。"柔痕这般想。

"她叫柔痕。"芍溪说。

"恭喜芍翁，将来梦熊之兆，定应在那位柔痕如夫人身上。"仁安说。

猛可里一阵凉风，吹得屏门洞开，柔痕忙躲向旁边的修竹轩里去。外面的主宾披襟当风，异常爽快。待到酒阑席散，又同步九曲

230

桥，倚着红栏，赏鉴那碧沼中的荷花。芍溪上着心事，暗暗地自念：

"难道曼云腹中的是个女胎不成？照着济公的诗意，多分柔痕倒有宜男的希望。"

第十六章　不是玉胞肚却是草胞肚

假肚，假肚。

肚皮里有了馅也，

一天天地膨胀，一天天地增加高度。

什么馅呢？不是玫瑰，不是百果。

只把一张张的草纸，

重重叠叠地把肚皮掩护。

待要唱一支《玉胞肚》，

唉！不是玉胞肚，却是草胞肚。

苏州茶食店里有一种糕饵，唤作袋袋糕。口彩很好，是代代高升、传宗接代的意思；外面裹着红纸，印着金字，句句都是吉语。表面看来是很漂亮的了，其实里面装的大半都是粗草纸。虽有糕饵，不过十片八片，这般装假肚式的糕饵，社会上很是欢迎。遇着吉庆的事，总把袋袋糕送人，讨个好口彩。但是，袋袋糕虽然装着假肚，毕竟里面还装着一些些的糕饵；若说柔痕的肚皮，装得也和袋袋糕一般，仿佛也写着"代代高升""传宗接代"的吉祥标语，但是里面除却草纸，一些也没有。凡是装着假肚的妇女，也有一种相传的秘诀，这种秘诀是否载在《奶奶经》上，编书的却不得而知了。据说，每天在肚皮上裹着一张草纸，日积月累，继长增高，那么这个肚皮便一天天地扩大，和怀孕一般无二。柔痕得这秘诀，是从菩提庵悟因师太那边学来的。悟因师太从什么地方得这秘诀，那又不得而知了。自从李芍溪在池上草堂宴会名士以后，杨仁安有意无意地解释济公降鸾的一首诗，芍溪听了，便不觉满腹怀疑。他本准备着曼云所怀的胎是个梦熊之兆，经仁安这么一解，看来曼云的肚皮还不及柔痕争气。李姓的一线宗祧和柔痕的肚皮大有关系。老先生一向研究着宋儒的学说，寡欲清心，不大在柔痕房里住宿，现在得了济公的指示——其实是杨仁安捣鬼，认定柔痕的肚皮是李姓的子孙栈房，有了栈房，当然要进货——老先生免不得告个奋勇，在栈房里进了一回二回的货。向来只是黄金掷虚牝，不生效力，现在却不然了，过了十余天，柔痕装腔作势地说道：

"老爷，我们种的月月红，这一个月竟没有开花。从前月月开花，没有误过期的，这一个月竟误期了。"

芍溪听说，推开玻璃窗，探头看时，窗外庭心里一带竹篱，牵枝带叶地布满了月月红，东一丛西一丛的花开正盛，便怪着柔痕扯谎：

"柔痕你不是当面说谎吗？月月红开得正盛，怎说这个月没有开花？"

"老爷，"柔痕低着头说，"你是才高学广的，怎么小小的哑谜儿都猜不破？我说的月月红，是这个月月红，不是那个月月红。老爷，你难道不明白？"

"你的信水竟没有来吗？这是可喜的事，济公毕竟是活佛！"

"老爷，这个我从来没有误过期的，只错着时辰，没有错着日子，再要正确也没有。不比庭心里的月月红，虽然月月开花，开花的日子毕竟有个抄前落后。"

芍溪得了柔痕的报告，这一喜非同小可。他想曼云有孕，柔痕也有孕，但愿彼此都是个男胎，那么喜气重重，真叫作如天之福了。即不然，应了济公的鸾诗，曼云生女，柔痕生男，我也不会失望。只不过柔痕怀孕，比曼云后五个月，揭晓的日子需待来年罢了。老头儿这般着想的当儿，柔痕正把第一张草纸束上自己的肚皮，从此天天增一纸，宛比日长添线一般，不知不觉，这肚皮便慢慢儿膨胀起来。她又叮嘱老头儿遵守胎教，别和她同房。芍溪当然应允，独自在书房里住，吟几首陆龟蒙的诗，读几篇杨龟山的学说。遇着无聊时，常约着杨仁安、杜若洲前来吟诗饮酒，逸园消夏雅集，每逢一旬举行一次，不须细表。那时菩提庵里的悟因师太宣言朝山进香，嘱令妙根照料香火，主持庵堂。菩提庵的佛堂里面粘着一纸告白：

贫尼发大愿力，即日往天竺普陀南海等处朝山进香。

敝庵一切事务，暂由小徒妙根主持。伏维诸大檀越鉴察。

贫尼悟因合十

烧香的太太奶奶们见了这纸告白，赞叹不绝。她们便有种种的论调：

"这座菩提庵是悟因师太木鱼声中敲出来的，现在香火这般热闹，师太当然要朝山进香，谢谢菩萨。"

"毕竟正经师太，与众不同，有了这么一座庵堂，兀自不辞劳苦，千山万水地进香。"

其实呢，悟因头上扎着网巾，遮掩了一颗颗的香疤，换去一切僧鞋僧衣，打扮作俗家人模样。仁安早替她在虎丘山后冷僻的地方，租下一所三间两披的房屋，雇着一名乡间妇女，做她守肚的娘姨。他悄悄地唤了小舟，把悟因载往虎丘，从此躲在里面，不听晨钟暮鼓，天天看着这肚皮，专候十月满足，坐蓐临盆，阿弥陀佛，侥幸生下一个男孩子，便好抱给柔痕，用着偷天换日的手段，做那李公馆里的小主人。好在隔了三五天，仁安常常去看她，暂时虽感受些寂寞，但是到了分娩以后，便可扯去网巾，穿了僧衣僧鞋，挂着黄布袋，提着香篮，拈着牟尼珠，一壁走一壁念着大慈大悲救苦救难，规规矩矩、正正经经地进那庵门。人家只道是从普陀回来，谁知不是普陀是铺肚。"铺肚"两个字，便是铺平肚子的意思。养下了小孩，把大肚子铺得平平复复，然后回到庵里。说她是从普陀回来，她的确是从铺肚回来。不过在这时候，她还没有达到铺肚的目的，她的肚皮一天天地高，柔痕的肚皮也是一天天地高，曼云的肚皮也是一天天地高。曼云是真肚，柔痕是假肚，悟因是私肚。这三个大肚皮，都和李姓有绝大关系，分明是肚皮竞争，在那里一决雌雄。杨仁安预定了一种计划，叫作"私者官之，假者真之，真者厄之"，编成三句口诀，专待临时应用。要是曼云生了一个女孩，这"真者厄之"一句便用不着了，专待悟因生好男孩，便可进行那"私者官之""假者真之"两句话。要是悟因也生一个女孩，依旧可以抱给柔痕。女孩虽不比男孩，但是芍溪原有一个女孩，曼云生的也是女，柔痕暗里抱来的也是女，那将来财产支配，三个女儿当然都有份，自己的计划并非完全失败，多少总占些便宜。他打定了这个主张，夜间往菩提庵里和妙根偷偷摸摸，日间和雅社文人结些翰墨因缘，又在济公鸾坛里扶鸾捣鬼，遇着消夏雅集的日期，便到逸园里去赋诗饮酒，和那位别署龟丘的李芍溪先生一觞一咏，寄兴陶情。

"爹爹，你和这班不尴不尬的人混在一起，有什么趣味？谈来说去，总是半磅咧、一磅咧、两磅咧，听得人头脑都疼。"素莲陪着她老子，在那绿沉沉的竹林里散步。

"你别小觑他们。"芍溪庄重着颜色告诉女儿，"他们非比等闲之辈，都是饱学先生。现在国学消亡，风雅扫地，文学界中要如他们这般品优学粹的，实在如凤毛麟角，不可多得。你虽在女学校读书，只是得些西学的皮毛，还加着沙沙啦啦的琴歌、花花绿绿的舞蹈，还加着什么旅行、什么开会、什么纪念，一年到底，读书的日子很少，没怪你国文不长进。现在乘着暑假当儿，合该把国文温习温习，遇着疑难，尽不妨向我质问，为什么镇日只和这几只猫儿结伴，绝不见你翻着书本？再者，我和这几位宿学先生相会，你不妨出来见见他们，侍坐一旁，听听他们的谈论。他们满肚皮都是国学精华，无论单词片语，你听在耳朵里，管叫你终身享用不尽。"

"爹爹，你别骗我。我虽没有爱克司光的眼睛，但是他们肚子里的东西，我都一目了然。有什么精华？只有许多糟粕罢了。要不然，为什么他们出言吐语，有一阵阵的糟粕气呢？你说我镇日和几只猫儿做伴，爹爹你不要小觑这几只猫儿吧。我记得在湖心亭里得了桃小姐分娩的喜信，曾向两位姨娘说，桃小姐产子，便是两位姨娘产子的预兆，将来曼姨娘生个大胖儿子，柔姨娘也生个大胖儿子。现在果然不出我料，曼姨娘有了身孕，柔姨娘也有了身孕，这喜信都是桃小姐给我们的，我为什么不欢喜它的小猫呢？"

父女俩一壁走一壁谈话。沿着竹径，走不到数十步路，迎面便是一个茅亭，却见柔痕正坐在亭中瓷鼓凳上，手执着一枝秋海棠，在那里赏玩。见了父女俩，便含笑相迎道：

"老爷，你和素小姐在竹林子里谈话，微风吹来，句句入耳。素小姐真好口彩，她说我要生个大胖儿子。"说时，瞧了瞧自己那个草纸衬垫的大肚。

"柔姨娘，你的耳朵真尖咧。我说曼姨娘生了大胖儿子，柔姨娘也生个大胖儿子。"素莲一壁笑一壁去摸柔痕的肚皮，慌得柔痕躲避不迭。

"素小姐别作耍。我这个肚皮，碰都不敢轻易一碰。"柔痕说到这里，又向芍溪瞟了一眼，"老爷，我昨夜一忽醒来，觉得肚皮里连连地跳动，不禁吃了一吓，只道是闪动了胎气。后来告诉王妈，她说：'三四个月的胎，本来会得活动的，越是男胎，越是活动得厉害。姨太太的肚里一定是个男胎。'我听了她的话，很是欢喜。上半天坐在房里，肚子里又动了三动；午饭后，横在沙发上歇息，又连动了四五动；恰才坐在亭子里，又连动了六七动。动得这般厉害，大约是个男胎了。但不知曼云肚里的是男是女？"

"柔姨娘，我不是方才说过的吗？曼姨娘生个弟弟，你也跟着她生个弟弟。"

"只怕不见得吧。"柔痕沉着脸说，"济公活佛从来不说谎的。"

"爹爹，什么济公活佛？我不明白。"素莲问。

"我告诉你，却不许你告诉曼姨娘。济公降坛，赐给我一首诗，诗中的意思，是说你曼姨娘所生的不是男孩，男胎却在你柔姨娘肚里。这句话我有些将信将疑，横竖迟早都要揭晓，暂时且置不论。"芍溪说。

"爹爹，鸾坛上的捣鬼是不能相信的。"素莲说时把头颈扭这一扭，"学校里的先生常劝人破除迷信，扶鸾便是迷信，爹爹不该信他们捣鬼。从此以后，不要鸾坛里去走动。"

"小妮子口出大言，你读了没多几卷教科书，却发这狂论。旁的烧香念佛是迷信，唯有扶鸾不是迷信。往往有读破万卷书的饱学先生尚且对于济公活佛五体投地，你有多大本领，敢说扶鸾是迷信？常常和我在一起吟诗的杨仁安先生，他的品行、他的学问，确是苏州城里数一数二的人物。"芍溪说到这里，柔痕暗暗地好笑。"他是生平不说谎的，曾在济公坛下和他的夫人笔谈。鸾坛上的笔迹，和他夫人叶蕊珠女士生前的书法一般无二。他作的一篇《蕊珠降鸾记》，句句都是事实。要没有鬼神，怎会说得这般活灵活现？"

"不信不信，一百个不信。"素莲连连地摇着头，"济公是活佛，素莲也是活佛。素莲活佛比着济公活佛还灵。济公活佛说曼姨娘养的是女，素莲活佛偏说曼姨娘养的是男。好在两三个月后，曼姨娘便分娩了，爹爹到了那时，你看是素莲活佛灵验呢，还是济公活佛灵验？"

素莲这几句话说得又清又脆，和枝头百啭的莺声相似。芍溪听了怎不欢喜？但是柔痕觉得有些不大入耳，推托着秋风凉爽，要到房里去更衣，便执着秋海棠，袅袅婷婷地踏着花径而去。走了几步，又回转头来道：

"老爷，这肚子里又是连动两动。"

"柔痕，你好好儿走着。"芍溪说，"新雨才收，花径滑润，要是跌了一跤，闪动了胎气，须不是耍。"

236

柔痕口里答应，心头却是暗暗好笑："瞎眼的乌龟，我便跌十七八个筋斗，这草纸乔扮的身孕总是颠扑不破。"

芍溪瞧不见了柔痕，便携着素莲的手，同到亭子里坐。那时飕飕地起着一阵秋风，碧梧树上吹下几片叶来，依着风势，在廊下掠地而飞。芍溪点头拨脑地说道："绝好的画景，绝好的诗景。素莲，我出个题目，便是'秋风吹梧叶'，你给我作一首诗来。平仄不明，尽向我问，我可以告诉你。"

"作诗尽管作诗，这平平仄仄我听了也头疼。"素莲说。

"不明平仄，可以作诗吗？你又口出狂言。"芍溪说。

"爹爹，古来的诗是谁作得最好？"

"当然要推三百篇了，三百篇经圣人删定，便是诗的绝唱。"

"爹爹，这三百篇，也是平平对仄仄、仄仄对平平吗？"

"古诗专讲气息，不拘平仄。你要是会作古风，我也可允许你不拘平仄。"

"爹爹，你不是说作诗要明平仄吗？原来不明平仄，也可作诗，可见平仄和作诗没甚关系。人家可作不拘平仄的古风，我也可以作不拘平仄的今风。你出'秋风吹梧叶'，我便照着这意思，作一首今风可好。"

"呵呵，生了耳朵，也没有听得什么叫作今风。"

"爹爹，文艺上的作品，贵创造，戒沿袭，我便标新立异，作一首今风也好。"

"你口出大言，作一首给我看也好。"

素莲构思片晌，便取出自来墨水笔，在袖珍册子上飕飕落笔，写着一首今风：

> 我问秋风：
> "你敢是操场上的司令员吗？
> 飕飕的一声，便催动那梧叶赛跑。

足不停趾，管什么路低路高？"

秋风答我：

"我是主张严格教育者。

对于思想落伍的梧叶，怎肯轻饶？

飕飕的一声，便是贴着一纸剔除败类的革条。"

芍溪见了素莲所作的今风，在先呵呵大笑，接着又是连连地长叹，把袖珍册子交还了素莲，不发一语。

"爹爹，我作了一首今风，毕竟作得怎么样？为什么一会子笑，一会子又是长叹？"

"纯是一派胡言，亏你向我逞能。"芍溪说时，连摇着头，"凡是作诗，首在运典。你不见杨仁安先生作的诗吗？句句都有典故，又风雅，又华赡，才不愧是读书人的吐属。你这几句长长短短非驴非马的俚歌算是什么呢？你要形容风字，便该用着'屏翳''封姨'这一类故典；什么司令员、什么严格教育，翻遍古今的类书，从来没有这般说法。你要形容梧叶，便该用着'梧叶知秋''金井梧桐'这一类故典；什么贴革条、什么赛跑，翻遍古今的诗集，从来也没有这般说法。怎叫人不好笑？又怎叫人不好气？好妮子，你别逞能吧。我本来不喜欢现在所办的女学校，程度一天一天地低落，思想一天一天地卑陋。我现在听着杨仁安、杜若洲的劝告，决计不使你再入时下的学校。这几天正和他们商议准备开办一所注重国粹的女校中学，请杨先生做校长。将来你好好儿在自己办的学校里面读书，管叫国文上有非常的进步。"

"爹爹，这话可真吗？"素莲很惊讶地问。

"谁来骗你？我已筹集开办费，准备进行。"

"爹爹办学，我是很赞成的；爹爹请这位杨先生做校长，我不赞成。"

"你为什么不赞成？"芍溪问。

"爹爹，我这脑海是很清净的。"素莲说时，指着自己的头脑，"杨先生要是把那许多腐败霉蒸的故典，装入我清净的脑海里面，那么我便害着头脑瘟了。"

第十七章　肚皮和日历作反比例

一片保存国粹的呼声，
道是对于醉心欧化的一服清凉散，
对于敝屣国学的一下顶门针。
一片保存国粹的呼声，
道是打倒文学叛徒的当头棒，
恢复古代文明的救世军。
一片保存国粹的呼声，
道是维持一切若存若亡的斯文系统，
扫除一切吠声吠影的瓦釜雷鸣。

国学消沉的时代，忽听得有保粹女子中学发现，分明冷镬子里爆出一个热栗子，便惹起了许多人的注意。只为这时候学校里的课程，注意语体，唾弃文言。程度浅稚的学生当然欢迎语体文，但是做家长的大都不以为然。还加注音字母，闹得甚嚣尘上，小学生课本上面都附带着切音。老先生见了，拭抹眼睛，看了良久，唤一声"岂有此理"。他老人家不知道是新发明的声母韵母，只道是东洋舶来品。好好的国文里面，夹杂着东洋字母，童而习之，这便是废弃国文的先声，怎叫他不伤心呢？再者，学校里面大都废止读经，别说五经没有顾问，便是四书也都束诸高阁。然而外面的应用文字，又抛不掉四书五经的句法和论调。大家都以为学校里所习的国文，实在不能应付社会的需要，加着课本里的材料，不是一个哑谜儿，定是一支童歌；乌鸦也会说话，黄蜂也会作诗，教育家以为开发儿童的心思，增长儿童的文学，惹得许多半新不旧的先生们见了皱眉、看了摇头，都说："似这般的教材，儿童们读熟了，究竟有什么用度？"还加着新标点盛行一时，尤触着旧学先生的忌。他们只知道浓圈密点，可以发表文字的精彩，往往同是一篇文字，没有加过圈点，就觉得平淡无奇；一加上圈点，仿佛打了一下吗啡针，博得许多读者点头拨脑，称赞不绝。自从取消了旧标点，加上了许多新标点，左一个括弧，右一个括弧，叫那头脑不清的先生们玄之又玄，捉摸不定，都说："这新标点是无理取闹，没有一些儿价值。好好的文字，加上了许多泪痕般的'！'，指甲痕般的'（）'，倒挂秤钩般的'？'，曲辫子般的'～～～'，地牌般的'：'，实在不成了样子。"做家长的既有这种的不满意，只为文凭的关系，不得不叫子女们在学校里胡乱图个出身。身旁的旧式教授的私塾，虽然迎合旧式家庭的心理，只可惜没有文凭，便没有号召生徒的能力。

现在听得保存国粹的呼声很高，李芍溪组织的保粹女子中学正在竭力进行。有李芍溪担任经费，又有杨仁安充任校长，兼充教务主任，杜若洲充任教授，兼充事务主任。三年毕业，一般也可以给发文凭。校舍便是芍溪新建筑的一所高大房屋。在先，芍溪准备开办工厂，经他老友杜若洲一番怂恿，他说："开工厂不如开学校，工厂的经理难得，万一付托匪人，前途有绝大危险。要是开办一所保存国粹的女学校，一切学科，注重国学，其他英文、算术，随意点缀一二。借着学校的名义，提倡家塾的精神，照此办法，一定博得社会欢迎，不怕生徒不发达。再者，女子出外就学，外面的学校大都抛荒国学，现在自己办了学校，便可以精进国学，一矫时弊。若论办学的人才，这位杨仁安先生学问道德，当世无出其右，便请他担任校长，兼理教务，借着他的名誉，吸收四方学生，前途定有无穷的希望。若论办学的经费，现在只需筹办一笔开办金，将来学生发达以后，挹彼注兹，量入为出，只会有余，断无不足。但看上海那些把教育当作营业看待的诸大老板，开张了一爿学店，挂着注重三育的牌子，实行利市三倍的计划，名利双收，何乐不为？尽有靠着学店里入款，嫁女婚男，求田问舍的；也有靠着学店吸鸦片，叉麻雀，吃大餐，坐汽车的；也有靠着学店娶小老婆的。学店越是发达，小老婆越是娶得多。上海滩上，无奇不有。可见开张学店，也是一种投机的。至于芍翁办学不想赚钱，当然和上海的学校有别，仗着仁安这般实心办事，忠厚待人，绝不会贪图白镪，贻误青年。这所学校开办以后，要是没有良好成绩，我杜若洲愿负着完全的责任。"芍溪对于仁安本是很崇拜的，听了若洲这一席话，不觉连连点头。但是信仰仁安的心还不如信仰济公的坚固，便拜倒在济公坛下，请济公下一断语。其实请济公下一断语，便是仁安自己下了一断语，扶鸾的都是雅社中人物，沙盘中簌簌有声，却是几句四言韵文，叫作："人师易得，经师难求。保存国粹，舍此奚由？"这十六个字，便是济公写的保证书，也是仁安自己写的保证书。芍溪见了，便抱着决心礼聘杨仁安为校长，开办这所保粹女子中学，便吩咐他女儿素莲入学肄业，对于杨校长须得虚心请益。素莲很有些不愿意，只是父命难违，没奈何也只得勉强进校。第一天赴校以后，行过开校礼，听过校长训话，回来见芍溪，便表示不满意：

"爹爹，你说这位杨先生比什么人都规矩，只怕不见得吧。他在讲坛演说，两只眼睛不住地向学生打转，这是什么道理？"

"呵呵，你别胡说，演说时当然要向观众看，又不是盲目先生，怎好闭着眼睛说话？"

"他不是盲目先生，你却是盲目先生。"柔痕在旁听着，只是这般忖量。

"爹爹，你虽然这般说，但是我对于这位杨先生毕竟怀疑。他既是教育界中人，便该破除迷信，为什么又谈教育又谈扶鸾？"

"你又要闹什么破除迷信了。我只为你开口破除迷信，闭口破除迷信，才开办这所学校，矫正你的学校习气。须知'破除迷信'四个字不见经传，只是那些似通非通的教科书里面的口头禅，你现在丢掉教科书，去受那正当的学问了，对于杨先生，万万不能轻生疑虑。"

"爹爹，你说'破除迷信'四个字，经传里没有的；我说'济公活佛'四个字，经传里也未必有。"

"小妮子这句话，险些儿被你驳倒。"苕溪笑着说，"但是圣经贤传该信仰，济公活佛也该信仰，济公的鸾词灵验异常，便是现代的圣经贤传。"

"济公灵不灵、验不验，是另一个问题。我看杨先生的信仰济公和爹爹的信仰济公不同，爹爹信仰济公是真个信仰济公；杨先生信仰济公，不是真个信仰济公，敢怕另有作用吧。柔姨娘，你道这句话对不对呢？"素莲说时，回头向柔痕看。

"素小姐，你这句话很不差。我也奇怪着老爷为什么这般信托那姓杨的？他谈的说话，完全都不合时宜，什么道德、什么品行，听了都头疼。似这般迂夫子，理他做甚？老爷的朋友，我见了都不回避，唯有这个姓杨的，一副道学先生面孔，见了也惹厌，我一辈子不愿和他会面。"柔痕说。

"真是个道学先生倒也罢了，只怕是假道学吧。"素莲说时，连连地撇着嘴。

"你们俩一吹一唱，把我敬爱的仁安先生说得一文不值，真个是妇人女子之见了。凡是正人君子，往往易受世人的白眼；杨先生的好处，便在不肯随波逐流，讨人家的欢喜，他是很有骨气的。素莲既受了杨先生的教育，便该效学杨先生的为人，敦品励行，毕竟是青年的好模范。柔痕说的一辈子不愿见他，益发荒谬绝伦了。人生在世，不亲近正人君子，亲近谁呢？我本想介绍柔痕拜见这位杨先生，听听他的谈论，多少总得着些益处。只为柔痕抱孕在身，挺着肚皮见客，外观不雅，且待分娩以后，写一幅女弟子的大红柬帖，拜见这位杨先生，也好亲受他的教育。"

柔痕听了，捧着肚子，只是咯咯地笑。

"柔痕笑什么？"芍溪问。

"笑你这瞎眼乌龟。我和那正人君子早已打搅得火一般热，还待你介绍吗？"柔痕肚里这般想，但是嘴里却又那般说："老爷快不要介绍我和他相见，这副呆头呆脑，见了他影儿也惹厌，我向有头疼的病，许久不发了，要是听他的教育，立刻把头颅涨得笆斗一般大，这不是要了我的命吗？有了你这位好老爷，我还要拜什么先生？待到分娩以后，我愿天天跟着你受教，有你这位好老爷，便是我的好先生。"柔痕说到这里，扭股糖儿般扭到芍溪身旁，并坐在沙发上，却把娇躯倒在芍溪怀里。

"休得这般。"芍溪扶起柔痕，且扶且说，"你怀着身孕，闪了腰，须不是耍。"

过了四星期，素莲见了她老子，要求退学。

"痴妮子又来了，好容易觅得这位良师，正是求学的绝好机会，为什么要退学呢？"

"爹爹，你不许我退学，可有方法替我觅得一瓶洗脑药水，洗去我头脑里的故典毒？"

"唉，愈说愈荒谬了。"芍溪摇着头说，"我只为你学问空疏，记得的故典太少，那天作的《落叶诗》，只会说些赛跑和严格教育，简直一派胡言。特地央托杨先生对症下药，救你这空疏的病，你怎么说出这般话来？"

"爹爹，杨先生这般教法，简直是误尽苍生。那天出一个题目，叫作《说风》，我在先很起劲，这个题目很有生发，我便下笔滔滔，作了一篇六百多言的文字，对于风的起因、风的类别、风的利益和损失，依照着科学的方式说，说个彻底。谁料杨先生见了，老大不以为然，全篇六百三十三字，勾掉了六百三十字，只留着三个风字，其他完全是杨先生的作品，不是我的作品。我见了他的改笔，有许多奇奇怪怪的字，从来没有认识。他却讲得津津有味，这是出于《尔雅》，这是出于《骈雅》，还有许多书名，我可记不清。最可笑的，拉上了许多神话，一会子说屏翳，一会子说石尤，一会子说孟婆，一会儿说封家姨，自己还加上许多浓圈密点，吩咐我须得把他的改笔读个烂熟，里面所引的故典须得一一默写，还须加着详细的注解。这不是有意和我为难吗？我这有用的脑筋，为什么要记这无用的故典？这许多故典，只可骗骗百年以前一班不明科学不知世界大势的书呆子，到了现在，毫无存在的价值，故典派已归于天然淘汰，学它做甚？"

"你怎么口出大言？亏得杨先生不在这里，要不然，凭他有涵养，也得生气。素莲，你以后须得虚心受教，学问是无尽的，越是虚心，越是受益。"芍溪说。

"果然遇见了博通古今的好教师，怎敢不虚心受教？叵耐这位杨先生，但省得作几篇骈四俪六的文章，用几个鸡零狗碎的典故。学生上课，都要随带着《字类统编》《渊鉴类函》这一类不适用的书。每逢下课，还有许多堂下功课，不是作几联四六，定是对几个对仗。可惜有几位很聪明的同学已着了他的魔，坐在自修室里，只是晃着头儿、耸着肩儿、摇着躯儿，'仄仄平平仄，平平仄仄平'，嘤嘤嗡嗡地乱哼。附近开着一家书店，贩着许多教课用的书籍，开张至今，没有人顾问。后来变换方针，贩着许多《字类统编》《渊鉴类函》，居然利市三倍，销售一空。还有从前科举时代的废书，什么《得月楼赋钞》《试帖玉芙蓉》，以及什么《分类锦字》《文苑摘艳》等小册子，向来堆在厨房里准备生煤炉的，居然也有同学去问津。店伙们从尘封土里中取将出来，奇货可居，做了许多好买卖。爹爹，你花了一笔开办费，开办这么一所保粹女子中学，不是培植青年，简直是贻误青年。无论寻章摘句算不得什么文学，便是放宽一步，算它是文学，试问这般文学，学成了有什么用处？非但没用，且有许多害处：一麻醉国民性，二牺牲青年有用光阴，三养成吟风弄月的高等废物，还有其他其他的害处，说也说不尽许多。还记得有一天杨先生在讲坛上讲那美术文，其中引用的故典煞是好笑。说什么唐

244

明皇在宫中扪那贵妃的乳，叫作新剥鸡头肉，其中还考证王建的宫词，说妇女的信水叫作入月。讲得课堂中的同学有一部分低着头儿，半晌抬不起来。爹爹，你想这般美术文，美在哪里？不是美术文，简直是丑术文咧。"素莲说到这里，把足一顿，表示她的十分愤慨。

芍溪听了女儿的话，虽然大半不赞成，但是听了后来这几句，觉得素莲的说话未可厚非。仁安提倡美术文，也该拣几篇宗旨正大的文章讲讲，为什么采取这么一类的佻侂文字？佻侂文字岂是给女学生讲的？忠厚先生，未免太不忠厚了。转念一想："我竟错怪仁安了，他胸中是没有城府的，大约赏识了这篇文字，里面便有些不规则典故，他并不在意，竟很坦白地向学生们讲了。这正是他心地光明处。孔子编《易经》，尚说'男女构精，万物化生'。事无不可对人言，仁安便是这个意思，他真不愧是孔子之徒咧。"

又过了一个月，素莲便决意不肯赴校。她以为与其在学校里学这不适用的故典，还不如在家里和小猫结伴，倒有天然的乐趣。芍溪本来疼爱女儿的，见她执意难回，也不能十分相强，只是发了一声长叹道：

"唉！读书也需有福分。经师易觅，人师难求，好容易觅到了这位品优学粹的老师，叵耐女儿没有读书的福分，以致半途中止。济公，济公，辜负了你老人家一番指导的美意了。"

柔痕和曼云的肚皮比赛，毕竟比不上曼云。柔痕的肚皮，恰和床头挂的日历作一反比例。日历过了一天，撕去一张——撕的日历纸，柔痕的肚皮，过了一天，加上一张——加的草纸。忽忽秋去冬来，曼云行将分娩，芍溪有了济公——仁安的工具——先入之言，对于曼云分娩并不在意，他只注意加了一张又一张的假肚。他见柔痕翘然高耸的肚皮，便已眯花眼笑，以为这是十拿九稳的男胎。旁人会得说谎，济公绝不会说谎。柔痕见了芍溪，又故意翘着肚皮，卖弄她的成绩。

"老爷，待到来春，肚里的男孩子出世，你替他取什么名字？"

"孩子还没有出世，怎能先取名字？"芍溪说。

"老爷，我告诉你一桩事，叫你快活。昨天唤张铁嘴给我们算命，他算曼云命宫中该生女，我的命宫中该生男，这不是和济公活佛的判词一般无二吗？他又说，我是命该多子的，明年生了一个男孩，后年又生了一个，再后年又生一个，命宫安排，可以连生三子。"

"我很希望你添了一璋又添一璋。"芍溪含笑说。

这句话不打紧，直把柔痕吓个一跳。她想："老头儿说话太蹊跷，说什么添了一张又一张？敢是我装的假肚被老头儿窥破不成？"她虽然着急，却不肯露出慌张态度，偷眼瞧芍溪，却见他依然眯花眼笑，不像已窥破了秘密，当下懒洋洋地说道：

"你没有读过《诗经》，当然不懂了，弄璋是男子之祥，我说添了一璋又是一璋，便是添了一男又是一男。"

经芍溪这般解释，柔痕方才安心。但是相隔没多几日，柔痕这颗心忽又跳动起来，只为王妈气吁吁地跑来报告道：

"曼姨太太恭喜了，生个男孩子，又白又胖。"

柔痕得了这报告，呼啦一声，打碎了一件东西。

第十八章　拆穿西洋镜的石观音

　　稳瓶儿捏得坚，稳瓶儿捏得坚。

　　草纸衬垫的肚皮，

　　一定可以移花接木，换日偷天。

　　谁料他人竟占了先！

　　这叫作"工于谋人者拙于谋天"。

　　呼啦啦一声，

　　把这个稳瓶儿打破了半边。

呼啦一声，不是旁的声响，却是柔痕捏着的稳瓶儿。听得曼云产着儿子，把自己这颗热腾腾痴想做正室夫人的心，直堕入冰箱里面。侧室生子，曼云已占了优先权，便是到了来年，把这叠草纸幻化了一个男孩子，可惜已落了后；何况悟因肚子里这一包馅，还说不定是男是女呢。她想到这里，觉得希望很少，不由得呆了半晌；但是老头儿生了儿子，不得不出去贺喜，勉强更换了衣服，没精打采地去见芍溪。那时芍溪正在曼云的套房里面，满面堆欢地和那个产科女医生讲话。柔痕只得迎上前去，强扮着笑脸向芍溪贺喜：

　　"恭喜老爷！"这恭喜两字声中，含有许多悲痛，几乎泪随声下。但是芍溪在得意当儿，毫不觉察，拈着颔下的髭须含笑说道：

　　"总算侥幸，曼云居然生子了。我不进血房，你去瞧瞧这孩子，又白又胖，面庞儿有八九分像我。"说时，又指着柔痕向那女医生说道：

　　"她是我第二房小妾，也有了身孕，来春临盆，又需费你的心了。你是产科的专家，瞧瞧她的肚皮，毕竟是男是女？"

　　女医生笑了一笑，回转头去，把两道眼光在柔痕肚子上盘旋打转；瞧得柔痕着了慌，知道她是内家，没的瞧破了其中的破绽。

　　"老爷休得说笑，我要去看姐姐了。"说着，忙忙地走入里房，但见素莲和仆妇丫鬟都在里面伺候，便轻轻地揭开软罗帐，探进头去，瞧了瞧曼云。

　　"姐姐，觉得怎么样？"

　　"妹妹，我没觉得怎么样，不过疲劳罢了。"新做产妇的曼云轻轻地答。

　　"姨娘，你瞧瞧这位小弟弟好福相咧，明年你恭喜时，包管也照样生这一位小弟弟。"素莲指着仆妇抱着新出世的婴孩向柔痕说。

　　柔痕很不愿意地瞧了瞧这婴孩，真个粉搓玉琢的好孩子，要是自己生的，那真天上掉下的宝贝了。可惜是曼云生的！任凭怎样好福相，总是她的眼中钉。她暗暗地叹了一口气，随口敷衍了几句果然好福相、好面貌，没精打采地回到自己房里。过了几天，便在芍溪面前扯个谎，说要到张铁嘴那边去算命，毕竟命宫里生男生女。芍溪见她求子心切，当然不疑，谁知她一溜烟赶到菩提庵，和杨仁安躲在悟因师太的禅房里秘密商议：

"你的计划失败了！偏是她的肚皮争气，产下一个男孩子，又白又胖，老头儿欢喜得了不得。"

"你不用慌，我曾顾虑及此。曼云生个女孩，算是她造化，我们便放她过去，不须下什么毒手；现在她竟产生一个男孩子，我们怎肯就此罢休？"

"不肯罢休也是枉然，毕竟奈何她不得。听得老头儿说：'待到小孩子剃了头，便须把曼云扶作正室。'叫我怎不生气。便算到了来年，移花接木，悄悄地抱一个男孩来认作我的亲生子，但是已落在人后，嫡庶的名分早定了。我和她本是一般的，要我低首下心，蒲鞋服侍草鞋，万万不能。"

"你不用说这负气的话。我自有手段，管叫她一场空欢喜。"

"你有什么手段呢？"

"爱人，我向你说，这桩事只好天知、地知、你知、我知，依照我们杨氏四知堂的办法。我早已预备着一种镪水，今天便可交给你手，随带在身边，遇着小孩所吃的东西里面，你便下这一二点镪水。药性是很强烈的，不必多下，只需下这三四点，柔脆脏腑的孩子早晚便不免昙花一现。"

"这个法子虽好，只是手段辣一些。白白净净的孩子，给他吃镪水，似乎有些手软。"

"这是妇人之仁，最会误事。孔夫子说：'小不忍则乱大谋。'你不把白净净的小孩弄死，怎有白白净净的银子到手？"

"在尼庵里商量这毒计，只怕菩萨动怒，我们还是换一个法子吧。"

"菩萨是骗人的东西，真有灵验吗？要是有灵，第一次和你在这里干那秘戏，菩萨便该动怒了。"

"你休骗我，这里的石观音不比旁的观音，是悟因师太木鱼声中敲出来的。活灵活现，远近皆知，怎说没有灵验？"

"你兀是在梦中咧。顽石雕刻的观音会得灵验吗？要是灵验，那么捣衣石、压菜石以及一切石类的东西都会灵验了。"

"石观音不灵，怎会从地皮里迸出来呢？"

"这其中自有道理，本不该告诉你，但是你也是自家人，便说破也不妨。你道石观音真个从地皮里迸出来吗？这是我玩的把戏咧。我和悟因在三四年前便认识，只为她住持的菩提庵坍败不堪，香火断绝，要不是借着活灵活现的石观音，怎会博得四方善男信女的许多布施？那一年，齐门塘开浚河道，我以绅士资格在那里督工。苦工们从河底挖起一尊久经沉没的石观音，我出了一块钱的代价，把石观音购回家里。便想到现在的社会是崇拜虚伪的，劝他们修桥补路，干几桩真实的公益事业，恰似牵牛下井，休想依从；唯有借着木石泥土装神做鬼，便很高兴地解囊相助。我便和悟因秘密商议，悄悄地购了几担黄豆，在空场上掘个地坑，把黄豆深深地埋在里面；再把石观音安放在黄豆上面，然后把泥土掩盖了，上面铺一层草皮泥，铺得天衣无缝，瞧不出里面有什么秘戏。布置妥帖，恰逢春雨连绵，埋在底下的黄豆天天受那雨水的浸灌，渐渐膨胀起；黄豆膨胀，渐渐把压在上面的石观音一天一天地向上耸起。在先不过草地上有物坟起；后来便钻出石观音的半个头颅，不到几天，愈耸愈高，全身毕现，果然轰动一时，只道是顽石有灵，观音显圣，才能够争先布施，起造这所金碧辉煌的菩提庵。这件事的内幕不过我们个中人知晓，只为你兀是带着几分迷信，不得不把西洋镜拆给你看。"

"我本奇怪着，偷汉子的尼姑怎会感动观音？原来又是你弄的鬼。亏你告诉我，你不怕我告发吗？"

"我怕你告发，便不告诉你了，只为你也是个中人啊。你的肚皮和草场上的地皮一般，地皮中预藏着黄豆，会得膨胀，会得产生一尊石观音；肚皮上缚着草纸，也会膨胀，也会产生一位小财主。我生平得力，全在虚伪两个字；真实的容易失败，越是虚伪，越是颠扑不破。"

"你莫逞强吧。你虽然预备着一瓶镪水，只是难于下手。新生的小孩子只会哺乳，又不吃旁的东西，便想下毒，下到什么东西里去呢？又不好把镪水下在奶妈乳房中，叫小孩吃了便死。"

"这有何难？新生的小孩，在一个月中，大概总该吃大黄汤解除胎毒。你藏着这瓶镪水，不动声色，常到产妇那边去走动，看有机会，悄悄地乘着左右无人，便把镪水滴两滴下在大黄汤里，不可太多，只怕银匙舀取大黄汤，银质上起着变化。再者，下毒时要特别注意，万勿沾在皮肤和衣服上，这镪水是很猛烈的。"仁安说时，很郑重地把镪水交给柔痕。

"兴官，兴官，并不是我要害你这条小命。你该怨自己，你为什么投错了胞胎？假如你投在我的肚里，那么到了今天，把你心肝般供养，宝贝般看待，风吹都怕你肉疼，还肯下这毒手吗？兴官，兴官，你该怨自己，别怪我柔痕。"

"你又要婆婆妈妈地起这妇人之仁了。亏得在这里自言自语，没有妨害，假如在下毒的当儿，也是口中念念有词，被人家听得，那便糟了。凡事不做便罢，若要动手，须得下一个决心。毒死一个小孩，只算毒死一只老鼠，起什么怜惜之心？"

"老杨，你今天的谈话完全和那天不同。那天你坐在池上草堂的第一席，板板六十四，像煞有介事，满嘴的仁义道德，谁也料不到你会有今天这般的伎俩。"

"这叫作'智者不为人所料'呢。我只为有这几副面孔，古板面孔、风雅面孔、忠厚面孔，外面不知道的，谁也都唤我一声好好先生；最可笑的便是你们家里这位龟丘先生，他竟信了杜若洲的推毂之言，叫我办起什么保粹女子学校来，把教育权和财政权完全付托在我手里，这又是一桩好买卖。他又当面许着我将来添丁以后，还得在学校里捐助两千块钱，替新生的儿子祝福。你把镪水带回去，暂时不必下手，待到他的捐款交付后，你才下手；要不然，他丧了儿子，意兴阑珊，还肯补助学校的经费吗？"

柔痕听了连连点头，觉得这位杨先生手段狠辣、心思周密，不枉我结识了他。横竖恶人世界，"天理良心"四个字已成了过时的货，且依着他计划行事，管叫自己有益。当下辞却仁安，径返李公馆，准备觑个相当机会下这毒手。那时节李公馆里充满着欢喜空气。素莲益发起劲得了不得，好在不到学校，天天在家里陪伴她的幼弟兴官，暇时还和她的爱伴小桃小姐作耍，觉得家庭里的光阴分外甜蜜，强如在学校里受那戕贼性灵的教育。芍溪心中益发有说不尽的快活，他在先信了鸾坛上的一首诗，以为曼云有孕定是女胎，这回竟生出一个男孩来，当然喜出望外，但是对于济公的鸾诗，不免有些怀疑。一天，仁安到来，偶然谈及添丁的事，且笑且说道：

"仁安先生，你解释济公一首诗，中了一半，不中也是一半。你说生子之兆应在柔痕身上，那时柔痕尚没有怀孕，不多几天便怀孕了，这便是中的一半。你又说怀孕的曼云是怀的女胎，不是男胎，现是揭晓了，分明是个男胎，这一半没有被你猜中。难道济公降鸾的诗只有一半灵验吗？"

"芍翁，不是这般讲。济公的坛论，宛如日月经天、江河行地，只有极端信仰，万万怀疑不得。"

"济公的坛谕既没有错误，敢是足下解释得不对吗？"

"若说小弟解释错误，这也不对。据小弟看来，大约芍翁的命宫里，这一番不该得子，只因近来芍翁锐意兴学，替女青年增进幸福，冥冥中积了一种大功德，因此女胎变作了男胎。这是小弟第一层猜测。再者保粹女子中学虽开办了几个月，很受社会上的美誉，但是草创时代，设备上不大完善，亟待扩充的地方很不少。芍翁添丁是确然无疑的，今年不添丁，明春一定添丁，不过时间问题罢了。这两千块迟早总需解囊的，但是论到学校方面的需要，最好早一天捐款相助，以便女青年沾受多少实惠。大约济公成全这辈女青年，叫芍翁早生贵子，这笔捐款便好早几个月捐助。这是小弟第二层猜测。"

"呵呵，原来济公有这般美意，足下猜测之言很有至理。这两千块钱，明日便遣人送上，以践诺约。如天之福，明年柔痕也生个男孩子，我还得多少捐些金钱，补助这所保粹女子学校。"

仁安一言之下，竟博得两千块钱到手，这便是虚伪所得的代价。他益信虚伪两个字确是一辈子吃着不尽的秘诀。书本中提倡的诚实，真个误尽苍生，误尽天下后世。他别了芍溪，便去探望这位借着朝山进香的名义躲在乡间预备临盆的悟因师太。仁安自从担任了保粹女子中学的校长，久不到悟因那边去走动。今天，一者是星期六，二者又得了这两千块快要到手的好消息，一团起劲地向悟因那边去报告，将来银行存项上面，又可加上这一笔款子。他悄悄地到了虎丘，也不及游览风景，看看时候还早，白日去访悟因，惹人家注目，便在市梢一家小茶寮里面，暂时休憩。好在地方清静，一个茶客都没有，当下泡一壶茶，眼看那一角斜阳渐渐地移向塔尖，阳光里的寒鸦扑着倦翅，要向那树林中觅个归宿，不觉点头拨脑，触动了自己的诗意。只在沉吟的当儿，猛听门外有两个人含含糊糊地说道：

"得福，和你喝一杯茶，解解酒渴。"

"老寿叔，我也渴极了，进去吃一杯茶。"

说话时，舌大于杵，发音不大正确，分明是醉人的口吻。纸窗推动，晃晃荡荡地进来了两个挑着空篮的乡人，把篮儿歇在一边，两条扁担倚上了壁角。一个年在三旬左右的叫作得福，一个年在五旬左右的叫作老寿叔。大家都脱下破毡帽向桌子上一丢，面上起着赤化的色彩，连嚷着"泡茶、泡茶"，不问而知都是从市上买醉回来的了。仁安坐在一旁，醒眼看着醉眼，相距数尺，兀自酒气直冲。看他们捧着紫砂茶壶连倒了几杯茶，喝个一空，怀里掏出短竹管，一壁吸潮烟，一壁讲话：

"老寿叔，你只喝得三排酒，怎便醉了？"得福说。

"你说我醉吗？再喝三排酒也不醉。"老寿大着舌子说，兀自说不醉。

"老寿叔你在喝酒的当儿，天不怕，地不怕，只需寿婶婶走来，向你眨一个白眼，你便吓得和没骨虫一般。"得福说。

"我喝我的酒，为什么怕起婆娘来？做男子的怕了一个婆娘，我便不叫作老寿叔了。"老寿说到男子，跷着一个大拇指。

"亏你不羞，敢在我面前说嘴。记得那一天你受了寿婶婶的一顿排揎，便向着寿婶婶赔罪，从今以后不再喝酒，要是喝酒，任凭婶婶脱下皮鞋，打你嘴巴。这话不是有的吗？"

"这不过说说罢了。产后婆娘酒后汉，总是指天立誓，说经了这一次，再也没有第二次了。其实呢，狗和坑缸赌咒——都是假的。越是不愿生子，子越生得快；越是不愿喝酒，酒越喝得多。"

"呵呵，老寿叔倒也有趣。原来你这张喝酒的嘴和产妇娘产子的东西一般。"得福拍着手说。

"提起产妇娘，我便想起一桩事来了。得福，你可知道我们村里有一个预备做产妇娘的尼姑吗？"

言者无心，听者有意。在先仁安听他们调笑，全不放在心上，最后听到这一句，恰似半空里降下一个暴雷，不由得侧着耳朵，细细地听。

第十九章　调羹里面的命运

人生可以虚伪到底，

除非他人都变了聋子、瞎子；

人生不可以虚伪到底，

只为他人不都是聋子、瞎子。

小茶寮里的谈锋，

便是刺破秘密的利器。

唉！早知如此，何苦如此？

"老寿叔，你又在那里说酒话了。我们村里拢总只有这十多家，男男女女，数都数得清，男的没有一名和尚，女的也没有一名尼姑。"得福说。

"谁来骗你？住在小老虎隔壁的那个见着人便要躲躲闪闪的大肚皮婆娘便是尼姑。"老寿说时，凸起肚子形容那尼姑。

"老寿叔，这是什么话？亏得你在这里说，要是被她听了，老大的嘴巴子打得你作声不得。"

"我老寿不打她嘴巴子，已是她的运气，她敢打我吗？况且，知道她底细的不止我老寿一个，大家正想着方法摆布她，你怎么不知道？"

"我想这话总有些靠不住。"得福连摇着头，"我听得人家说她是生性爱清净的，为着住在城里怕热闹，才搬到乡间来居住。这位奶奶毕竟是城里有门槛人家的奶奶，规矩是很好的，长日躲在里面，不大到外面来走动。搬来好几个月了，我只见过她一面，白胖的脸蛋，带着三五点麻斑，乌油油的头发没有剪去，见了人笑容满面。我唤她奶奶，她便答我一声叔叔，怎说她是尼姑呢？"

仁安听到这里，惊慌稍定，又向下听去。

"呸！叫了你一声叔叔，你便道她是奶奶，活见你的鬼咧。我和你赌一个东道，她是奶奶，我愿输给你十块大洋；她是尼姑，你也照数输给我。来来来，和你拍个手掌，一言为定。"老寿伸着手待和得福拍手掌，得福却缩着手不肯赌东道。

"算你说的话是真，但是口说无凭，须有证据，你怎么咬定她是一个尼姑？"

"还你真凭实据，这几个香疤是城里奶奶头上没有的。"老寿手指着自己头皮说，"你道乌油油的果真是她的头发吗？嘿！谈也休

254

谈，她只在光头上装个网巾，外面还扎着一只兜，粗看时像煞有介事，生得一头好发，别人见了不疑，我老婆毕竟有见识，见她不论寒暖，总不把头上的兜卸下，便疑她是个秃子。有一天，我老婆清早到她家里借日历，她恰才起身，尚没有套着网巾，见了我老婆，赶把网巾套上。我老婆眼快，已瞧见她的头皮上整整齐齐的十二个香疤，因此知道她是个尼姑，当面不便说破她，只假装作没有看见。后来打听她家里那个帮工的女人，在先不肯说，后来禁不起我们再三盘问，才知她是菩提庵里的悟因师太，是城里杨老爷把她安插在这里。帮工的再三叮嘱我们在外面声张不得。"

仁安听到这里，暗暗唤声不好，这里不宜耽搁，休被他们瞧出了破绽，赶快付去茶钱，便离却这座茶肆。那时暮色苍茫，很适宜于不走光明道路的杨仁安。小茶寮离却乡村约有三四里路光景，仁安脚乱步忙，全失了往日缓步从容的模样。背后落叶声响，只疑是有人蹑着他的行踪，时时回转头来看个不停。穿过几处树林，才听得犬吠声音，知道乡村到了，益发加紧几步，去敲那悟因的门。帮工的女佣出来应门，见是仁安，便道：

"杨老爷来了，我们奶奶正惦念你咧。"说到"奶奶"两个字，那帮工忍不住地好笑。仁安不睬她，一溜烟钻入悟因的卧房，却见那个套网巾的尼姑正坐在房里支着腮看那灯光。

"这里住不得了，你头上的香疤已被人家瞧破，怕人家来敲竹杠，快快打点打点搬到别处。"仁安气吁吁地说。

"你又是听了哪个嚼舌头的话，气吁吁地跑来催我搬场？搬场不是容易的事，你没有看定房屋，叫我搬到哪里去？"

仁安待到喘息略定，把方才在茶寮里听到的话，一一告诉了悟因。

"这不妨事。"悟因说，"乡下婆娘都是贪小利的，我给她些好处，便不会在外面说长道短。"

"这怕不行吧。"仁安连摇着头，"单是那婆娘知道，你可以贿嘱她不许声张；现在她已传了出去，便没法再守秘密了。现在只好双方并进，一面你送些银钱给那婆娘，叫她叮嘱她男子不得再在茶坊酒肆里乱话三千；一面我赶紧另择房屋，早早搬出是非场，才是道理。"

"搬场时也有一桩难处。我们搬出去时，村里人都知道是情虚逃走，要是在背后窃窃私议，只怕惹出事来。唉！都是你不争气，你既会传种，怎么不传到柔痕肚子里去呢？叫我出家人怀着身孕，出门时也胆怯。"

"你抱怨我也迟了。事到其间，只有一走之法，日间不好行走，只好在夜间走了。待我寻得了房屋，和你夜间动身，可好不好？"

"唉！偷来的锣鼓响不得，只有这般办了。今夜难得你到来，你便住在这里，慢慢商议良法。好在你是个智囊，城里许多聪明人尚被你瞒过，何况这几个阿木林、阿土生？"

当夜仁安便住在这里。待到来朝，不敢逗留，别了悟因，自去寻觅房屋。但是，房屋虽多，一时要觅个相当的所在，很费周折。忽忽三天，好容易觅得一所房屋，趁着黄昏，自去接取悟因。谁料事有凑巧，李公馆里便在这天起着轩然的大波。柔痕衣袋里藏着一瓶镪水，天天到曼云那边去走动，想乘隙下毒，竟没有机会可乘。只为曼云尚没有离床，新生的兴官不是奶妈抱着，定是素莲抱着。柔痕在芍溪面前献殷勤，表示着自己疼爱兴官，从奶妈手里讨着孩子抱在怀里。但是一经柔痕接手，兴官便哭个不停，奶妈见了笑嘻嘻地说道：

"柔痕太太，你肚皮里也有官官，仔细闪了腰，不用抱吧。"

柔痕不服气，如是这般，已有好多回，抱一回总是哭一回。柔痕嘴里不说什么，心头却是恨恨连声：

"这小东西倒也古怪，抱在我手里便哭，分明和我有宿怨一般。我在先想致他死命，总觉得有些手软，现在不由我不怒从心上起，恶向胆边生了。他既这般古怪，我便存一个决心，把镪水给他吃，也不用三滴两滴，爽爽快快地倒这半瓶，叫他立刻就死，岂不是好？"

这一天也是合当有事。柔痕进房去看曼云，恰值曼云不在房里。眼皮四溜，静悄悄不见有人，却见桌子上面有小孩吃剩的大黄汤半杯，这真是绝好的机会，不觉把良心横这一横，又向四下望了望，并没有人走来，更不迟延，把半杯大黄倒入痰盂，然后从怀里取出锬水瓶倒了半杯，塞着瓶塞，重又藏在怀里。杯子里本有沉淀在底下的大黄，加入了锬水，摇这几摇，依旧是黄澄澄的，一时很难辨别。但是陡见了旁边放着一只小银匙，想起仁安嘱咐的话，锬水的成分太多了，见着金类物质，易生变化，不觉心头连跳几跳。

"不好，不好，锬水能溶化金类，小银匙放入杯子，立时露出马脚来，不如把来藏好了。"

当下偷把小银匙在怀里一塞，不敢逗留，又向四下望了望，却见小丫头秋华在院子里晾衣，只露着下半身，却被晾的衣裳掩住了她的上半身，暗唤侥幸，蹑步出房。走不到十多步路，忽听得远远有姨娘的呼声。

"姨娘，你到哪里去？"素莲抱着小桃小姐迎上前来。

"素小姐，我去看你的曼云姨娘。揭着门帘望了望，她不在房里，我便退了出来。"

"你寻曼云姨娘吗？她在花厅上和爹爹讲话咧。兴官也在那里，奶娘也在那里，我和你去找她。"素莲一壁说，一壁挨着柔痕同行。

芍溪晚年得子，比什么都快乐，天天总叫奶娘把兴官抱给他看，恨不得小孩子轰轰地立刻和成人一般，承受他的产业，继续他的诗酒生涯。这天，正在花厅上抱着兴官和曼云讲话，奶妈侍候在一边。

"曼云，我以为兴儿剃头的日子现在还早，待到下月举行吧。"

"老爷，腊月里不能剃头。"奶妈说。

"有什么忌讳呢？"芍溪问。

"腊月里剃了头，小孩大了，容易有头癣，生成癞痢头。再迟一个月，便是明年正月，正月里剃了头，满头大汗，成了一个蒸笼头。"

"呵呵，虽是些无稽之谈，然而苏州却确乎有这风俗，正月都剃不得头。要是延至二月，日子太隔得久了，似乎不好。况且外面的亲戚朋友都渴望着吃喜蛋，吃剃头酒。曼云，我的意思，便在本月里拣一个无冲无克宜乎剃头的吉期，大开筵席，欢饮亲朋，你道好不好？"

"老爷的办法，再好也没有。"曼云说。

"曼云，我有一句话，须得当着柔痕和你说。柔痕在哪里呢？"

"老爷，你说着曹操，曹操就到了。你有什么话要当着我说？"柔痕正和素莲从里面走出，听得芍溪这般说，因此动问。

"本要唤你，你来了很好，这里坐着，听我说。"芍溪指着旁边一张椅子，叫柔痕坐。素莲抱着小桃小姐，只在一旁站着。

"我当时不是有言在先的吗？你和曼云两个谁生儿子，便是谁做正室。天可怜我李芍溪平日为官清正，后来林下休养，总是救苦怜贫；近来又替地方兴办教育，培植一班青年女子。芍溪无后，何以劝善？因此你和曼云都有了身孕。曼云生育在先，又是一索得男，现在兴官不日要剃头了，我想趁这好日子，把曼云扶作正室。好在曼云是很稳重的，你不须忧虑，曼云绝不会薄待你的，我可以负责担保。"芍溪说时含着笑脸，辞色又是很和平的，生怕柔痕听了失望。

"老爷，要是我这个，"柔痕指着草纸装叠的高肚说，"也是个男孩子，这便怎么样？"

"便是男胎，只可惜落后了，相差只有几个月，正室便轮不到你身上了。但有一层，你可以安慰，将来你生了男孩子，我对于他们小兄弟俩，决计一例看待，家产平分，没有谁多谁少的。"

"老爷，我和曼姐向日和姐妹一般，又是彼此都怀了孕。她生男比我早几个月，便分出正室和侧室，只怕不大公道吧。"柔痕愤愤地说。但是，说过以后，便生懊悔。她想，眼见这孩子早晚便要中毒死了，将来都是我的世界，争什么正室侧室的名分呢？

"老爷，容我奉禀。"曼云离了座，很大方地向芍溪进言。

"你说什么？"

"老爷，你在湖心亭里宣言，谁生儿子，谁做正室。在宣言的当儿，料不到我们姐妹俩大家都会怀孕。曼云的意思，只指望老爷多子多孙，并不指望本身升什么正室。现在老爷果然添丁了，曼云的愿望已遂，正室和侧室不成问题。况且，柔痕妹妹分娩在即，大家都说她怀的是男胎，一般都是生子，怎好使妹妹一人向隅，屈居侧室呢？要做正室，大家都是正室；要不然，大家依旧做侧室。本来我姐妹俩很和气的，休得为着正室侧室，两人感情上筑起一堵很高的墙垣来。"

芍溪连连点头赞成曼云能识大体。柔痕听了，又不免发生懊悔。她想，早知道曼云这般器量，何苦下这毒手？但是，如今势成骑虎，下场不得了。

"柔痕，你且听着。人家的说话，何等光明磊落？你动不动便怀着偏见，悻悻然见于其面。古来注重胎教，先天的教育是必不可少的。你要是这般心肠狭隘，我很替你生下的孩子担忧。"

当当当的壁钟响了。

"老爷，官官每隔两点钟，吃大黄汤一次，现在又好吃大黄汤了。医生说，多吃大黄汤，可清胎火。"奶妈说这话时，柔痕暗暗欢喜，这奶妈分明是催命无常。

"大黄杯子便在房里靠窗桌子上，旁边还放着一个小银匙，你去取来。"曼云吩咐着奶妈。

奶妈进去了好一会子，方才出来，一手执着大黄杯子，一手执着瓷质小调羹。右手的袖底撕破着一块布，飘飘荡荡地迎风摇动。她说：

"可也奇怪，小银匙遍处找不到，又恐误了官官吃大黄汤的时刻，心乱意忙，把衣袖在抽屉锋上扯破了一块。没奈何另取了一个瓷的，不及细找了。姨太太抱着官官，待我喂他吃大黄汤。"柔痕听了，暗暗安慰，用瓷调羹舀取大黄汤，再也不会露出破绽来。

"奶妈，你找得不仔细，小银匙明明在桌子上，怎会不见呢？便是找不到，我的芙蓉粉盒子里另有一把小银匙，你去取来。须在清水里洗涤一下，只为上面还沾染着花粉，防有粉毒。"曼云这般说，柔痕却怀着鬼胎，暗暗着急。

奶妈正待去重取小银匙，却被芍溪唤了转来。

"不用去取吧。银调羹和瓷调羹也差不多，小孩吃大黄汤要紧，且待吃过以后，再去寻找。"这句话又使柔痕心头安慰，多分这孩子命尽禄绝。

奶妈经芍溪唤了转来，忙把瓷调羹在大黄杯子里搅了几搅。芍溪早把怀里的兴官授给曼云，曼云把孩子抱在膝上，仰着身子，也是合当有事，那孩子忽然连打着呵欠。她道：

"奶妈，趁他张着嘴，你把大黄汤（柔痕眼光中的镪水）灌给他吃吧。"

于是奶妈不敢怠慢，取着小调羹，满满地舀取一调羹的大黄汤——柔痕心里中的镪水，待要灌给小孩子吃，于是兴官的运命，只系在这一调羹的大黄汤里面。

第二十章　神仙葫芦踏一个瘪

一个闷葫芦，真个会闷到底吗？

天下没有打不破的葫芦底。

是大黄汤吗？还是镪水？

是大肚皮吗？还是草纸？

是朝山进香吗？还是尼姑产子？

是敦品励行吗？还是盗名欺世？

今日里打开葫芦，便知道非非是是。

毕竟小桃小姐，其功匪细；

合该替它丝绣平原，金铸范蠡。

　　素莲抱着的小桃小姐圆睁着它的一金一银的眼，只向奶妈的袖衣注视。小猫天性喜玩，素莲常常滚着皮球引逗它。皮球滚到东，它也跑到东；皮球滚到西，它也跑到西。素莲又执着绳子在地上打转，它便驴子牵磨似的随着这绳子打转。直待玩得够了，它装作没有瞧见，蹲在地上舔自己的毛，或者一上一下地举起前爪，做一回猫洗面的工作。这一回奶妈袖下挂着一条破布，恰是小桃小姐玩耍的目标。奶妈左手执着大黄杯子，右手取着瓷调羹，向杯子里舀取满满的一调羹大黄汤；袖下的破布，便似旗子般地飘动。小桃小姐再也忍耐不住了，倏地从素莲手里跳到奶妈那边，去抓她袖下的破布。奶妈没有提防，吃这一吓，半杯大黄汤以及调羹里舀着的，完全都泼翻在曼云的裙幅上面。曼云把兴官授给素莲，赶把裙上的水渍抖这一抖；不抖犹可，抖了时一条裙子毁烂了半条。

　　“哎哟！这是什么缘故？大黄汤泼在身上，会得毁烂裙子！”曼云很惊讶地说。

　　“这不是大黄汤，竟是镪水啊！谁下这毒手，谋害兴官？”芍溪厉声诘问。

　　这时吓坏了奶妈，泪流满面地向主人声诉：

　　“老爷，这不干奶妈的事。奶妈服侍官官，但愿太平无事，益长益大，绝不会下这毒手。”说时，吓得瑟瑟地抖个不住。

　　“奶妈你不用惊慌，我做过几年知县，什么疑难案件都曾审过。今天下毒的人，绝不是你。要是你想下毒，什么时候不可以下毒，孩子天天是你抱的，夜间又和你同睡，你不在那时下毒，竟当着大众下毒，万无此理。”

　　“爹爹，不信有这狼心狗肺的人，要把兴弟弟药死。药死了兴弟

261

弟有什么好处？这件事须得彻底根究，要不然，家里有这暗算的人，此次不遭毒手，下次便不免遭这毒手。"素莲说到这里，又捧着小猫连连和它接吻，"小桃小姐，今天全亏了你。要没有你这一扑，我弟弟便被人害死了。"

芍溪自言自语道："可恶！可恶！肘腋之下，变生不测，下毒的总不出左右这几个人。一切仆妇丫鬟，都和我唤来，一个都不许缺。"

霎时节花厅上黑压压地站着许多人。芍溪射出炯炯的眼光，向众人面上一一注视。柔痕做贼心虚，只是躲避着芍溪的眼光，越是躲避，芍溪越向她面上注视。

"你们听着，今天有什么形迹可疑的人到曼云房里走动？不须忌惮，须得直说。"

"老爷，容丫头告禀。"秋华走上几步，向芍溪这般说。

"你有什么话？尽说不妨。"

"方才丫头在院子里晾衣，远望见柔姨太太走入曼姨太太房里，好一会儿工夫，鬼鬼祟祟，不知干些什么事。"

"放你的屁！谁到过她房里？你别见了鬼！"柔痕颤着声说。

"柔痕不用多讲，谁下毒手，总会水落石出。"芍溪喝住了柔痕，眼光依旧向她注射。

众人听得这般说，心里明白这件事有七八分是柔痕下的毒手。王妈心里益发了然，素莲也是这般想。芍溪的眼光向着柔痕注视，众人也向柔痕注视。素莲忽地喊将起来道：

"咦！奇怪，奇怪，柔姨娘裙子上面为什么有大黄痕迹？"

柔痕低头看时，果有一条黄色的痕迹留在裙幅前面。这是方才倒去大黄时，偶不注意，溅在上面的。一时面红颈赤，没话可答。有了这两种可疑之点，芍溪这一腔怒火再也按捺不住了：

"贱人，你原来人面兽心，做的好事，还想躲赖吗！"

"老爷，委实不是我干的，屈煞柔痕了。"

"搜她身上，可有什么下毒的证据？"芍溪吩咐着仆妇丫鬟。

第一个告奋勇的便是奶妈，上前扯住了柔痕，待要实行搜检。柔痕不服，和奶妈厮扭，不提防铮的一声，从柔痕衣襟里落下一只白银小匙。

"贱人，又是一个证据了。你们快把贱人的衣服剥下，细细搜检。"

那时动手搜检的人益发多了。几名仆妇和小丫鬟秋华一齐动手，竟把柔痕的上身衣服一件件地剥下，只剥剩一件贴肉短衫。果在棉袄袋里搜出半瓶药水，上面外国字，众人不识，素莲却识得，分明是镪水。

"贱人，我这般待你，你却包藏祸心，准备断绝我的后代。快取棒来，打她一个半死，再行送官究办。"

"老爷，念我怀着身孕，饶我这一遭吧。"柔痕战兢兢地跪在地下。

"谁稀罕你这身孕？有你这黑心妇人，也生不出好孩子。仆妇们快替我剥下她的短衫，精皮肤一顿痛打。"

嘿！柔痕的短衫可以剥去的吗？一经剥去，草纸乔装的高肚豁然呈露。仆妇们一片声地喧笑道：

"不要面皮，装的是假肚咧。"

"装了这一叠草纸，还要装腔作势，动不动怕闪了腰肢。"

"唉！家门不幸，出这恶魔。你们替我结实地打！"

"老爷，容柔痕细禀。"柔痕赤着膊跪求。

"你还有什么话快说？快打快打！"

"老爷，待柔痕禀明以后，打死也甘心。"

曼云见这光景煞是可怜，便也帮着跪求。

"贱人，有话快讲！"芍溪吆喝着。

"老爷，柔痕干这勾当，果然罪该万死。但是，柔痕纵然丧心病狂，也不会昧良到这般地步。只为急于求子，上了奸人恶尼的圈套，

263

一切毒计，都是奸人指使，锱水也是奸人交给的，装假肚的方法也是奸人传授的。柔痕不过痴想得子，希图正室，经那奸人再三撺掇，才敢做出不顾天理的事。如今事已破露，懊悔嫌迟。老爷把我处死也是应该的，只恨这奸人污辱了我的身子，还引诱我闯这滔天大祸，他却逍遥事外，套着假面具欺人，柔痕死不甘心。"诉说时，柔痕哀哀地哭。

"谁是奸人？你且说来。"芍溪厉声诘问。

"老爷，他便是老爷的朋友杨仁安这贼子。"

"贱人打嘴，杨仁安是品端学粹的人，怎会干这不端的事？"

"爹爹且听柔姨娘声诉，这事一定不虚的。杨仁安不是好人，女儿业已瞧破，但看他那天替爹爹解释鸾坛上的诗句，说柔姨娘有宜男之兆，后来柔姨娘便自称有孕，可见装假肚的事，定是杨仁安主谋。"

芍溪听他女儿的话很有道理，又催着柔痕快讲。柔痕才从菩提庵烧香讲起，把仁安和悟因串通一气，挂着葫芦骗人上当的事，详述无遗；后来葫芦里暗藏春药，禅室宣淫；以及悟因有了身孕，便想出移花接木之计；以及曼云生了儿子，又知道计划失败，便想出毒死孩子的阴谋。这许多话，足足说了半点多钟。

"唉！我从此再也不敢评量天下之士了。"芍溪说，"声名卓卓的杨仁安，竟会干出这狗彘不如的事，我果然瞎了眼！但是，杜若洲向我竭力保举，其中显有狼狈为奸的举动，定要研究一个彻底。"

芍溪愤愤地起身，吩咐："把柔痕看守着，且待去找若洲说话。"恰好门役来报，说："杜若洲老爷来了，现在书房里坐着。"

"我正要找他，他竟到来，再好也没有。"芍溪一壁说，一壁出去会客。芍溪去后，曼云叫仆妇替柔痕穿好了衣服，不记前仇，仍把好言相慰。柔痕惨凄凄地回到自己房里，翘着肚子出房，瘪着肚子归房，自有仆妇丫鬟把她监视。

芍溪愤愤地进了书房，见着若洲尚没发话，若洲却向他深深

264

一揖：

"芍翁，今天兄弟特来请罪。自恨无知人之明，误引匪人，罪该万死。"

芍溪听了发愣，怎么方才的事若洲业已知晓，又没有无线电走漏消息。

"若洲先生说的匪人是谁？"

"还有谁呢？便是那个口是心非的杨仁安。"

"哎呀，寒舍不幸的消息，足下已知道了吗？"

"芍翁府上有什么不幸消息？兄弟竟不知晓。"

"既不知晓，怎说杨仁安口是心非？"

"芍翁有所不知，仁安的事闹得大了。他自从掌管保粹女子中学，纯取独裁主义，财政出入毫不公开。兄弟一向是信仰他的，见这光景，也不免怀疑起来。后来听得府上又捐助二千元特别款，仁安接受后，竟不向职教员报告，擅自并在杨仁记的银行存款上面，借公济私，情弊显然。兄弟待要面诘仁安，两三天内，又不见他到校，行踪诡秘，和从前的仁安大不相同。兄弟几次到他家里去访问，家里只有佣妇和小孩子，不知道他的踪迹。兄弟很是忧闷，猛然间警局差人来报告，说仁安在虎丘左右，拐着一个有孕的尼姑，黄夜私逃，被村民双双追获，解往警局。警官见他是有体面的人，不曾苛待，只叫他觅个保人出面保释。他竟写着芍翁和兄弟的名字，说可以保证他的品行无亏。警局差人到来，便是叫芍翁和兄弟出面保释。兄弟听了，异常愤怒，一面拒绝作保，一面登门报告。芍翁，须知仁安是口是心非的伪君子，警局里倘有人请芍翁作保，万万不能轻允。芍翁对于仁安，一向气谊相投，但是请他做校长，毕竟出于兄弟的主见。这是兄弟误信匪人，须得向芍翁面前负荆请罪。"

芍溪呆了半晌，才深深地一声叹息：

"唉！也说不得许多了。彼此都没有眼睛，才入了他的圈套。毕竟天网恢恢，疏而不漏，这贼子竟被擒了。他想我出面具保吗？他

265

竟是做梦，我正要捉他咧。"

"芍翁，你为什么要捉他？"

"一言难尽，只是家门不幸罢了。足下也不须盘问，到了那时，自会知晓。现在且忙着捉拿贼子，别使他逃走了。"

若洲见芍溪一种盛怒的样子，知道里面又发生了什么问题，便不敢久坐，告辞而去。芍溪也不挽留，若洲去不多时，有一名警察登门，手持一封书，送给芍溪过目。

芍老前辈径启者：晚昨夜赴乡扫墓，傍晚言归，适有不相识之比丘尼夜行迷路，乞晚为之引导。晚偶动恻隐，允许同行，尼庵在阁门外，晚归途必由此经过，意欲送之返庵，尽我扶助女流之责任。而事乃有大谬不然者，乡愚无识，发生误会，指曾参为杀人，讥子渊为盗饭，一犬吠声，群伦毕集，竟将晚与某尼捉赴警局。幸警长素念晚之为人，置诸优待室中，以待保释。明知言规行矩之人，绝无桑间濮上之举。唯官厅惯例，须经本地绅士列名具保，乃得当众省释，以塞悠悠之口。晚之立品，早在前辈洞鉴之中，恳请代为雪诬，偕同若洲先生来署具保，不胜盼切之至。

要是没有柔痕这么一回事，芍溪见信以后，一定掮上木梢，亲去保释那位受诬的君子。现在芍溪阅过一封信，益发恼怒，当着警察，把来信扯个粉碎。另修了一封书，交付警察代呈署长，证明"杨仁安确是斯文败类，尚有其他刑事犯的行为，万弗轻纵，速解法庭究办"。警察持书回去，仁安竟望了一个空，只道芍溪的势力可以从中帮助，谁知又打了一下兜心拳，多分柔痕下毒的事弄糟了，半生的假面具，今日里完全揭破。

后来一干人犯解赴法庭，柔痕怀恨着仁安，把种种阴谋一齐供出。悟因躲赖不得，也是一一地供了。仁安到此地步，除却伏地乞怜，再无别法。一班观审的个个称快，原来欺世盗名的人也有这般结果。仁安和悟因所敛的钱完全充公，再休想双渡东洋，度那快活日子。菩提庵发封，神仙葫芦踏一个瘪。悟因驱逐出境，济公鸾坛停止工作。雅社无形解散。仁安和柔痕按着犯罪重轻，分别定了徒刑。铁窗风雨，尽够着他们消磨。待到期满出监，已被社会唾弃。仁安的儿子没人管束，从此堕入下流，专在赌场中觅生活。李芍溪把曼云扶作正室，逸园中兴致顿衰。保粹女子中学另由他人接办。杜若洲和芍溪的交情从此冷落。李公馆里对于小桃小姐极端崇拜。恩小姐、恩奶奶、恩太太，依着过去的时间，换了称呼。后来恩太太仙逝，生荣死哀，才有那破天荒的猫出殡，轰动了苏州城内外。猫出丧怎样排扬？阅者诸君，可记得《葫芦》开端的第一章？

图书在版编目（CIP）数据

瞻庐小说选 / 程瞻庐著. — 北京：中国文史出版社，2019.3

（民国通俗小说典藏文库·程瞻庐卷）

ISBN 978 - 7 - 5205 - 0919 - 0

Ⅰ．①瞻… Ⅱ．①程… Ⅲ．①短篇小说 - 小说集 - 中国 - 现代 Ⅳ．①I246.7

中国版本图书馆 CIP 数据核字（2018）第 272229 号

点　　校：袁　元

责任编辑：牟国煜

出版发行　**中国文史出版社**

社　　址：北京市海淀区西八里庄 69 号院　　邮编：100142

电　　话：010 - 81136606　81136602　81136603（发行部）

传　　真：010 - 81136655

印　　装：廊坊市海涛印刷有限公司

经　　销：全国新华书店

开　　本：720×1020　1/16

印　　张：17.75　　字数：229 千字

版　　次：2019 年 3 月第 1 版

印　　次：2019 年 3 月第 1 次印刷

定　　价：59.80 元

文史版图书，版权所有，侵权必究。

文史版图书，印装错误可与发行部联系退换。